CHRISTOPH GÜSKEN

Tod an der Niers

NIEDERRHEIN KRIMI

emons:

Bibliografische Information der Deutschen Nationalbibliothek
Die Deutsche Nationalbibliothek verzeichnet diese Publikation in der Deutschen Nationalbibliografie; detaillierte bibliografische Daten sind im Internet über http://dnb.d-nb.de abrufbar.

MIX
Papier aus verantwortungsvollen Quellen
FSC® C083411

Umschlagmotiv: © mauritius images/imageBROKER/Richard Dorn
Umschlaggestaltung: Tobias Doetsch
Gestaltung Innenteil: César Satz & Grafik GmbH, Köln
Lektorat: Carlos Westerkamp
Druck und Bindung: CPI – Clausen & Bosse, Leck
Printed in Germany 2015
ISBN 978-3-95451-504-2
Niederrhein Krimi
Originalausgabe

Oh, what'll you do now, my blue-eyed son?
Oh, what'll you do now, my darling young one?
I'm a-goin' back out 'fore the rain starts a-fallin'
I'll walk to the depths of the deepest black forest (…)
And it's a hard, it's a hard, it's a hard, it's a hard
It's a hard rain's a-gonna fall.

Bob Dylan

1

Es war einer dieser scheinbar endlosen Sommerabende, die man draußen verbringt, obwohl es drinnen eigentlich angenehmer und kühler ist. Kein Lüftchen regte sich. Unten am Bootssteg tummelten sich Millionen von Mücken.

»Besser, wir bleiben hier unter der Markise, da sind nicht so viele«, schlug er vor. Er lächelte unverbindlich. »Nimm doch Platz. Möchtest du etwas trinken?«

Sie schüttelte den Kopf.

»Zigarette?«

»Ich habe damit aufgehört. Schon lange.« Sie sah sich um. »Das ist ein schönes Fleckchen Erde.«

Sie klang müde. Abgenutzt. Damals hatte er ihre Altstimme bewundert. Alle Facetten von Gefühlen ließen sich mit ihr darstellen. Das ideale Soul-Organ. Es war lange her. Jetzt klingt sie schon fast wie eine der alten Frauen, die in der Kirche singen, dachte er. Zittrig und dünn. Dabei ist sie nicht einmal fünfzig.

»Wir hatten ausgemacht, uns nicht mehr zu sehen«, stellte er klar. »Nie mehr.«

»Das brauchst du mir nicht zu sagen.«

»Also, was ist der Grund deines Besuchs?«

»Geht es dir gut?«

»Ob es mir gut geht?« Der Mann grinste irritiert. »Bist du etwa hergekommen, um mich das zu fragen?«

»Ich möchte es nur wissen. Kannst du nachts ruhig schlafen?«

»Warum sollte ich nicht?«

»Ich kann es nicht. Deshalb bin ich hier.«

»Weil du nicht schlafen kannst?«

»Neulich in der Stadt brach mir plötzlich der Schweiß aus und die Knie wurden weich. Und dann erst habe ich gemerkt: Es war der Song. Er wurde in einem CD-Laden gespielt.«

»Welcher Song?«

»Es macht mich fertig, weißt du?« Ihre weinerliche Stimme

wurde auf einmal schrill. Eine abgenutzte, verbrauchte Stimme. Sie klang peinlich. »Ich bin am Ende. Es muss aufhören.«

»Pass auf …« Er beschrieb eine Geste, die sie von früher kannte. Damals hatte sie Verlegenheit darin gelesen. Erst später war ihr klar geworden, dass er niemals verlegen war. »Es tut mir leid für dich, ehrlich. Aber wir haben jeder unser eigenes Leben, verstehst du?«

»Was für ein Leben denn? Was habe ich denn noch? Weißt du, was ich noch habe?«

Er holte eine Packung Zigaretten aus der Tasche und klopfte sich eine heraus. »Damit meinte ich«, erklärte er, ein wenig gereizt, wie ein Lehrer einer begriffsstutzigen Schülerin, »dass ich für mich zuständig bin und du für dich.« Mit der Zigarette im Mundwinkel trat er an den Plastiktisch und nahm das Feuerzeug. Es klickte, er inhalierte und warf das Feuerzeug auf den Tisch zurück.

»So einfach ist das nicht«, widersprach die Frau. »Wir haben alle kein Leben mehr. Du auch nicht.«

Er schüttelte den Kopf und grinste wieder.

Sie hasste ihn.

»Was willst du von mir?«

»Reden. Über damals.«

Der Mann rauchte.

»Schon bald wird alles ans Licht kommen. Ich habe dafür gesorgt. Ganz egal, was wir damals ausgemacht haben.«

»Es wird ans Licht kommen? Was meinst du damit?«

»Du kennst dich doch damit aus. Die Wahrheit lässt sich nicht einsperren. Das hast du mal gesagt.«

»Also schön.« Er zuckte mit den Achseln. »Reden wir, meinetwegen.«

»Könnte ich eine Zigarette haben?«

Der Mann nickte, als hätte er sich das schon gedacht. »Sagtest du nicht, du hättest aufgehört?«

Sie nahm die Zigarette.

Er gab ihr Feuer und bemerkte, dass ihre Hand zitterte.

Mit einer sanften Bewegung ergriff er ihr Handgelenk und hielt es fest. »Keine Angst«, sagte er und sah ihr in die Augen.

»Du bist in Sicherheit. Was sollte dir hier geschehen? Entspanne dich.«

Sie versuchte es ja. Nahm auf dem weißen Plastikstuhl Platz und sah hinaus auf den stillen, kleinen Fluss, auf dem sich ein später Paddler mit der sanften Strömung treiben ließ. Ein friedliches Bild.

Die Dämmerung brach herein. Das für heute angekündigte Gewitter würde wohl ausbleiben.

Er war neben sie getreten. Es hatte mal eine Zeit gegeben, da hatte sie nichts als beruhigender empfunden als seine Gegenwart.

»Na schön, fangen wir noch einmal von vorn an«, meinte er versöhnlich. »Weißt du was? Ich bringe dir jetzt doch erst mal was zu trinken.«

2

Jenen Abend, den die Meteorologen schon im Vorfeld zum heißesten des Jahres gekürt hatten, verbrachte Björn Grimm mit einem Glas eiskaltem Mineralwasser auf dem Balkon. Er gehörte nicht zu den Menschen, die oft über Gott und die Welt grübelten, aber Grünberg, sein langjähriger Freund und Vorgesetzter, hatte ihn gedrängt, sich ein paar salbungsvolle Worte zurechtzulegen, mit denen er sich für die Glückwünsche zu seinem Dreißigjährigen bedanken konnte. Das sei das Mindeste.

»Denk an deine jungen Kollegen«, hatte er gemahnt. »Sie erwarten von dir, dass du ihnen etwas mit auf den Weg gibst. Dass sie niemals aufgeben sollen, auch wenn sie einen harten Job machen. Und dass Verbrechen sich nicht lohnt. Irgendwas in der Art.«

Vor allem das Letzte konnte Grimm nicht beurteilen. Ob sich Verbrechen lohnten, fragte man am besten diejenigen, die sie begingen. Wir kommen doch erst nachher ins Spiel, dachte er, um Hinweise zu sammeln und Beweisstücke in kleine Plastiktüten zu verpacken. Hier griff eine altbewährte marktwirtschaftliche Weisheit: Würden sich Verbrechen wirklich nicht lohnen, dann gäbe es wohl auch niemanden, der sie begeht.

Grimm stand auf, stellte sein Wasserglas auf der Brüstung ab und hielt Ausschau nach dem erlösenden Gewitter.

Alles schien darauf zu warten. Seit einiger Zeit verharrte die Natur geradezu reglos. Die Luft war zum Schneiden dick, die Vögel gaben keinen Ton von sich. In den Straßen und Kneipen der Stadt herrschte kaum Betrieb. Über allem lag eine andächtige, atemlose Stille, dünnhäutig wie ein bis zum Äußersten aufgepumpter Ballon.

Aber das erlösende Gewitter war nicht in Sicht.

Grimm ließ den Blick über die Dächer und Giebel wandern. Es waren schöne Dächer und Giebel schmucker Gründerzeithäuser. An anderen Tagen, bei erträglicheren Temperaturen, konnte er diesen idyllischen Ausblick über die kleine Großstadt im Abendlicht von seiner Dachwohnung genießen. Kleine Großstädte hatten ihre Vorteile. Fernab der Hektik überfüllter Metropolen zu leben, den eigenen Gedanken nachhängen zu können. Sich etwas vorzumachen und Problemen auszuweichen. Man lebte mit der Illusion, dass die Welt überschaubar war.

Die meisten angehenden Bullen wollten wie die Kommissare im Fernsehen sein. Spritzig, immer humorvoll und kein bisschen zimperlich. Kommissare, von Drehbuchautoren an komfortablen Schreibtischen erfunden, Lichtgestalten gegen das Böse. Niemand, dachte Grimm, bereitet den Nachwuchs darauf vor, dass das Böse unscheinbar ist, hässlich und gemein. Und der größte Irrglaube von allen: zu denken, dass am Ende die Gerechtigkeit siegt. Die Wirklichkeit wurde leider nicht an komfortablen Schreibtischen geschrieben, und deshalb sollte man sich besser selbst einen Schreibtisch suchen. So wie ich es schon vor dreißig Jahren hätte tun sollen, dachte er.

Grimm ging wieder hinein, entschlossen, von Wasser auf Bier umzusteigen. Das Telefon piepste eine Melodie, die unerträglich in den Ohren gellte. Der Hauptkommissar drückte auf einen Knopf, worauf es einen weiteren Piepston von sich gab.

Endlich, dachte er. Die Lähmung, die ihn angesichts des schwülen Wetters gefangen hielt, fiel von ihm ab.

»Bist du das, Papa?«

»Wer sonst? Wo steckst du, Lydia?«

»Ich bin hier in der Stadt. Hättest du etwas dagegen, wenn ich dir einen Besuch abstatte?«

»Nein, ganz im Gegenteil! Wann kannst du da sein?«

»Bald. Also … wir sind hier in einer Pizzeria, nicht weit von dir entfernt.«

Grimms Überschwang kühlte ein wenig ab. »Wir?«

»Ich habe jemanden kennengelernt. Das ist meine Überraschung für dich, ich werde ihn dir bald vorstellen.«

»Ist es etwa schon so offiziell?«

»Offiziell? Was meinst du damit?«

»Nun, äh – wollt ihr heiraten?«

Sie lachte. »Darüber haben wir noch gar nicht nachgedacht. Wir mögen uns, das reicht doch fürs Erste, oder?«

»Natürlich.«

»Warum sagst du das so?«

»Was meinst du?«

»›Natürlich‹. So als dächtest du das Gegenteil.«

»Hör mal, Lydia, ich kenne ihn bisher noch gar nicht. Woher soll ich denn wissen …?« Lächerlich, dachte er im selben Moment. Eine geradezu peinliche Anwandlung von väterlicher Eifersucht. Als müsste ich mit ihrem Angebeteten konkurrieren. Lächerlich, aber ihm war nicht nach Lachen zumute. »Warum wohnst du nicht bei ihm?«, erkundigte er sich.

»Das werde ich auch. Aber bis jetzt ist er noch dabei einzuziehen.«

»Also kommst du gar nicht zu Besuch?«, entfuhr es Grimm ärgerlich. »Du brauchst nur dringend ein Dach über dem Kopf?«

»Nein, das stimmt nicht. – Oder ja. Es ist beides, verstehst du? Natürlich freue ich mich auch, dich zu sehen.«

»Natürlich.«

»Schon wieder. Du sagst: ›Natürlich‹. Aber du glaubst mir nicht.«

»Entschuldige, Kleines. Das war nicht meine Absicht. Wie lange willst du bleiben?«

»Ich weiß es noch nicht. Es wäre toll, wenn ich ein paar Tage wenigstens …«

»Klar, kannst du.« Grimm fühlte sich ausgenutzt, trotzdem freute er sich. »So lange du willst.«

»Danke, Papa. Außerdem habe ich auch einen Job gefunden. Aber das erzähle ich dir später. Hier fängt es gleich an zu regnen …«

Es blieb aber bei dem leichten Tröpfeln. Das Gewitter ließ sich noch über vierundzwanzig quälende Stunden Zeit. Als es in der Nacht vom Sonntag auf Montag endlich gegen halb zwei Uhr früh über die Stadt hereinbrach, konnte man es nicht mehr als gewöhnliches Gewitter bezeichnen. Zu viel explosive Energie hatte sich aufgestaut. Es war ein regelrechtes Strafgericht, das alles aufbot, was es zur Verfügung hatte, als lege es es darauf an, Angst und Schrecken zu verbreiten. Krachende Blitze fuhren vom Himmel und machten die Nacht heller als den Tag. Im unwirklich gleißenden Licht bot sich denen, die das geschützartige Donnern aus dem Schlaf gerissen hatte, ein gespenstisches Weltuntergangsszenario: Straßen, von sintflutartigem Regen überspült, Keller, die binnen weniger Minuten geflutet, Abfälle, die samt Abfallkörben durch die Luft gewirbelt wurden. Sturmböen mit Orkanstärke fegten Radfahrer hinweg, eine Studentin wurde mit Knochenbrüchen ins Krankenhaus eingeliefert. Die Medien mit ihrer Vorliebe für Sensationen würden später von einem Jahrhundert-Unwetter sprechen, das ausgewachsene Bäume entwurzelt und friedlich plätschernde Flüsschen wie die Niers in breite Wasserlawinen verwandelt hatte, braun vom Schlamm, den sie mitführten, und alles überrollend, was auf ihrem Weg lag.

Feuerwehr und Rettungskräfte hatten in dieser Nacht alle Hände voll zu tun. Dabei währte das bizarre Schauspiel nicht einmal zwei Stunden. Dann hatte das Gewitter sich ausgetobt. Sein Zerstörungshunger war gestillt, es schien keinen Gefallen mehr daran zu finden, Strommasten wie Streichhölzer umzuknicken und schwere Äste auf Autodächer zu werfen. Nach und nach kam es zur Ruhe. Blitze zuckten nicht mehr krachend, das Donnergrollen entfernte sich allmählich, bis es schließlich kaum noch zu hören war. Der Regen ließ ebenfalls nach, wenn er auch noch eine gute Weile vor Ort blieb. Viel später erst, es war schon gegen Morgen, machten sich auch die Wolken daran weiterzuziehen. Als die Sonne aufging, fand sie den Himmel wieder klar und sommerlich vor, fast so wie an den vergangenen Tagen.

Jogger, die an diesem Morgen ihre gewohnten Strecken ablaufen wollten, mussten Umwege in Kauf nehmen. Astwerk und Gebüsch versperrten vielerorts die Wege, Pfützen mit den Ausmaßen kleiner Teiche waren über Nacht entstanden und setzten Teile der städtischen Parks unter Wasser. Das Ufer der Niers glich einer Müllhalde, bis auf einige Stellen, wo die schnellere Strömung und karge Uferbewachsung die Ansammlung von Treibgut verhindert hatten. Auf diese Weise fiel das seltsame Bündel, das an einer dieser sauberen Stellen in der Nähe des

Ufers trieb, umso mehr auf. Es war ein großes, längliches Paket aus grünem und blauem Textil. Den Joggern entging nicht, dass es Haare hatte. Einen braunen Haarschopf, der auf der dunkelgrünen Wasseroberfläche trieb und von der Strömung auf und ab bewegt wurde. Und noch etwas fiel ihnen auf: An dem anderen Ende des verschnürten Bündels ragte etwas Weißes heraus. Ein menschlicher Fuß.

3

Es war montags gegen zehn. Dr. Schneidtbrenner, die Rechtsmedizinerin, hatte die Untersuchung am Tatort bereits beendet, als Hauptkommissar Grimm eintraf. Er wirkte übernächtigt und war unrasiert.

»Hi, Björn«, begrüßte sie ihn. »Wolltest du nicht im Büro am Schreibtisch bleiben?«

»Das wird schon noch.« Grimms Stimmung war nicht die beste. Lydia hatte es sich anders überlegt und wohnte doch schon in der Wohnung ihres Angebeteten. Das hatte sie ihm mitgeteilt, nachdem er Stunden auf sie gewartet hatte.

»Schlecht gelaunt wie immer, was?«, meinte die Ärztin mit einem amüsierten Grinsen.

»Ich bin fast nie schlecht gelaunt«, stellte er richtig. »Heute allerdings ist eine Ausnahme.«

»Das ist also dein Fall?«

»Ich bin nur ein Notnagel.« Der Hauptkommissar trat neben sie und nahm die Leiche, die auf der Böschung lag, in Augenschein. »Was hast du für mich?«

»Eine weibliche Leiche. Schätzungsweise Anfang vierzig. Keinerlei äußere Anzeichen von Gewalteinwirkung.«

Grimm konnte sich daran erinnern, dass er sich beim Anblick seiner ersten Leiche übergeben hatte. Heute, nach so vielen Jahren, stand er da und empfand nichts mehr. Dreißig Jahre Polizeiarbeit machten einen immun gegen das, was Menschen anderen Menschen antaten.

Ein junger Mann näherte sich den beiden.

Dr. Schneidtbrenner wollte ihn sofort in die Flucht schlagen. »Einen Moment, Freundchen, das ist ein Tatort. Nichts für Schaulustige.«

Der Ankömmling, ein Rothaariger mit bleicher Haut, vielleicht Anfang dreißig, lächelte unsicher. »Ich bin der ermittelnde Beamte«, sagte er und streckte seine Hand aus. »Van Dijk, Hauptkommissar.«

Die Rechtsmedizinerin warf Grimm einen fragenden Blick zu. »Habe Sie gar nicht erkannt«, sagte sie zu van Dijk.

»Können Sie auch nicht. Das ist mein erster Fall.« Der Mann trat zu der Toten. »Wären Sie so freundlich, mich über den Stand der Dinge zu informieren?«

»Damit waren wir gerade beschäftigt«, sagte Grimm und wandte sich auch van Dijk zu. »Hauptkommissar Grimm. Sie waren nicht greifbar, und da hat der Chef mich sozusagen aus dem Bett geklingelt.«

»Tut mir leid.« Van Dijk machte eine entschuldigende Geste. »Ich bin noch neu in der Stadt und habe mich auf dem Weg hierher total verfahren.«

»Todesursache?«, erkundigte sich Grimm bei der Rechtsmedizinerin.

»Vermutlich Ertrinken.«

»Dann haben wir also ein Opfer des Gewitters? Oder Selbstmord?«

Dr. Schneidtbrenner deutete auf Seilstücke unterschiedlicher Länge, die im Gras neben der Toten lagen. »Die Arme war wie ein Paket verschnürt. Da scheidet Selbstmord wohl aus.«

Grimm ging in die Hocke und betrachtete die Leiche. Die Frau hatte die Augen geschlossen wie im Schlaf. Der Gesichtsausdruck war friedlich und passte nicht zu einem Gewaltverbrechen. Wahrscheinlich hat sie nicht geahnt, dass sie sterben würde, dachte der Kommissar. »Dafür, dass sie im Wasser gelegen hat, ist sie in gutem Zustand«, meinte er. Er hatte Plastikhandschuhe übergestreift und durchsuchte die Jackentaschen der Toten.

»Weil sie nicht lange darin gelegen hat.« Frau Schneidtbrenner nickte. »Ich würde sagen, der Tod ist vor achtundvierzig Stunden eingetreten. Aber das ist nur geraten.«

Grimm richtete sich auf. »Sie hat keinerlei Papiere bei sich.«

»Der Mörder wollte nicht, dass man sie identifiziert«, sagte van Dijk.

»Eine messerscharfe Schlussfolgerung!«, sagte Grimm mit gespielter Verblüffung.

»Ich meine damit, dass ihr Name ein wichtiger Hinweis sein könnte, der uns zu ihrem Mörder führt.«

»Möglich«, stimmte die Ärztin ihm zu. »Vor allem, da der Mörder offenbar auch nicht wollte, dass man sie überhaupt findet.«

»Warum hat er sie dann in den Fluss geworfen?«, wunderte sich van Dijk. »Da ist es doch nur eine Frage von Stunden, bis sie entdeckt wird.«

»Das hat er nicht.« Frau Schneidtbrenner nahm ein weiteres Seilstück in die Hand. Es war nass wie die anderen, aber deutlich länger und faserte am Ende aus. »Dieses Seil«, erklärte sie, »hat man ihr um den Bauch gebunden. Das Ende trieb im Wasser. Irgendetwas war daran befestigt, ich vermute, ein Stein.«

Grimm nickte. »Dann kam der Sturm, und das Seil hat sich losgerissen.«

»Genau das denke ich. Wir haben es also vielleicht mit einem sogenannten perfekten Verbrechen zu tun. Einem, das beinahe niemals aufgeklärt worden wäre, weil niemand diese Leiche gefunden hätte. Das Unwetter gestern Nacht hat einen Strich durch diese Rechnung gemacht. Das konnte der Mörder nicht einplanen.«

Hauptkommissar Grimm betrachtete immer noch das Gesicht der Toten. »Die Frau sieht aus, als sei sie im Schlaf gestorben«, sagte er. »Ich vermute, dass sie nicht ertränkt wurde, richtig?«

»Gehen wir mal davon aus, dass sie vorher mit einem starken Schlafmittel betäubt wurde.«

Van Dijk stand da, presste die Faust vor den Mund und starrte vor sich hin. Er schien angestrengt zu überlegen. »Das bedeutet«, sagte er, »es müsste irgendwo in der Nähe einen See oder so etwas geben.«

»Einen See?«, fragte Grimm. »Sagten Sie nicht eben, Sie seien nicht von hier, Herr Kollege?«

»Der Mörder wollte doch, dass die Leiche nicht gefunden wird, nicht wahr? Also hat er sie in einem Gewässer versenkt, das tiefer sein muss als dieses Flüsschen.«

»Nun ja«, nickte Dr. Schneidtbrenner. »Guter Gedanke.« Sie hatte ihre Utensilien zusammengepackt und streckte den Kripobeamten die Hand hin. »Wir hören voneinander, meine Herren. Ich wünsche Ihnen noch eine unterhaltsame Ermittlung.«

Auch Grimm wandte sich zum Gehen. »Tja«, sagte er. »Den Rest erledigen wir dann am besten auf dem Präsidium, was?«

»Den Rest?«

»Was es so zu tun gibt: einen Blick in die Vermisstenkartei werfen. Und wenn wir da nichts finden, warten wir darauf, dass jemand eine Person, auf die diese Beschreibung passt, als vermisst meldet. In der Zwischenzeit könnten wir –«

»Suchen wir denn nicht diese Stelle?« Der junge Kripomann stand immer noch da und starrte auf die Tote, als hätte er irgendetwas übersehen. Mit der Kuppe seines rechten Mittelfingers streichelte er einen beachtlichen Pickel an seiner Schläfe – offenbar eine nervöse Angewohnheit.

»Welche Stelle?«

»So wie die Leiche aussieht, ist sie doch bestimmt nicht kilometerweit abgetrieben.«

Grimm, schon auf dem Weg zum Auto, blieb stehen. »Mönchengladbach ist eine kleine Stadt, Kollege, da können Sie nicht allzu viel erwarten.«

»Wir sollten wenigstens ein Stück gehen.«

»Wohin?«

»Den Fluss entlang. Wir suchen die tiefe Stelle, wo die Leiche versenkt worden ist.«

»Fehlanzeige.« Grimm seufzte. »Es gibt keine tiefe Stelle. Sehen Sie sich dieses Bächlein doch an. Die Niers ist nicht die Elbe.« Seine Stimme bekam etwas Gönnerhaftes. »Nehmen Sie es nicht tragisch, Kollege. Aber Sie sollten die andere Richtung einschlagen.«

»Welche andere Richtung?«

»Wenn die Theorie nicht zur Wirklichkeit passt, dann sollte man die Theorie überdenken und nicht an der Wirklichkeit herumwerkeln. Alte Kripoweisheit.«

»Was schlagen Sie denn vor?«, fragte van Dijk.

»Ich habe noch nicht gefrühstückt. Was halten Sie von einem kleinen Imbiss?«

»Nein, danke.«

»Sie sind nicht hungrig?«

»Vielleicht haben Sie recht damit, dass ich meine Theorie

überprüfen soll«, gab van Dijk zu. »Aber eine andere Kripoweisheit besagt doch wohl, dass man einer Spur unbedingt nachgehen sollte, solange sie heiß ist.«

»Keine Sorge, das übernehmen die Kollegen mit den Plastiktütchen.« Grimm winkte. »Jetzt kommen Sie schon. Was für die Spuren gilt, gilt erst recht für den Kaffee. Ich gebe Ihnen einen aus.«

»Vielleicht ein anderes Mal.«

Grimm zuckte mit den Schultern. »Wie Sie wollen.« Als er den Tatort verließ, registrierte er, dass van Dijk ihm kopfschüttelnd nachschaute.

4

Heute ist ein historischer Tag. Genau einen Monat leben wir jetzt im »Hotel California«. Es ist ein einzigartiger, magischer Ort. Keiner von uns will jemals wieder woanders leben. Wir sind zu einer Familie zusammengewachsen. Wenn ich zurückblicke: Mein altes Leben scheint Jahre, Jahrzehnte zurückzuliegen. Ich habe kaum noch Erinnerungen daran.

Alles begann vor zwei Monaten, im Sommer auf Kreta. Fast einen Monat hatte ich gebraucht, um von Hamburg anzureisen. Per Anhalter nach München, dann weiter über den Autoput nach Thessaloniki. Die Fähre nach Kreta. In Heraklion die Ernüchterung: Tourismus pur! Es hätte nicht viel gefehlt, und ich wäre auf der Stelle umgekehrt. Aber erstens hätte das Geld dafür nicht mehr gereicht, und zweitens traf ich Nellie.

Nellie ist Sängerin, ich bin Gitarrist. Ihre Lieblingsband: Grateful Dead. Eine ideale Fügung.

»Dass wir beide uns hier getroffen haben«, staunte ich. »Das ist ein wunderbarer Zufall.«

»Zufälle gibt es nicht«, sagte sie weise. »Nichts ist zufällig.«

Natürlich hatten wir beide keinerlei Lust auf Heraklion oder auf die Betonküste ringsum. Wir wollten dorthin, wo die Menschen ursprünglich miteinander umgingen. Wo sie noch ein lebendiges Verhältnis zur Natur hatten. Wenn du die echte griechische Gastfreundlichkeit erleben willst, musst du an die Südküste, das hatte ich des Öfteren auf der Fähre gehört. Also machten Nellie und ich uns nach dort auf. Unser Ziel: Matala. In Matala, so hieß es, treffen sich alle, die etwas anderes wollen. Künstler, Aussteiger, Literaten und Musiker. Und zwar aus aller Welt. Sogar Cat Stevens soll schon mal da gewesen sein. Und Bob Dylan hat unten am Strand »Like a Rolling Stone« geschrieben.

Was wir wirklich antrafen, war so ernüchternd, dass ich mir die Beschreibung spare. Hunderte von Reisebussen, ein hoffnungslos überfüllter Strand, Touristen in grellbunten Hawaiihemden und Bermudashorts, mit Luftmatratzen unter dem Arm, Hotels,

Pensionen und Minimarkets. Läden, in denen es ausschließlich T-Shirts mit dem Aufdruck »Matala – Greece« gibt. Kein ursprüngliches Leben, nirgends griechische Gastfreundschaft. Wir wollten am Strand übernachten, aber es dauerte nicht lange, bis die Inhaber der Pensionen die Polizei riefen, um uns zu vertreiben. Für Nellie und mich reichte eine einzige Nacht, um uns darüber klar zu werden, dass wir so schnell wie möglich von dort verschwinden mussten.

Wir trampten zurück und schlossen unterwegs die Bekanntschaft Quinns, der sich wie wir zur spontanen Flucht entschlossen hatte (Quinn ist nicht sein richtiger Name, er nennt sich so nach »Mighty Quinn«, dem Eskimo aus dem berühmten Song). Quinn spielt auch Gitarre, aber nur mäßig, denn eigentlich ist er Songschreiber. Sicherlich ein genialer. Vor allem aber hat er die Fähigkeit, eine Vision zu entwickeln und andere von ihr zu überzeugen.

»Es reicht nicht, sich bloß von Matala zu verdrücken«, meinte er zum Beispiel, als wir in Heraklion abhingen und auf die Fähre nach Athen warteten.

»Okay, fahren wir weiter weg«, stimmte Nellie ihm zu. »Ans Ende der Welt oder von mir aus noch weiter.«

»Das meine ich nicht.«

»Was meinst du denn?« Sie kicherte albern. »Willst du etwa im Spaceshuttle fliegen oder was?«

»Man sollte bei all dem nicht mitmachen, verstehst du? Keine Kompromisse. Den ganzen Bullshit hinter sich lassen. Ein Leben führen, das man als solches bezeichnen kann. Wenn du das nicht schaffst, bist du nicht besser als diese armseligen Kreaturen mit Sonnencreme und aufblasbaren Schwimmtieren. Es kommt darauf an, was man wirklich will. Sich darüber klar zu werden.«

Ich glaube, ich hatte ihn sofort verstanden. »Ich jedenfalls weiß, was ich will«, meinte ich.

»Und das wäre?«

»Musik machen. Echte Musik, nicht das übliche Gedudel für die Charts. Keine parfümierten Songs für die großen Labels. Unabhängige, freie Musik machen. So wie Grateful Dead.«

Die Fähre kam. Gemeinsam mit Legionen von Touristen

zwängten wir uns an Bord. In der Nacht standen wir drei an der Reling und rauchten. »Du meinst das wirklich ernst?«, fragte mich Quinn.

Ich nickte entschlossen. »Klar doch. So ernst wie sonst was.«

»Endaxi.« Quinn grinste unternehmungslustig und schnippte seine Kippe hinaus in das Ägäische Meer. »Dann sollten wir das schleunigst in die Tat umsetzen.«

Keine Woche später erreichten wir Amsterdam. Das Wetter war saumäßig, und da wir hauptsächlich mit Kreta-Klamotten ausgerüstet waren, froren wir ordentlich. Aber es gab keine Alternative zu Amsterdam, weil ich unbedingt Ruud treffen wollte. Vor Jahren hatte ich ihn in Spanien kennengelernt, wo wir wild gezeltet hatten. Ruud hatte mir damals gesagt, dass er eine Frau kannte, die mit einem Musikproduzenten liiert war, einem, der sich auf unabhängige Musik spezialisiert hatte. Und falls ich mal irgendwas in dieser Richtung versuchen wollte, sollte ich unbedingt Kontakt zu ihm aufnehmen. Deshalb standen wir im strömenden Regen vor einem windschiefen Haus in der Prinsengracht und stellten fest, dass Ruud schon seit Langem umgezogen sein musste.

»Das war's dann ja wohl«, ärgerte sich Quinn. Er war schlecht gelaunt, denn wir hatten alle wenig geschlafen in den letzten Tagen. »Diese Produzenten kannst du allesamt in der Pfeife rauchen. Wen interessieren schon Produzenten?«

»Ohne die kannst du nur Musik machen, aber nicht aufnehmen«, wandte ich ein.

»Na und? Stört das irgendjemanden?« Quinn kam näher, klar und deutlich sah ich einen dicken Regentropfen, der an seiner Nasenspitze hing. »Musik machen, das bedeutet Leben, kapiert? Wir leben unser Leben und das nur für uns, das ist die Hauptsache. Scheißegal, was die anderen tun. Und noch mehr scheißegal, ob irgendein lausiger Produzent das aufnimmt und damit Asche macht.«

Ich starrte ihm eine Weile ins Gesicht, sah den Regentropfen hinunterplumpsen und den nächsten entstehen. »Du hast recht«, sagte ich schließlich. »Scheiß auf den Produzenten.«

Aber noch war es nicht so weit. Die Geburtsstunde des »Hotel California« war noch nicht gekommen. Nach einer ungemütlichen Nacht, die wir in der Centraal Station verbrachten, hörte der Regen auf. Wir trampten los in Richtung Hamburg. Eine von Nellies Freundinnen, die in einer WG im Schanzenviertel wohnte, hatte angeblich nichts dagegen, dass wir vorerst bei ihr unterkrochen.

Dass wir dort niemals ankamen, lag am Schicksal, das uns zum zweiten Mal einen wunderbaren Zufall bescherte und den vierten »Jünger« zu uns stoßen ließ.

»Liebling, bist du da oben?«

Sie musste gerade erst zur Tür hereingekommen sein.

Er klappte das Buch zu. »Ja, ich bin hier. Was gibt's denn?«

»Hier im Kalender steht für Samstag ›Arbeitstreffen‹. Das kann doch nicht sein.«

»Doch, da findet ein Meeting statt. Deshalb habe ich es eingetragen, Schatz.«

»Aber Rune hat am Samstag Geburtstag.«

»Oh, das wusste ich nicht.«

Pause.

»Du wusstest das nicht?«

»Doch, natürlich. Ich wollte sagen: Es tut mir leid, aber es ließ sich nun einmal nicht anders einrichten.«

»Aber du hast ihm versprochen, dabei zu sein.«

»Das nächste Mal klappt's. Ehrenwort.«

Unten schloss sich eine Tür.

»Mia?«

Sie antwortete nicht.

Er nahm das Buch und legte es in seine Schreibtischschublade. Scheiß auf den Produzenten, dachte er und lächelte, ohne sich zu amüsieren. Damals haben wir nur Verachtung für das gehabt, was heute aus uns geworden ist.

5

»Ehrlich gesagt, Björn, weiß ich nicht, was ich mit dir anfangen soll.«

Es war gegen halb eins mittags und schwülwarm. Man fühlte sich verschwitzt, müde und ausgelaugt. Obwohl die beiden großen Fenster sperrangelweit geöffnet waren, spürte man kaum einen Lufthauch. Es war so, als hätte es kein Gewitter gegeben.

Die beiden Männer saßen in Grünbergs Büro. Der Raum unterschied sich deutlich von den anderen Büroräumen der Kripo. Er hatte seine eigene Atmosphäre, verfügte sogar über ein Bücherregal und passte zu Kriminalrat Grünberg, der sich weniger als Ermittler verstand denn als Vortragsreisender. Ein Pionier, der sich zum Ziel gesetzt hatte, die Polizeiarbeit philosophisch zu untermauern. Dieser Ruf eilte Grünberg in der ganzen Behörde voraus. Dabei war er in Wirklichkeit ziemlich ahnungslos, was Geisteswissenschaften anging, hatte nur einmal ein Buch über das Thema quergelesen. Der eine oder andere Satz darin hatte ihn fasziniert.

»Sagen wir einfach, das ist nicht dein Ernst. Okay?«

Grünberg, Anfang sechzig, ein kleiner, hagerer Mann mit einer Vorliebe für Turnschuhe, hielt Grimms Schreiben hoch und wedelte damit in der Luft herum, wie um anzutesten, was sein Gegenüber davon hielt, wenn er es einfach in den Papierkorb segeln ließ.

»Wie kommst du darauf?«, erwiderte Grimm. »Es ist mein voller Ernst.«

»Warum zum Teufel willst du in die Verwaltung wechseln?«

Grimms Blick blieb an einem Poster hängen, das ein Porträt des italienischen Richters Falcone zeigte, der im Kampf gegen das organisierte Verbrechen sein Leben gelassen hatte.

»Irgendwann reicht's eben.«

Grünberg schüttelte den kahlen Kopf. »Irgendwann reicht's eben? Was soll das denn heißen? Du verhältst dich wie ein hoch bezahlter Profifußballer, der auf dem Höhepunkt seiner Karriere dem Stadion den Rücken kehrt und einen langweiligen Job im Management annimmt.«

Grimm verzog das Gesicht. »Nur Stars werden hoch bezahlt, mein Lieber.«

»Du weißt, Björn, dass ich große Stücke auf dich halte. Auf dich als Ermittler.«

Es war jetzt über zehn Jahre her. Grünberg war in seiner aktiven Zeit für Alleingänge bekannt gewesen. Eines Tages hatte er sich in einen Hinterhalt locken lassen. Wäre Grimm nicht – mehr oder weniger zufällig – zur Stelle gewesen, um ihn herauszuhauen, hätte es schlecht für Grünberg ausgehen können.

Grimm hatte nicht mehr getan, als man als Kollege in einer solchen Situation eben tat, aber Grünberg fühlte sich auf ewig in seiner Schuld. Er nannte das »große Stücke auf Grimm halten«.

»Also gut, Hannsjörg. Soll ich dir sagen, was mich an der Schreibtischarbeit so reizt? Sie ist vielfältig. Rumsitzen, Daten in den Computer tippen, telefonieren, Termine absagen. Niemand fragt dich: ›Was hat dich dazu gebracht, diesen Job zu ergreifen?‹, oder erwartet von dir, dass du einen Beitrag leistest, die Welt ein bisschen besser zu machen.«

»Aber das ist doch langweilig.«

»Findest du vielleicht. Ich nenne es Ehrlichkeit.«

Kriminalrat Grünberg lachte laut auf. Er hatte das, was man ein wieherndes Lachen nennt. »Ehrlichkeit – was soll das denn heißen? Dass du irgendetwas machst, scheißegal, ob du jemandem damit nützt? Was denkst du, warum ich in der Welt herumreise und den Leuten erzähle, weshalb sie zur Kripo gehen sollen?«

»Sag du's mir doch.«

»Weil wir bei der Kripo Menschen mit Idealismus brauchen, deshalb. Ohne den hätten wir amerikanische Verhältnisse. Kampf gegen den Mob mit dem Rücken zur Wand und so weiter.« Grünberg beugte sich vor, Angriffslust lag in seinem Blick. »Und was die Ehrlichkeit angeht: Soll das etwa heißen, du hältst meine Arbeit für unehrlich?«

»Das ist bei jedem anders.« Grimm zuckte abwiegelnd mit den Schultern.

Grünberg stieß sich mit den Händen von der Schreibtischplatte ab, fuhr mit dem Stuhl rückwärts und ließ ihn gegen den Heizungskörper prallen. Er sprang auf und trat ans Fenster. »Ich hätte dich nicht für einen Menschen gehalten«, sagte er, während er hinausblickte, »der aufgibt. Eher für einen, der eine Niederlage aus Prinzip nicht akzeptiert.«

»Dreißig Jahre lang habe ich das doch getan«, sagte Grimm. »Aber irgendwann reicht's eben, und dann ist Schluss.«

»Da ist aber noch eine andere Sache«, meinte Grünberg, der zu begreifen schien, dass der Disput zu nichts führte. »Nicht nur, dass ich zu wenig Leute und wir seit gestern einen weiteren ungeklärten Mordfall haben. Da gibt es außerdem noch einen jungen Kripobeamten, der ein vielversprechendes Talent ist, aber über wenig Erfahrung verfügt.«

»Du meinst den Bücherwurm? Den habe ich schon kennengelernt.«

»So jung er ist, der Mann hat etwas auf dem Kasten. Auf der Akademie hat er die besten Noten abgeräumt.«

Grimm grinste überheblich. »Du siehst mich voller Bewunderung.«

»Hauptkommissar van Dijk hat früher Philosophie studiert«, erklärte Grünberg mit Stolz in der Stimme. »Deshalb nannten ihn seine Freunde und Kollegen ›Reverend‹.«

Da sind wir also wieder, dachte Grimm. Die Philosophie und die Polizeiarbeit. »Hat er auch schon irgendwelche Mordfälle bearbeitet?«

»Oh ja. In Berlin und später in Köln.«

»Was verschlägt ihn dann hier in die Provinz?«

Grünberg zuckte mit den Schultern. »Soviel ich gehört habe, ist er noch auf der Suche nach einer Wohnung.«

»Du bist dir doch wohl im Klaren, dass ich für Don Camillo der falsche Partner bin.«

Der Kriminalrat nickte. »Vollkommen«, meinte er und probierte seinen listigen Gesichtsausdruck. »Genau deshalb bitte ich dich, mit ihm an diesem Fall zu arbeiten.«

»Das ist nicht dein Ernst. Der Junge kann mich ebenso wenig ausstehen wie ich ihn.«

Hannsjörg nickte bestätigend. »Falls es dich interessiert, van Dijk hat mich schon darum ersucht, mit jemand anderem als mit dir zusammenarbeiten zu dürfen.«

»Das macht mir den Kerl zum ersten Mal sympathisch.«

»Er hält dich für zynisch und ausgebrannt.«

»Ehrlich, würde ich sagen.«

»Hör bloß auf mit deiner Ehrlichkeit, Björn! Ehrlich solltest du lieber mit dir selbst sein. Du hast keine Lust mehr auf den Job, und nur deshalb machst du ihn dir selbst schlecht.«

»Ich mache nichts schlecht. Ich will nur an meinen Schreibtisch, nichts weiter.«

»Nach dieser Ermittlung kannst du gern nach oben in die Verwaltung und Radiergummis anspitzen.«

»Du kannst mich mal.« Grimm wusste, dass er klein beigeben würde. Es war ein klassischer Interessenkonflikt. Grünberg, dachte er, fühlt sich mir verpflichtet wegen damals und würde es als Beleidigung empfinden, wenn ich ihm keine Gelegenheit geben würde, sich erkenntlich zu zeigen. Das kann ich ihm aber nicht antun. Was mache ich also? Ich werde ermitteln, weil sich Hannsjörg in meiner Schuld fühlt. Es ist nie vorteilhaft, mit seinem Vorgesetzten befreundet zu sein.

»Also gut«, meinte er. »Wo treffe ich denn diesen Priester?«

Fabian van Dijk konnte es nicht leiden, wenn man ihn Priester nannte. In seiner Vorstellung waren Priester einsame Menschen, die keine Frauen haben durften und mit ernster Miene in leeren Kirchen hockten, wo sie Gebete vor sich hin murmelten. Menschen mit hohen Idealen. Es waren diese Ideale, die sie einsam machten. Andere Menschen konnten hin und wieder fünf gerade sein lassen. Der Job des Priesters war es, sich dem zu widersetzen. Eine undankbare Aufgabe. Aber eine unbedingt notwendige.

Van Dijk war kein Priester, und doch glich er einem. Er war ein gewöhnlicher Mensch, der die Bedeutung von Idealen erkannt hatte. So wie die Priester.

Den Idealen hatte er es zu verdanken, dass er mit keiner seiner bisherigen Stellen richtig warm geworden war. Die Kollegen hielten ihn für starrköpfig und besserwisserisch, sie luden ihn nicht ein, wenn sie sich zum Kneipenbummel trafen. Auch während der Arbeit, wenn sie zu einem Plausch zusammenhockten, stand van Dijk abseits und gab vor, über wichtige Dinge nachzudenken. Dabei waren es immer dieselben: Er zerbrach sich den Kopf darüber, wie er es anstellen konnte, wie die anderen zu sein und als einer von ihnen akzeptiert zu werden. Seine verhasste Rolle des Außenseiters loszuwerden.

Aber sosehr er auch darüber brütete, er kam nicht auf die Antwort.

Van Dijk konnte es nicht leiden, wenn man ihn den Priester nannte, weil er genau das war: ein Priester in der Haut eines Kripobeamten. Und nur deshalb hatte der Kriminalrat ihn haben wollen. »Der Mann, mit dem Sie zusammenarbeiten werden, ist ein alter Hase«, hatte er erklärt. »Genau das Richtige für den Anfang.«

Der junge Kripobeamte sah den alten Hasen während des Mittagessens wieder, als der die Kantine betrat. Van Dijk, der wie immer allein an einem Tisch saß, zögerte, sich bemerkbar zu machen. Aber der andere hatte ihn schon bemerkt, winkte ihm zu und steuerte van Dijks Tisch an. Er parkte sein Tablett direkt gegenüber dem seinen. Orangensaft schwappte aus einem randvollen Glas. Auf dem Tablett bildete sich eine gelbe Pfütze.

»Tut mir leid, Kollege, das war ein schlechter Start heute Morgen.« Über das Essen hinweg streckte Grimm ihm die Hand entgegen. »Grimm. Björn Grimm.«

Van Dijk ergriff die Hand zögerlich und schüttelte sie. »Van Dijk.«

Grimm nickte. »Also dann, einen gesegneten Appetit wünsche ich. Ohne den geht's hier nämlich nicht.« Er deutete auf van Dijks Teller. »Aber das haben Sie ja sicher auch schon bemerkt.«

»Es ist gar nicht so schlecht«, schwindelte der Jüngere.

»Ausgezeichnet!«, lobte Grimm. Er nahm die Gabel aus dem kleinen See aus Orangensaft und wischte sie mit der Serviette trocken. »Eine positive Einstellung. Damit können Sie den Chef immer beeindrucken.«

»Kriminalrat Grünberg«, sagte van Dijk mit vollem Mund,

»scheint daran gelegen zu sein, dass wir beide zusammenarbeiten. Er glaubt, dass ich den Fall alleine nicht lösen könnte, weil mir die Erfahrung fehlt.«

»Wie auch immer.« Grimm knüllte seine Serviette zusammen und legte sie neben den Teller. »Ich steuere die Erfahrung bei und Sie alles andere. Die Leidenschaft für den Job. Für Gerechtigkeit. So ähnlich denkt er sich das.«

»Also: Wie fangen wir an?«

»Indem wir aufhören, uns zu siezen. Ich heiße Björn.«

»Fabian. Da ist nur eine Sache, die ich gern vorher ansprechen würde …«

»Nur heraus damit.«

»Erfahrung ist sicher wichtig. Aber heute Morgen am Tatort … Ich meine: Wenn auf die Dauer Routine an die Stelle tritt, wo eigentlich Motivation sein sollte, dann …« Van Dijk suchte oft verbissen nach den richtigen Worten, was auf andere so wirkte, als ob er nicht so recht wusste, was er sagen wollte. »Wir beide möchten doch herausfinden, wer diese Frau ermordet hat, nicht wahr?«

Für Grimm waren es die falschen Worte. »Was zum Teufel ist denn gegen Routine einzuwenden?«, brauste er auf. »Außer dass es immer gut ankommt, auf die alten Säcke zu schimpfen, die nur noch mit halber Kraft funktionieren.« Der Hauptkommissar hob die Gabel, an der Fäden von Sauerkraut hingen. »Routine ist nichts anderes, als zu wissen, wie der Laden läuft. Und ohne das geht's nun mal nicht. Es ist Berufserfahrung pur. Glaub mir, du wirst noch in Situationen geraten, da wünschst du dir, all deine sogenannte Motivation gegen ein bisschen Routine tauschen zu können.«

»Es ist keine *sogenannte* Motivation.«

»Ist es nicht?«

Statt einer Antwort machte sich van Dijk über seinen Kartoffelbrei her, schaufelte ihn Gabel für Gabel in sich hinein, als sei er entschlossen, seinen Ärger an dem Mittagessen auszulassen. Grimm sah ihm zunächst dabei zu, dann begann auch er zu essen. Es war ein seltsames Bild: Zwei Kollegen, die ein Team werden sollten, aßen wie die Weltmeister, weil sie nicht miteinander reden wollten. Aus den Augenwinkeln bekam Grimm mit, wie van Dijk die Hand nach dem Salzstreuer ausstreckte, und schnappte ihn ihm weg, was ihm ein heimliches Triumphgefühl bereitete.

Das aber brachte ihn wieder zu sich. Grimm sah auf seinen fast leeren Teller und zog eine Grimasse. Eigentlich ärgerte er sich doch nur darüber, dass der Grünschnabel es schaffte, ihn auf die Palme zu bringen. Er fasste sich ein Herz und schob seinem Gegenüber die Glasschale zu, die eine glibberige, knallrot leuchtende Nachspeise enthielt. »Interesse an einem zweiten Dessert?«

Van Dijk hob abwehrend die Hand, nahm den Wackelpudding aber trotzdem.

»Frieden?«, erkundigte sich Grimm vorsichtig.

Van Dijk war noch nicht so weit. »Sie haben doch sicher einen Grund, weshalb Sie das tun.«

»Du.« Dieser Punkt geht an mich, dachte Grimm. »Wir wollten Du sagen.«

»Also gut: du.«

»Einen Grund wofür?«

»Für diesen Job. Du machst das doch nicht einfach so.«

»Da hast du recht. Eine solche Arbeit einfach so zu machen, wäre wohl das Dümmste, was man tun kann. Was mich angeht, so mache ich es hauptsächlich wegen des Geldes und des Urlaubsanspruchs. Ja, ich würde sagen: hauptsächlich wegen Letzterem. Ein Beamtenstatus ist in der heutigen Zeit Gold wert.« Er grinste herausfordernd. »Und du?«

Van Dijk schüttelte den Kopf, aber antwortete nicht.

6

»Tom? Weißt du, wie spät es ist?«

Er schreckte auf. Mia war längst vom Frühstückstisch aufgestanden und machte sich daran, das Haus zu verlassen.

»Hattest du nicht gesagt, du hast um zehn einen Termin? Es ist jetzt beinahe Viertel vor.«

»Ja, richtig.« Tom sah auf die Uhr. »Ein Treffen mit einer Autorin. Das hätte ich fast verschwitzt.«

Mia machte einen Schritt auf ihn zu. »Willst du mir nicht sagen, was los ist?«

»Was soll denn los sein?«

»Du bist so abwesend. Ich meine, noch mehr als sonst. Ist es wegen etwas, das du in der Zeitung gelesen hast?«

»In der Zeitung?« Tom warf einen Blick auf das Blatt, das neben seinem Teller lag. ZAHL DER FIRMENPLEITEN IN DIESEM JAHR ERSTMALS RÜCKLÄUFIG, lautete die Schlagzeile.

»Nein, wie kommst du darauf? Ich verstehe gar nicht, was du hast.«

»Seit einiger Zeit sprichst du im Schlaf und wälzt dich unruhig hin und her. Erzähl mir nicht, dass nichts los ist.«

»Ich weiß aber nicht, was du meinst.«

Mia wirkte enttäuscht. Sie schien ihm übel zu nehmen, dass es keinen Grund gab, sich Sorgen um ihn zu machen. Dass alles bestens war.

»Wir haben so wenig gemeinsam«, sagte sie. »Weißt du noch, dass wir früher nie so werden wollten? Eine Familie, die nur auf dem Papier existiert, weil der Job alles ist und das Privatleben vor die Hunde geht?«

»Der Job?« Tom brauste auf. »Du weißt, dass du und die Kinder das Wichtigste für mich seid. So ist es immer gewesen.«

Sie schüttelte den Kopf. »Das ist nicht dein Ernst.«

»Ach nein? Musstet ihr jemals ohne mich in Urlaub fahren? War ich an Weihnachten etwa nie da?«

»Immer, Tom. Und dass wir es deiner Arbeit zu verdanken

haben, dass wir uns so viele Dinge leisten können, weiß ich auch. Du brauchst es nicht immer wieder zu erwähnen.«

»Ach, und was kommt jetzt? Fragst du mich, ob ich vielleicht eine andere habe?«

»Hast du denn eine?«

Er schüttelte nur den Kopf, nicht als Verneinung, sondern aus Fassungslosigkeit.

Mia verließ das Haus. Bevor sie die Tür endgültig hinter sich zuzog, wandte sie sich noch einmal zu ihm um. »Du hast mich gar nicht gefragt, Tom, ob ich einen anderen habe.«

»Hör doch auf damit, Mia. Ich bitte dich.«

Die Tür schlug hinter ihr zu.

Tom hörte, wie der Wagen aus der Garage fuhr und sich entfernte. Es war zwölf Minuten vor zehn, und er blieb immer noch sitzen.

Warum war sie so unfair? Seit etwa einem halben Jahr, seit der Kleine zur Schule ging, hatte sie wieder damit angefangen, Sprachkurse an der Volkshochschule zu geben. Ihre gemeinsame Zeit wurde dadurch knapper. Aber war das etwa seine Schuld?

Tom wollte sich Kaffee eingießen, doch die Kanne war leer. Er drehte die Zeitung um. UNBEKANNTE TOTE IN DER NIERS AUFGEFUNDEN, stand auf der zweiten Seite. Es handelte sich um eine Frau Mitte bis Ende vierzig. Die Kripo hatte nichts Konkretes und war für Hinweise dankbar.

Kein Grund, sich Sorgen zu machen. Natürlich, dachte Tom, könnte sie es sein. Rein theoretisch bestand die Möglichkeit, dass sie es war. Aber es war eine spekulative Möglichkeit. Bisher gab es keinen Grund, das anzunehmen.

Bis auf die Tatsache vielleicht, dass es schon ein seltsamer Zufall war.

Ich werde ihn wiedersehen. Es geht nicht anders. Egal, was er dazu sagt.

Im Traum hatte kein Zweifel bestanden. Er hatte sie noch gewarnt. »Wir haben absolutes Schweigen vereinbart«, hatte er gesagt. »Das bedeutet, dass wir füreinander nicht mehr existieren, weißt du nicht mehr?«

Und wenn sie die Tote war, er hatte doch nichts damit zu

tun. So hatte es immer funktioniert: Sie hatten alle nichts damit zu tun gehabt.

Er stand auf, warf die Jacke über und griff nach dem Autoschlüssel. Fünf vor zehn, er würde es nicht mehr schaffen. Und wenn schon – dann musste die Dame eben warten.

Die New View GmbH war seine Firma. Früher hatte sie True View geheißen, doch mit der Zeit waren er und das Team übereingekommen, dass das Wort New mehr Kundschaft anzog. Tom musste grinsen. Damals, zu Zeiten der True View, hatte er jeden Morgen ein Kribbeln empfunden, wenn er die Firma betreten hatte. Inzwischen war ihm sogar öfter der Gedanke gekommen, dass es sich auch damals schon um reine Einbildung gehandelt hatte. Ich bin jemand, der Geld investiert. Autoren bringen mir ihre Stoffe und ich stelle das nötige Kleingeld zur Verfügung. Ich arbeite mit Kreativen, ohne es selbst zu sein. Und die Autoren sind es auch nur in bedingtem Maß. Anfangs hatte er geglaubt, eine neue Generation von Dokumentarfilmen auf den Markt bringen zu können. Aber als kleine Produktionsfirma konnte man nur überleben, wenn man sich daranmachte, Nahrung für den riesigen, unstillbaren Hunger der Privatsender nach Unterhaltung zu produzieren. Gameshows, Talkshows, Realityshows und Stripshows. Arztserien, Mysteryserien, Quizsendungen und Daily Soaps. Tom war als Produzent gefragt, und wenn er gewollt hätte, hätte er tatsächlich jede Minute mit Konferenzen, Geschäftsessen, Tagungen und Teamsitzungen verbringen können.

Aber seine Familie war ihm dafür zu wichtig.

Die kleine, aber feine Produktionsfirma befand sich auf dem Alten Markt und war in einem der Vorzeige-Altbauten untergebracht. Aus dem Fenster sah man auf Jugendstilfassaden und Karawanen von Menschen, die mit Einkaufstüten behängt die Hindenburgstraße hinabströmten.

Vielleicht, ging ihm durch den Kopf, während er Gundula, der Sekretärin, grüßend zunickte, denke ich nur, dass mir die Familie über alles geht. Ich bilde es mir ein, weil sie wichtiger ist als dieser Job. Aber was heißt das schon, wenn der Job einem nichts mehr bedeutet?

Die Autorin erhob sich, als er den Raum betrat. Eine junge Frau, er schätzte sie auf höchstens fünfundzwanzig. Sie war klein und hatte langes, dunkles Haar. Der introvertierte Typ. »Scholl«, stellte sie sich vor. »Leonie Scholl. Wir hatten miteinander telefoniert.«

Er hatte ihr Spielfilm-Script überflogen, aber nur flüchtig, und erinnerte sich erst allmählich wieder an Details, während sie ihm den Plot erzählte. Es ging um eine beherzte Journalistin, die einen Umweltskandal aufdeckte. Die Geschichte war nicht ohne Reiz, aber langatmig und zäh erzählt. Toms Gedanken schweiften ab.

Was kommt jetzt? Fragst du mich gleich, ob ich vielleicht eine andere habe?

Hast du denn eine?

Er ertappte sich dabei, wie er darüber nachdachte, Mia mit dieser Frau zu betrügen. Sie wirkte ehrgeizig. Wenn ich ihr eine Produktion in Aussicht stellen würde, kalkulierte er, könnte ich eine Menge bei ihr erreichen. Während die Autorin ihre Chance nutzte und wortreich ihr Projekt vorstellte, stellte er sich vor, wie sie nackt aussah und wie es sein würde, mit ihr zu schlafen. So bekam er gar nicht mit, dass Leonies Redeschwall verebbt war und sie auf seine Stellungnahme wartete.

»Nicht schlecht eigentlich«, meinte er vage. »Aber letztlich überzeugt mich dieser Stoff nicht hundertprozentig.«

Leonie bekräftigte erwartungsgemäß, wie sehr sie an ihrem Werk hing und dass es ihr vor allem darum ginge zu zeigen, dass man sich auch als Autor einmischen müsse. Stellung beziehen.

»Sie wollen das Unheil in dieser Welt aufdecken und beschreiben eine heile Welt. Wie soll das gehen?«

»Eine heile Welt?« Sie war hell empört. »Aber es ist das Gegenteil davon. Es geht um Giftmüll und internationales Verbrechen.«

»Zugegeben, aber das meine ich nicht. Ist es denn nicht fast eine Verniedlichung der Wirklichkeit, sich einzubilden, man könne allein mit dem Schreiben etwas verändern? Schreiber verändern nicht, sie beschreiben und bilden ab. Ihre Rolle ist das Beobachten, das Notieren. Im Übrigen«, wechselte er das Thema, »kommt mir dieser Stoff bekannt vor.«

»Es handelt sich um eine Adaption, das sagte ich doch eben. *Schein, der trügt* von Andersen.«

»Hans-Christian Andersen?«

»Benjamin Andersen natürlich. Ein Autor, den ich sehr verehre. Dieses Buch hat seinerzeit viel Staub aufgewirbelt. Ich habe das Thema etwas aktualisiert.«

Andersen. In diesem Moment war Tom klar, dass Leonie sich vergeblich mühte. Er würde diesen Stoff unter keinen Umständen produzieren. Aber das löst mein Problem auch nicht, dachte er. Natürlich war es höchst unwahrscheinlich, dass die aufgefundene Tote Nellie war. Aber wenn sie es doch war? Nur *wenn*: Konnte er dann einfach so weiterleben und tun, als sei nichts geschehen? Wie lange konnte man so tun, als ob?

»Also gut«, beendete er das Gespräch. »Ich behalte das Script hier und gehe es noch einmal durch. Sobald ich fertig bin, rufe ich Sie an. Versprechen Sie sich aber nicht zu viel.«

Leonie Scholl war sich wohl im Klaren darüber, dass dies eine vage Vertröstung war. Aber offenbar entschlossen, sich an diesen Strohhalm zu klammern, verabschiedete sie sich freundlich, nicht ohne anzukündigen, dass sie sich noch heute an eine neue Fassung setzen würde, die ihn ganz sicher überzeugen werde.

Ich kann so weiterleben, ging es Tom durch den Kopf. Ich weiß, dass ich es kann. Schließlich habe ich das damals nicht anders gemacht. Ich bin ein Schreiber, der notiert und beobachtet. Aber sich nicht einmischt.

Er ließ sich von Gundula ein örtliches Telefonbuch geben und suchte die Nummer der Kriminalpolizei heraus. Wählte die Nummer. »Es geht um die Tote, die in der Niers aufgefunden wurde«, erklärte er. »Könnten Sie mich mit dem Beamten verbinden, der mit dieser Ermittlung betraut ist?«

Es dauerte eine Weile. »Grimm?«, meldete sich schließlich eine Stimme.

»Guten Tag. Ich wüsste gern, ob man schon Näheres über die Tote aus der Niers herausgefunden hat.«

»Mit wem spreche ich denn?«

Tom blieb stumm. Seinen Namen zu nennen bedeutete, dass es kein Zurück mehr gab. Sollte er das riskieren?

»Hallo? Wollen Sie eine Aussage machen? Haben Sie irgendetwas gesehen? Auf jeden Fall sollten Sie mir Ihren Namen sagen …«

Er legte auf.

7

Uwe braucht länger als andere Menschen, um sich in der Welt zurechtzufinden. Nicht nur, dass er Sachverhalte sorgsamer abwägt, er denkt ausführlicher über Dinge nach, ganz besonders über die einfachsten Dinge, die man im Allgemeinen als banal und unwichtig ansieht. Viele halten ihn für einen Idioten. Nellie dagegen meint, er ist ein Genie.

»Mein Papa hat immer gesagt, jemand, der so lang ist wie ich, braucht länger zum Denken«, erklärte er uns grinsend. Uwe ist ein Riese. Zwei Meter zwanzig mindestens. Neben ihm sieht Quinn klein aus.

»Uwe begreift die Wirklichkeit eben anders als wir«, sagt Nellie. »Das ist nichts Schlechtes. Sollen die Millionen von Alltagsmenschen von ihm halten, was sie wollen. Wenn du selbst nicht entdeckst, dass du einzigartig bist, meint Quinn, wer soll es dann tun?«

Uwe ist ein Geschenk für unsere eingeschworene Truppe. So schwer er auch von Begriff ist, als er uns in der Nähe von Amersfoort auf dem Rastplatz stehen sah, hat er nicht einen Moment gezögert. Er stoppte seinen rostigen Bulli und forderte uns auf einzusteigen, ohne uns zu fragen, wohin wir unterwegs waren.

»Wenn ihr Dope wollt«, meinte er, »da ist genug im Handschuhfach.«

»Wir nehmen kein Haschisch«, stellte Quinn klar, drehte sich eine Zigarette und ließ den Tabak herumgehen. »Unsere Droge ist die Musik.«

»Musik?« Uwe brauchte eine Weile, bis er sich aufraffte nachzufragen. »Wie kann man das denn einnehmen?«

Quinn lachte. »Einnehmen, das ist gut. Du nimmst Musik ein, indem du dich von ihr einnehmen lässt, kapiert? Sie brennt in dir wie ein Feuer und macht dich richtig heiß.«

»Tut das denn nicht weh?«

»Wir sind eine Band«, erklärte ich. »Vor ein paar Tagen erst haben wir uns gefunden und suchen noch nach einem Ort, wo wir ungestört Musik machen können.«

»Ach ja. Natürlich.« Uwe grinste. »Schon kapiert. Eine Band. Das ist cool.«

Wir haben anfangs nicht bemerkt, dass er nicht einfach zurückgeblieben ist. Er hat etwas Kindliches, Ehrliches, und uns war nicht so recht bewusst, dass darin sein Potenzial liegt. Doch, Nellie hat es sofort begriffen.

Quinn dagegen war der Riese zunächst eher suspekt. »Was hast du denn in Amsterdam so getrieben?«, erkundigte er sich. Er saß auf dem Beifahrersitz, während Nellie und ich uns auf der Rückbank des Bullis aneinandergekuschelt hatten.

Uwe zuckte mit den Achseln. »Ich habe da eine Freundin verloren.«

»Du hast sie verloren? Ist sie gestorben oder was?«

»Nein, keine Sorge. Ich hatte sie in Deutschland. Da, wo ich wohne. Wir beide hatten vor zusammenzuziehen, aber dann wollte sie doch nicht mehr. Eines Tages hat sie ihre Meinung geändert und ist nach Amsterdam gefahren. Ich ihr nach, ist doch klar. Aber vorgestern hat sie mir gesagt, dass sie jemanden kennengelernt hat. Und dass sie ihn lieber mag als mich. Da kann man nichts machen.«

»Tja, das nenne ich Pech.«

»Deswegen habe ich mich auch entschlossen zurückzufahren«, fügte Uwe hinzu. »Und hier bin ich nun.«

Damals sah es für mich aus, als ob Quinn sich ein bisschen über Uwes Naivität lustig machte. »Stand sie vielleicht eher auf kleinere Typen?«, witzelte er.

»Da, wo ich herkomme, sind alle so groß«, meinte der Riese.

»Und wo kommst du her?«

»Aus dem Emsland. Brockwede.«

»Nie gehört. Wo liegt denn das?«

»In der Nähe von Papenburg. Na ja, schon etwas davon weg. Irgendwie ist da kein Ort so richtig in der Nähe. Nichts, was man kennt.«

»Kein Wunder, dass die Leute da alle so groß werden, was?«, meinte Quinn. »Wenn sie nichts anderes zu tun haben.«

»Doch, doch, es gibt viel zu tun«, widersprach Uwe. »Landwirtschaft – das ist viel Arbeit. Aber viele sind weggezogen. Eine Menge Höfe stehen schon leer.«

Es war fast Abend und nieselte leicht. Die Scheibenwischer des Bullis kratzten über das Glas. Auf der nassen Straße spiegelten sich die Scheinwerfer der entgegenkommenden Autos. Vielleicht war dies der Augenblick, in dem Quinn erkannte, dass der Mann, der den Bulli fuhr, doch nicht irgendein geistig verlangsamter Typ vom Lande war. Als Uwe das mit den leer stehenden Höfen erwähnte, hörte er auf mit den Witzeleien.

»Und was wird dann aus diesen Höfen?«

»Nichts. Sie verfallen und werden zu Ruinen. Können eines Tages nur noch abgerissen werden.«

»Will sie denn keiner kaufen?«

»Die will keiner kaufen. Weil da keiner wohnen will, ist doch klar.«

Das Motorgeräusch des Bullis war ziemlich laut, sodass ich nicht alles von der Unterhaltung mitbekam. Aber ich hörte, wie Uwe von einem bestimmten Hof erzählte, der schon seit Jahren nicht mehr bewirtschaftet worden sei und der weitab von allem liege, noch weiter ab als der gottverlassene Ort selbst.

Mit der nächsten Abfahrt verließen wir die Autobahn. Jetzt fuhren wir nicht mehr Richtung Hamburg, sondern ins Emsland. Und dies war so etwas wie die Geburtsstunde der Outlaws.

Ohne Uwe hätte diese Geburt nie stattgefunden. Weil wir ohne ihn niemals von der Existenz des »Hotel California« erfahren hätten.

8

Am Dienstag rief Lydia an und schlug Grimm vor, ihn am Abend zu besuchen und danach zum Essen auszuführen. Bei dieser Gelegenheit würde sie ihm auch ihren Neuen vorstellen. Grimm war dieses Mal vorbereitet und äußerte so viel Vorfreude, wie sie von ihm erwartete.

Grünberg hatte für den Vormittag eine Besprechung anberaumt, und Grimm, dem sein Benehmen in der Kantine im Nachhinein peinlich war, wollte sich dieses Mal alle Mühe geben, als beflissener Teamarbeiter aufzutreten. Im Besprechungsraum traf er allerdings nur den Kriminalrat an, der damit beschäftigt war, einen Teebeutel aus seiner Tasse zu fischen. »Willst du auch einen?«, fragte er.

Grimm schüttelte den Kopf und fläzte sich in einen Sessel.

»Kollege van Dijk wurde aufgehalten«, meinte Grünberg. »Wir fangen schon mal ohne ihn an.« Der Teebeutel schwebte durch die Luft und landete auf einer Untertasse. »Also, was haben wir bis jetzt herausgefunden?«

»Wir haben den Befund der Rechtsmedizin«, referierte Grimm. »Danach handelt es sich definitiv um Mord. Die Unbekannte wurde mit einem Schlafmittel betäubt. Ihr Körper wurde verschnürt, mit Steinen beschwert und anschließend in der Niers versenkt. Leider gibt es bisher keinerlei Anhaltspunkt, wer die Tote ist. Die Vermisstenliste hat uns nicht weitergeholfen.«

»Habt ihr alle Anwohner befragt?«, erkundigte sich Grünberg.

»Anwohner?« Grimm zuckte die Achseln. »In dieser Gegend gibt es keine Anwohner. Die Grundstücke gehören Rechtsanwälten, Bankern und Filmschaffenden, die sich höchstens mal am Wochenende dort sehen lassen. Solche Leute fragt man nicht so einfach: ›Entschuldigen Sie, Sie hatten nicht zufällig Besuch von einer Frau, die Sie ermordet und in die Niers geworfen haben?‹«

Überhaupt nicht witzig, sagte der Blick, den Grünberg Grimm zuwarf. »Schon mal was von Spiderman gehört?«

»Lass mich überlegen.« Grimm kratzte sich am Kopf. »Die

erste Verabredung meiner Tochter war ein Besuch im Kino. Spiderman. Sie war damals zwölf. Ist also schon eine Weile her.«

»Ich meine den Serientäter. Die Presse hat ihn damals Spiderman genannt, weil er seine Opfer betäubt oder vergiftet hat. Eins hat man aus dem Rhein gezogen, das andere aus dem Hariksee. Nun die Niers. Das könnte doch passen.«

»Ja, jetzt, wo du's sagst, erinnere ich mich dunkel. Aber das ist doch fast so lange her wie das mit meiner Tochter.«

Grünberg hob drei Finger. »Drei Jahre, nicht länger.«

»Warum hat der Mann eine Pause eingelegt?«

»Das kann viele Gründe haben. Die Pause spricht nicht unbedingt dagegen, dass wir es jetzt wieder mit Spiderman zu tun haben.«

»Aber die Tatsache, dass der Kerl die Leiche verschnürt und mit Steinen beschwert. Er wollte sie verschwinden lassen. Serientäter wollen, dass ihre Opfer gefunden werden.«

»Das ist richtig. Trotzdem sollten wir uns mit den Kollegen, die damals die Soko gebildet haben, kurzschließen.« Grünberg schlürfte seinen Tee. »Sonst noch irgendetwas?«

»Jemand hat angerufen und sich nach dem Stand der Ermittlungen erkundigt.«

»Und weiter?«

»Als ich wissen wollte, warum er das wissen wollte, hat er aufgelegt.«

»Du hast also keinen Namen?«

»Da ist jemand, der reges Interesse an dem Fall hat. Warum? Bis auf eine kurze Meldung in der Zeitung hat es keinerlei Presserummel gegeben. Trotzdem ruft der Mann an. Ich sag dir was: Der hat mit dem Mord zu tun.«

»Aber das hilft uns nicht weiter. Wir sind darauf angewiesen, dass er wieder anruft.«

»Genau das wird er auch. Also warten wir. Mehr können wir nicht tun.«

»Das ist nicht dein Ernst, oder?«

Grimm seufzte. »Du kennst das Geschäft doch so gut wie ich, Hannsjörg. Wie viele Mordfälle werden niemals aufgeklärt? Wie viele Akten mit nicht identifizierten Toten werden am Ende geschlossen? Dass jeder am Ende seine gerechte Strafe erhält, ist ein frommes Märchen.«

»Dein junger Kollege findet, dass wir noch weitere Grundstücke unter die Lupe nehmen sollten. Weil es doch möglich ist, dass die unbekannte Frau dort zu Besuch gewesen oder gesehen worden ist. Immerhin wissen wir nicht, wie weit die Leiche abgetrieben wurde.«

»Du hast darauf bestanden, dass ich mit dem Grünschnabel zusammenarbeite und meine Erfahrung beisteuere.«

»Genau das, Björn.«

»Der Kerl hat aber keinerlei Interesse an meiner Erfahrung und nennt sie Routine. In seinen Augen bin ich ein alter Sack.«

»Und wenn schon«, meinte Grünberg. »Er muss eben noch viel lernen, nicht wahr? Also bring ihm bei, was du draufhast.«

»Gut. Dann wird er als Erstes lernen, sich damit abzufinden, dass es Mordfälle gibt, die nicht aufzuklären sind.«

»Was konkret bedeutet?«

»Dass wir nicht Kalle Blomquist spielen und das Niersufer nach abgeknickten Grashalmen absuchen werden. Basta.«

»Recht hast du«, meinte der Kriminalrat nach einer Weile mit einem Lächeln, das man als salomonisch bezeichnen konnte. »Aber ich habe unseren jungen Kollegen nun einmal genau deswegen dazugeholt. Weil er sich damit nicht abfindet.«

»Was bedeutet das konkret?«

»Ihr klappert noch mal diese Grundstücke ab.«

Grimm versuchte, es gelassen zu nehmen, doch die Wut kochte in ihm hoch. »Ich soll ihm doch etwas beibringen, habe ich das richtig verstanden?«

»Vollkommen.«

»Aber gleichzeitig lässt du ihn bestimmen, wie wir vorgehen.«

Grünberg grinste schelmisch. »Wenn du in die Schreibtischabteilung wechseln willst, Björn, musst du vorher was für mich tun.«

»Das ist dein letztes Wort?«

Es klopfte. Van Dijk trat ein. »Entschuldigt die Verspätung, aber wir haben vielleicht jemanden, der die Tote identifizieren –«

Grimm erhob sich ruckartig. »Tja, junger Freund«, meinte er giftig, »zu spät ist nun einmal zu spät. Lektion eins.« Er drängelte sich an van Dijk vorbei.

»Wohin willst du?«, rief Grünberg ihm nach.

»Zum Arzt«, gab Grimm, schon auf dem Flur, zurück. »Heute ist mein freier Nachmittag.«

Bereits kurz vor elf hatte sich eine gewisse Hanne Meyring an die Kripo gewandt, weil sie sich um den Verbleib ihrer Schwester sorgte. Diese hatte sie bei einer Verabredung am Wochenende versetzt und war später nicht zu erreichen gewesen. Nach einer kurzen Befragung entschloss sich van Dijk, Frau Meyring in Begleitung einer psychologisch geschulten Kollegin in die Rechtsmedizin bringen zu lassen. Etwa eine halbe Stunde, nachdem Grimm polternd den Besprechungsraum verlassen hatte, wurde die Tote einwandfrei als Cornelia Meyring identifiziert.

Wie reagierte jemand, der eine Angehörige zu finden hoffte und ihre Leiche identifizieren musste? Van Dijk stellte sich vor, dass es wie ein Keulenschlag sein musste. Frau Meyring dagegen schien zu den Menschen zu gehören, die einen Schicksalsschlag dieser Art nicht an sich heranließen. Äußerlich war ihr kaum etwas anzumerken. Nach einer kurzen Bedenkzeit erklärte sie sich dazu imstande, Fragen zu beantworten. Van Dijk bat sie in sein Büro.

Frau Meyring war Mitte dreißig. Sie arbeitete als Angestellte bei einer Versicherung und war eine gepflegte, unauffällige Erscheinung. »Als Cornelia sich nicht meldete«, sagte sie, »hatte ich sofort das Gefühl, dass etwas nicht stimmte.«

»Bei der Kripo betrachten wir eine Person, die erst ein Wochenende überfällig ist, noch nicht als vermisst«, erklärte van Dijk. »Weil es oft vorkommt, dass sich Menschen aus den unterschiedlichsten Gründen unerreichbar machen.«

»Aber Cornelia wurde ermordet.«

»Was veranlasste Sie schon nach so kurzer Zeit zu der Vermutung, dass etwas nicht stimmte?«

»Weil es ihr nicht ähnlich sieht. Sie hat sich immer gemeldet, wenn wir uns verabredet hatten. Manchmal hat sie auch kurz zuvor abgesagt. Aber dieses Mal: nichts.«

»Erzählen Sie mir von Ihrer Schwester.«

»Wir haben uns nicht sehr oft gesehen.« Frau Meyring schien angestrengt zu überlegen, so als bereite es ihr Mühe, die richtigen Worte zu finden. »Cornelia arbeitete als Musiktherapeutin. Sie besaß spezielle Instrumente, die sie selbst hergestellt hatte.« Sie schüttelte den Kopf. »Ehrlich gesagt, weiß ich nicht sehr viel über das, was sie tat.«

»Sie hatten demnach kein enges Verhältnis?«

»Ich kannte sie viel zu wenig.« Wieder Kopfschütteln. »In der letzten Zeit ging es ihr nicht gut. Sicher war meine Schwester kein glücklicher Mensch. Ihre Beziehung war gescheitert. Sie hat lange gebraucht, um das zu begreifen.«

»Könnte ihr Tod damit im Zusammenhang stehen?«

»Cornelia hatte starke depressive Phasen, sie nahm Medikamente dagegen. Maarten, ihr Lebensgefährte, versuchte, sie aufzufangen, aber ich glaube, es ist ihm nicht gelungen. Man sagt ja, dass eine depressive Veranlagung sich in bestimmten Partnerschaftskonstellationen besonders gut ausbreitet.«

»Haben Sie ihr helfen können?«

»Ich?« Hanne warf dem Hauptkommissar einen resignierten Blick zu. »Sie hat sich mehrmals einer Therapie unterzogen. Und schließlich hat sie es ja auch geschafft.«

»Also war sie geheilt?«

»Ich meine die Beziehung. Sie hat sie beendet. Das war erst vor ein paar Wochen.«

»Und ihr Partner hat das akzeptiert?«

»Überhaupt nicht. Maarten verdächtigte sie, einen anderen zu haben, und weigerte sich, sie gehen zu lassen.«

»Er weigerte sich?«

»Maarten ist ein sehr impulsiver Mensch. Und sehr verletzlich. Ihre ständigen Streitigkeiten wurden immer wieder handgreiflich. Trotzdem hat Cornelia ihn in Schutz genommen. ›Maarten hat sich nicht in der Gewalt‹, meinte sie immer. ›Aber er arbeitet daran. Und später bereut er es wirklich.‹«

»Er hat sie also geschlagen?«

Hanne nickte. »Sie wissen, wie manche Männer sind: Nach außen tun sie besonders stark, weil sie in Wirklichkeit besonders schwach sind.«

»Keine sehr stabile Person«, meinte van Dijk. »Also gut, dann werden wir uns mit diesem Maarten unterhalten müssen. Noch eine Frage: Wo hatten Sie sich verabredet?«

»Bei mir. Ich wohne in der Stadt, zweihundert Meter vom Rheydter Bahnhof entfernt.«

»Und Ihre Schwester?«

»Weiter außerhalb, in Neuwerk.«

Van Dijk stand auf und trat an den großen Stadtplan, der sich an der Wand hinter dem Schreibtisch befand. »Hier ist Neuwerk«, sagte er und deutete auf einen Punkt im Norden der Stadt. Seine rechte Hand suchte die Niers, eine winzige blaue Linie. »Haben Sie eine Ahnung, was Ihre Schwester dort zu tun hatte? Kannte sie dort vielleicht jemanden?«

Hanne Meyring schien zu überlegen. Dann hob sie einen Finger, als sei ihr etwas eingefallen. »Cornelia erwähnte, dass Maarten sich gelegentlich mit einem Freund zum Schwimmen verabredete.«

»Der Name des Freundes?«

»Den weiß ich nicht.«

»Aber Sie kennen ihren Lebensgefährten?«

»Er heißt Maarten Lichter.« Frau Meyring nahm ein Taschentuch. »Früher, als wir klein waren, war Nellie immer die große Schwester für mich. Ich wollte so sein wie sie. Aber dann hat sie so viele Sachen angefangen. Sie hat sie angefangen und nie zu Ende geführt. Immer war sie auf der Suche nach sich selbst.« Sie begann zu weinen. Es schüttelte sie. Endlich bröckelte die unangreifbare Fassade. »Und später ... Die ganze Zeit hat sie Halt bei mir gesucht. Und ich habe ihn ihr nicht gegeben ...«

Van Dijk nahm sie bei den Schultern und half ihr aufzustehen. »Sie sind nicht verantwortlich für ihren Tod. Und Ihre Schwester auch nicht. Derjenige, der es getan hat, wird sich verantworten müssen.«

»Es war so gar nicht ihre Art, sich nicht zu melden«, wiederholte Frau Meyring, bevor sie ging.

Doch, das war es, dachte van Dijk, während er ihr nachsah, wie sie zum Lift ging. Cornelia war sprunghaft gewesen, ihren spontanen Stimmungen ausgeliefert. Nicht so Hanne. Sie hatte ihre festen Regeln, die ihr Halt gaben, und die Möglichkeit, ihre Ängste zu verstecken. Van Dijk verstand Hanne besser, als ihm recht war.

Grimm nutzte den Nachmittag nicht zu einem Arztbesuch. Stattdessen unternahm er einen ausgedehnten Spaziergang in der Nähe des Schlosses, schnupperte die würzige Sommerluft, die nach Blüten, Weidegras und leicht fauligem Teichwasser roch. Sein Ärger über Grünberg legte sich allmählich. Kann es wirklich sein, dachte er, dass ich den Jüngeren um seine Jugend beneide? Was ist daran denn schon beneidenswert? Das dumpfe Gefühl, Zukunft im Überfluss zu besitzen, der Rausch, den dieses Gefühl auslöst und einem die Gewissheit vorgaukelt, man sei in der Lage, sein Leben ohne Weiteres zu meistern? *Ich habe ihn dazugeholt, weil er sich damit nicht abfindet.* So wie van Dijk hatte auch Grimm einmal am Anfang seiner Laufbahn gestanden, und damals hatte er sich wie die Cops im Fernsehen gefühlt: Ein Verbrechen war geschehen, man ließ nicht locker, bis es aufgeklärt war. Der Schuldige landete hinter Gittern. So spannend die Welt einem auch vorkam, sie war doch recht einfach gestrickt. Das moralische Gleichgewicht blieb gewahrt. Leider war es ein Gleichgewicht, das nur auf dem Papier existierte.

Grimm hatte den Tatort erreicht. Inzwischen war es nach fünf Uhr. Feierabendpaddler durchpflügten das Flüsschen, ein Pärchen radelte am Ufer entlang. Rot-weiß gestreifte Absperrbänder flatterten im Wind. Eine kriminaltechnische Sommerabendidylle. Grimm stand da und stemmte die Hände in die Hüften. Der Junge hatte recht: Es machte keinen Sinn, eine Leiche in einem Freizeitgewässer wie diesem verschwinden zu lassen. Man brauchte etwas Abgelegeneres und Tieferes. Einen See.

Der Nachteil der Hypothese: Hier gab es weit und breit keinen.

Kurz nach sechs war Grimm wieder zu Hause. Er wollte sich

gerade unter die Dusche begeben, als es an der Tür klingelte. Lydia, die er erst um sieben erwartete. Sie kam zu früh. Grimm zog sich wieder an und öffnete. Lydia drängte herein, drückte ihm ein Geschenk in die Hand und umarmte ihn. »Hi, Papa.«

»Mein Schatz, da bist du ja.« Er wollte schon die Tür hinter ihr schließen, doch sie hielt ihn zurück. »Ich wollte dir doch jemanden vorstellen, weißt du nicht mehr?« Im selben Augenblick zog sie ihren Begleiter in die Wohnung.

Grimm war er nicht unbekannt. Es war Fabian van Dijk.

9

»Ihr kennt euch schon?«

Lydia sah überrascht aus, aber sie strahlte arglos und war nur neugierig.

Van Dijk dagegen war genauso perplex wie Grimm. »Ehrlich, ich hatte keine Ahnung ...«

»Wie denn auch?« Grimm zeigte sogar Verständnis. »Sie trägt nicht meinen Nachnamen.«

Eine Weile standen sie sich schweigend gegenüber. Ein seltsames Bild, was Grimm erst angesichts der neugierigen Blicke von Hausbewohnern, die die Treppe heraufstiegen, klar wurde.

»Also jetzt kommt doch erst mal rein«, meinte er und schloss die Tür. Er ging in die Küche und nahm unterwegs das Badehandtuch, das über einer Sessellehne hing, an sich. »Kann ich euch etwas zu trinken anbieten? Saft, Wasser oder Bier?«

»Jetzt sag schon, woher kennst du ihn?«

»Wir sind Kollegen«, antwortete van Dijk mit einem Seitenblick zu Grimm, als fürchtete er Einspruch von dessen Seite.

»Das ist ja ein Ding!«

»Seit Kurzem arbeiten wir zusammen an einem Fall.«

»Davon hast du ja kein Wort erzählt!«

»Wie denn auch? Ich wusste doch nicht, dass er dein Vater ist.«

»Nun ja«, meinte Grimm, »als Zusammenarbeit kann man es wohl auch streng genommen noch nicht bezeichnen.«

»Nicht?«, fragte Lydia erstaunt nach. »Als was denn dann?«

»Sagen wir, als geplante Zusammenarbeit. – Also, was ist jetzt mit den Getränken?«

Beide lehnten dankend ab. »Wir wollten doch ausgehen«, sagte Lydia. »Schon vergessen? Es gibt nämlich eine wichtige Neuigkeit. Für die braucht es einen geeigneten Rahmen.«

»Noch eine?«

Der skeptische Blick, den Lydia ihm zuwarf, warnte Grimm. Falls er erwartet hatte, dass Lydia neugierig war zu hören, was er von ihrer Eroberung hielt, so hatte er sich getäuscht. Sie war nicht an seiner Meinung interessiert, sondern erwartete, dass er ebenso begeistert von diesem Grünschnabel war wie sie.

Lydia sah blendend aus und überstrahlte ihren Begleiter in jeder Hinsicht. Es war ein bizarres Paar, das sich auf den Weg zum Italiener machte: eine junge, attraktive Frau Arm in Arm mit einem bleichgesichtigen, unsportlichen Jüngling, der die Angewohnheit hatte, ständig an seinem Pickel herumzukratzen. Wie hatte dieser Kerl es angestellt, sich eine Frau wie Lydia zu angeln? Eine müßige Frage. Wichtiger fand Grimm die erleichternde Gewissheit, dass diese Konstellation nicht lange Bestand haben konnte. Dazu hatten die beiden zu wenig gemeinsam. Grimm war zuversichtlich, er kannte Lydia. Sie war eine erstaunlich vernünftige Frau, besonders in Herzensangelegenheiten. Dass eine Beziehung mit einem Bullen nicht dauerhaft sein konnte, musste ihr klar sein. Sie hatte es doch am eigenen Leib erfahren: Ihre Eltern hatten ihr nicht gerade als nachahmenswertes Vorbild gedient.

Grimm hatte nichts zu befürchten. Eigentlich konnte er entspannt sein, durchatmen und den Dingen seinen Lauf lassen. Aber merkwürdigerweise gelang ihm das nicht. Er war schlechter Dinge und hatte das Gefühl, etwas unternehmen zu müssen. Sich nicht von den Ereignissen überrollen lassen zu dürfen. Er sah, wie die beiden miteinander umgingen, nahm die Innigkeit und Zärtlichkeit ihrer Gesten wahr. Der Grünschnabel zeigte sich von einer Seite, die er ihm nicht zugetraut hätte. Er war nicht wie heute Morgen, schüchtern und zugleich ohne jedes Gefühl dafür, wie besserwisserisch und altklug er auf andere wirkte. Heute Abend war er locker und charmant, und der Pickel in seinem Gesicht beeinträchtigte seine Erscheinung in keiner Weise. Jeder Blick, den Lydia ihm zuwarf, belegte eindrucksvoll, dass es von ihrer Seite her keine der üblichen Verliebtheiten war.

Grimms Zuversicht schmeckte schal. Aber dennoch wagte er nicht, zu intervenieren. Nicht weil er ein guter Vater war, sondern aus reiner Feigheit: Ein falsches Wort von ihm, und sie würde ihn niemals mehr als Vertrauten betrachten.

Ähnliches galt für jenen Möchtegernkollegen, den Grünberg

ihm auf den Hals gehetzt hatte und der sich jetzt auch noch in seinem Privatleben breitmachte. Grimm, der mehr Anlass als je hatte, diesen Kerl sonst wohin zu wünschen, behandelte van Dijk freundlich und mit gebotenem Respekt, nicht etwa, weil er den Jungen mochte, sondern weil er sich nicht traute, über ihn herzufallen. Van Dijk stand schließlich unter Lydias persönlichem Schutz.

»Und jetzt die versprochene Neuigkeit, Papa.« Lydia hob ihr Glas.

»Du machst mich neugierig.«

»Ich bin aufgenommen.«

»Aufgenommen? Wo?«

»Auf der Polizeiakademie. Nächstes Frühjahr geht es los.«

Grimm schluckte. Eine oder zwei Sekunden kämpfte er, dann fand er, dass es zu viel war. Die schöne Fassade, die ihn so viel Mühe kostete, krachte zusammen. »Du bist ... Du willst also doch ...? Aber was ist mit unserer Abmachung?«

»Welcher Abmachung?«

»Wir hatten doch besprochen, dass es viele Gründe gibt, die gegen eine Polizeilaufbahn sprechen, weißt du nicht mehr? Und du wolltest dich erst mal auf andere Dinge konzentrieren.«

»Es waren deine Gründe, Papa, nicht meine.«

»Natürlich.«

»Schon wieder.« Lydia stellte ihr Glas ab, ohne daraus getrunken zu haben. »Du sagst ›natürlich‹ und meinst das Gegenteil.«

Grimm schüttelte den Kopf. »Es gibt, weiß Gott, so viele interessante Dinge, die du lernen kannst. Warum musst du ausgerechnet Bulle werden? Was hast du gegen den Journalismus?«

»Ich habe nichts gegen ihn. Außer dass ich das lange genug gemacht habe. Jetzt will ich etwas Neues anfangen.«

Grimm schluckte jeden weiteren Einwand hinunter. Es hatte keinen Sinn zu beharren.

Im Moment der bitteren Niederlage bekam er unerwartete Unterstützung: »Genau das habe ich auch gesagt«, pflichtete van Dijk ihm bei. »Wenn du es tun willst, musst du es tun, keine Frage. Aber warum weigerst du dich, deinen Entschluss zu überdenken?«

Lydia zog ihre Hand, die in der seinen auf dem Tisch gelegen hatte, zurück. »Ich soll einen Entschluss überdenken, der mir vollkommen richtig erscheint? Warum denn? Weil eine Frau nicht Bulle werden sollte? Oder weil die Frau eines Bullen zu Hause bleiben soll, damit nach Feierabend jemand da ist, der ihn für seine Taten bewundert?«

Er versucht, bei mir Punkte zu sammeln, dachte Grimm. Lydia wird sowieso das tun, was sie will, und später dann, wenn die beiden allein sind, wird er ihr den gebotenen Beifall zollen. Jetzt aber hält er es für besser, den braven Schwiegersohn in spe zu spielen.

»Aber das habe ich doch gar nicht gesagt, und du weißt es«, wehrte sich van Dijk.

»Du hast es gesagt. Klar und deutlich.«

Der Wortwechsel wurde erbitterter und verlor sich immer mehr in Vorwürfen. Bald hielt er ihr vor, dass die wenige Zeit, die sie füreinander hätten, für ihre Theaterleidenschaft draufgehe, und sie konterte, dass er nur eifersüchtig sei, sonst nichts. »Eifersüchtig? Auf wen denn, bitte schön!«, verlangte er laut zu wissen. Grimms Anwesenheit schienen die beiden vergessen zu haben. Immer öfter kamen Dinge auf den Tisch, die so klangen, als seien sie schon oft geäußert worden: »Du verstehst nicht im Geringsten, was ich sagen will.« – »Nein, *du* begreifst nicht, was *ich* sagen will, das ist das Problem!«

Vielleicht hofft er darauf, dass ich ihm zu Hilfe eile, dachte Grimm. Aber da hat er sich verkalkuliert.

»Ich finde, Lydia hat recht«, erklärte er in eine Pause hinein und erntete einen irritierten Blick von ihr. »Wir können zu ihrer Entscheidung stehen, wie immer wir wollen. Aber wenn sie sie trifft, dann haben wir sie zu respektieren. Auch wenn sie vielleicht später ihren Schritt bereut, sie soll ihn tun.«

Alle Achtung, sagte Lydias Blick. Das hätte ich nicht von dir gedacht, Papa.

Van Dijk hingegen sah hilflos aus, ein junger Oberst, der ehrgeizig ins Schlachtgetümmel hineingeprescht war und jetzt plötzlich ohne Kameraden dastand.

»Du solltest wissen, mein Kind«, meinte Grimm ohne jedes

schlechte Gewissen, sich so zu verbiegen, »dass ich dich auf deinem Weg so gut es geht unterstützen werde.«

»Danke, Papa.«

Endlich stießen sie an. Van Dijk kratzte wieder an seinem Pickel. Sie bestellten das Essen. Als es serviert wurde, meldete sich Lydias Handy. »Ach, du bist's, Joran«, sagte sie, stand auf und entfernte sich.

»Das ist Joran, ihr Trainer«, erklärte van Dijk. »Für Kampfsport.«

Grimm schüttelte den Kopf und verzog das Gesicht. Handys, dachte er, sind nicht der Anfang vom Ende der Welt. Aber einer der Gründe, weshalb es nicht schade darum sein wird.

Van Dijk grinste zum ersten Mal. »Auch wenn sie diesen Schritt bereuen wird«, zitierte er Grimm, »sie soll ihn tun.«

Eine Weile stocherten sie in ihrem Salat und warteten.

»Tja«, meinte van Dijk, um das peinliche Schweigen zu beenden, »wer hätte das gedacht: Gestern Morgen lernen wir uns am Tatort kennen, und jetzt sitzen wir schon gemütlich beim Abendessen zusammen.«

»Ja, wer hätte das gedacht.« Grimm nickte. »Da haben Sie allerdings recht.«

»Du«, verbesserte ihn der Junge.

Wieder Schweigen. Lydia kehrte noch nicht zurück.

Also redeten sie über den Fall. »Hast du noch etwas in Sachen Mordfall herausbekommen?«

Van Dijk förderte einen Zettel aus seiner Jackentasche und entfaltete ihn auf dem Tisch. »Ich habe inzwischen eine Liste mit den Namen der Anwohner angefertigt«, erklärte er. »Du hattest recht, die meisten gehören irgendwie der High Society an: Hohnsteiner, Chefarzt an der Düsseldorfer Uniklinik, Schillenbeck, ein hohes Tier am Schauspielhaus, und Roland, der TV-Entertainer. Es geht noch weiter. Levinghoff, Bauunternehmer, Andersen …«

»Andersen?«

»Benjamin Andersen, der Schriftsteller. Und dann noch eine Chloe van Holst, die ist Richterin beim Amtsgericht.«

»Andersen besitzt ein Grundstück an der Niers?«

»Nicht genau da, wo die Tote gefunden wurde. Etwa hundertfünfzig Meter flussaufwärts. Kennen Sie ihn?«

»Du«, meinte Grimm. »Kennst *du* ihn. Nein, das kann man wirklich nicht sagen.«

»Wir wissen jetzt auch, wer die Tote ist«, fügte van Dijk hinzu. »Cornelia Meyring. Ihre Schwester hat sie identifiziert.«

Lydia kehrte zurück, setzte sich und machte sich über das Essen her. »Warum habt ihr nicht schon angefangen?«, fragte sie mit vollem Mund. »Jetzt ist alles kalt.«

»Cornelia Meyring«, sagte Grimm anerkennend. »Na, das ist doch schon etwas.«

10

Am Telefon war nicht Joran gewesen. Lydia hatte den Kampfsport schon vor zwei Wochen aufgegeben, erstens, weil sie fand, dass sie später während der Ausbildung noch genug davon bekommen würde, und zweitens, weil sie ihre Freizeit lieber mit Theaterspielen verbringen wollte. Und jetzt hatte sich eine Gelegenheit ergeben. Sie hatte jemanden kennengelernt, der sie für talentiert hielt und sich darauf freute, mit ihr zu arbeiten.

»Hast du's dir inzwischen mal überlegt?«, erkundigte er sich, nachdem Lydia, mit dem Handy am Ohr, das Restaurant verlassen hatte.

»Überlegt? Was denn?«

»Ob du dich drauf einlassen willst.«

»Ich weiß noch nicht so recht.«

»Ich hab dir doch gesagt, es geht nicht darum, den Hamlet zu spielen. Wir fangen bei null an, ich, du und die anderen. Wir machen was ganz Neues. Und was Eigenes. Niemand kaut uns etwas vor.«

»Zugegeben, das hört sich gut an.«

»Das hört sich toll an! Also, bist du dabei, Lydia?«

Lydia empfand sich selbst als konservativ. Sie hatte ein Faible für feste Beziehungen und traute sich zu, mit Fabian eine einzugehen. Vielleicht hatte sie nur Angst vor dem Leid, das unweigerlich über sie kommen würde, wenn eine Beziehung zerbrach. Marlon war ein netter Kerl, ein völlig anderer Typ als Fabian. Selbstbewusst und extrovertiert. Sie mochte ihn, mehr nicht. Schließlich wollte sie nur mit ihm zusammenarbeiten. Allerdings war sie sich von Anfang an unsicher gewesen, ob das Marlon auch reichte.

»Ja, ich denke schon«, sagte sie.

»Phantastisch! Können wir uns treffen?«

»Heute nicht. Da bin ich schon verabredet.«

»Wann?«

»Ich rufe dich an. Versprochen.« Lydia legte auf.

Natürlich hatte sie vor, Fabian von ihrem künftigen Engagement zu erzählen. Auch von Marlon. Bisher war sie einfach noch nicht dazu gekommen.

Am nächsten Tag startete Grünberg einen zweiten Versuch, das ungleiche Ermittlerpaar zur Zusammenarbeit zu bewegen. Nach einer Rücksprache mit Experten in der Spiderman-Ermittlung hielt er es für besser, sich zunächst auf den Lebensgefährten der Ermordeten, Maarten Lichter, zu konzentrieren. »Er könnte als Täter in Frage kommen«, meinte er. »Psychisch labil, kam mit der Trennung nicht klar. Neigt außerdem zur Gewalt.«

»Eine interessante Frage ist auch, was Frau Meyring an der Niers verloren hatte«, sinnierte van Dijk. »Und falls sie woanders ermordet wurde, warum hat sich der Täter ihrer Leiche dort entledigt?«

»Genau«, meinte Grimm. »Wir sollten dort noch mal nachhaken.«

»Nachhaken?«

»Die Flussanwohner. Es könnte nicht schaden, bei dem einen oder anderen etwas genauer nachzusehen.«

»Ich verstehe dich nicht, Björn«, wunderte sich der Kriminalrat. »Warst du nicht gestern noch strikt dagegen?«

Grimm zuckte mit den Schultern.

»Aber warum hast du gestern so einen Aufstand wegen dieser Frage gemacht?«

»Inzwischen habe ich meine Meinung eben geändert.«

»Das hört sich so an«, sagte van Dijk, »als ob du bei einem bestimmten Anwohner nachhaken willst.«

»Durchaus möglich.«

11

Damals, als er Andersen das letzte Mal gesehen hatte, war es kein heißer Sommer gewesen. Soweit er sich erinnerte, hatte es danach niemals wieder einen Sommer mit so viel Niederschlag gegeben – was wahrscheinlich nicht zutraf, aber in seiner Erinnerung suchte er vergeblich nach einer Zeit, die sich mit diesem August messen konnte.

Grimm war frischgebackener Bulle. Deshalb hatte Gudrun ihn angerufen. »Ich weiß, dass du noch kein Kommissar bist«, meinte sie entschuldigend. »Aber ich dachte mir, weil ich dich ja gut kenne und du *so gut wie* bei der Kriminalpolizei bist. Vielleicht kannst du mir einen Tipp geben, was ich tun kann.«

»Gern, aber was meinst du?«

»Ich mache mir Sorgen wegen Sheila.«

»Sheila? Was ist denn mit ihr?«

»Sie ist im Urlaub und hat schon so lange nichts mehr von sich hören lassen.«

»Vielleicht gefällt es ihr gut, und sie kommt nicht dazu, sich bei dir zu melden.«

»Sheila meldet sich immer aus dem Urlaub. Außerdem wollte sie nur zwei bis drei Wochen verreisen. Und jetzt ist sie schon fast sechs Wochen unterwegs.«

»Sechs Wochen«, staunte er. »Wohin wollte sie denn? Nach Australien?«

»Du weißt doch, wie sie ist. Als wenn sie mir das gesagt hätte. Wenn du mich fragst, sie wusste es selbst noch nicht so genau, als sie losfuhr.«

»Und sie hat sich seitdem nicht mehr gemeldet?«

Mit Sheila war er damals nicht mehr zusammen gewesen. Sie waren schon seit gut sechs Monaten getrennt. Eines Tages hatte sie Grimm gesagt, dass sie nicht zusammenpassen würden. Und danach war sie mit Andersen zusammen gewesen. Soweit ihm zu Ohren gekommen war, waren die beiden kurz darauf wieder eigene Wege gegangen.

Grimm hatte Sheila seit ihrer Trennung nicht mehr gesehen. Aber er hatte sie gesprochen. Ende Mai hatte sie ihn angerufen und sich nach Andersens Telefonnummer erkundigt. Er hatte sie ihr gegeben.

»Siehst du ihn jetzt doch wieder?«, hatte er gefragt. »Ich dachte, ihr seid nicht mehr zusammen.«

»Ich wüsste nicht, was dich das angeht, Björn.«

Ich wüsste nicht, was dich das angeht. Es ging ihn nichts an. Aber trotzdem entschloss er sich, die Sache weiterzuverfolgen, nicht nur, weil er Gudrun, Sheilas Mutter, einen Gefallen tun wollte.

Auch daran konnte er sich noch gut erinnern: an den Tag, als er Andersen aufsuchte. Ben in seiner flippigen Phase mit Dreadlocks, ausgeleiertem T-Shirt und löchrigen Jeans. Ein Exot im eigenen Elternhaus. Andersen senior, Chefarzt einer renommierten Privatklinik, hochgeachtet wegen seiner moralischen Integrität, und Belinda, seine Frau, eine Konzertcellistin, residierten damals in einem noblen Gründerzeithaus im besseren Viertel nördlich der Innenstadt. Man sah nirgends ein Staubkörnchen, und die Wände waren so hoch, dass jeder Schritt auf dem kostbaren Parkett hallte. Ben Andersen war gerade aus dem Urlaub zurückgekehrt, außerdem eben erst aufgestanden und nicht sehr mitteilsam. »Wie kommst du denn bloß darauf, dass ich Sheila gesehen habe?«

»Weil sie mich angerufen hat. Sie hat gesagt, sie wollte dich treffen.«

»Na und? Das hat sie aber nicht. Was denkst du denn, was mit ihr ist?«

»Sheila hat sich seit sechs Wochen nicht gemeldet. Ich möchte nur wissen, wo sie steckt.«

»Jede Wette, sie hat jemanden kennengelernt. Und da sind nun mal andere Dinge wichtiger, als alte Bekannte anzurufen.« Andersen grinste. »Verstehe nicht so recht, warum du da so eine große Sache draus machst.«

»Und ich verstehe nicht, warum du das bagatellisierst. Sechs Wochen sind lange genug, um sich Sorgen zu machen.«

»Wie kommst du darauf, dass ich etwas damit zu tun habe? Hältst du mich für einen Mörder?«

Grimm bekam große Augen. »Einen Mörder?«

»Das ist es doch, was du denkst: dass ihr etwas zugestoßen ist.«

»Von Mord habe ich aber nicht gesprochen.«

»Geradezu niedlich, Björn, wie du den Bullen spielst.« Ben fing an herumzukaspern: »Herr Inspektor, ich habe den Baron ganz bestimmt nicht ermordet. – Ermordet? Ich habe noch gar nicht erwähnt, dass er ermordet wurde! – Los, entspann dich und trink einen Kaffee mit mir. Ich kriege schließlich nicht jeden Tag Besuch von der Kripo.«

Grimms zweiter Besuch war nicht so locker verlaufen. Ben Andersen hatte nicht mehr verschlafen gewirkt, sondern vorbereitet. Das war Grimms Eindruck gewesen: Er hatte sich auf etwas vorbereitet, von dem er glaubte, dass Grimm es gegen ihn vorbringen wollte. »Ich weiß nicht, was du willst«, sagte er kratzbürstig. »Was glaubst du denn, was mit Sheila ist? Und warum sollte ich etwas damit zu tun haben?«

Damals war Grimm ein Grünschnabel. Er verfügte über keinerlei Beweise, nicht einmal über einen konkreten Verdacht. Sheila hatte ihn angerufen, und er hatte ihr Andersens Nummer gegeben. Und Wochen später war sie spurlos verschwunden. Aus welchem Grund verdächtigte er ausgerechnet Andersen? Und wessen verdächtigte er ihn?

»Sie haben meinem Sohn nicht das Geringste vorzuwerfen«, belehrte ihn Andersen senior, der Chefarzt, ein spindeldürrer, puritanisch wirkender Mann. Und er hatte recht.

Aber es waren auch nicht die spärlichen Hinweise gewesen, die Grimm an seiner Vermutung festhalten ließen, sondern Bens Art, sich zu verstecken. Grimm kannte Ben gut genug, wie er sich einbildete, um beurteilen zu können, wann er ihn anlog. Und deshalb wollte Grimm nicht einfach das Feld räumen. Er war ein junger Bulle und davon besessen, die Welt besser zu machen.

Ben fühlte sich unangreifbar. Auch das sprach nicht gegen ihn. Viele fühlten sich unangreifbar und hatten sich nicht das Geringste vorzuwerfen. Später hatte Grimm sich allerdings oft die Frage gestellt, ob er so hartnäckig geblieben wäre, wenn er gewusst hätte, *wie* sicher sich Ben fühlte.

Andersen senior war ein einflussreicher Mann. Und er hatte dafür gesorgt, dass der überehrgeizige Kripofrischling, der seinen Sohn mit haltlosen Verdächtigungen belästigte, sich eine Rüge einhandelte und damit vorerst für Beförderungen nicht mehr in Frage kam.

Hätte Grimm daraus lernen sollen? Vielleicht, dass er in einem Rechtsstaat lebte, der es nicht duldete, jemanden für schuldig zu erklären, wenn man keinerlei Belege für seine Schuld vorbringen kann.

»Erinnerst du dich noch, worüber wir neulich gesprochen haben?«, fragte Ben ihn an jenem Morgen, als sie sich das letzte Mal gegenübergestanden hatten, in einem dieser hohen Räume. »Recht und Gesetz – das ist deine Religion. Aber ich sage dir: Recht und Gesetz sind nur hohle Worte, nichts weiter.«

»Ich erinnere mich«, sagte Grimm.

»Nur einmal angenommen, ich würde dir jetzt sagen: ›Ja, ich habe Sheila getroffen. Ja, ich habe sie getötet, aber ich bin keineswegs bereit, die Verantwortung dafür zu übernehmen.‹ Was könntest du tun, Björn? Du würdest sagen: ›In dieser Gesellschaft wird nun einmal erwartet, dass man für seine Taten einsteht.‹ Aber ich für meinen Teil finde nicht, dass einem ein solches Verhalten Vorteile einbringt. Und ich habe mir geschworen, in meinem Leben nur Dinge zu tun, die mir Vorteile einbringen. Du, mein Lieber, könntest nichts weiter tun, als dir mein Geständnis anzuhören und Zeuge zu werden, wie nicht dein geliebtes Recht siegt, sondern etwas anderes.«

»Hast du es denn getan?«, beharrte Grimm. »Hast du sie getötet?«

»Ende des Gesprächs«, sagte Andersen mit einem jovialen Grinsen. »Du musst jetzt leider gehen.«

Grimm hatte sich damit nicht abfinden wollen. Er hatte es geradezu herausgefordert, weil er es nicht aushalten konnte, ohne eine Antwort auf die Frage zu leben, wer von ihnen beiden recht hatte.

12

Andersens Ufergrundstück war größer als die umliegenden. Eine geschlossene Reihe hoher Tannen verhinderte, dass man es von der Straße her einsehen konnte. Grimm musste sich eingestehen, dass er spontan und planlos vorgegangen war. Wenn er schon darauf verzichtete, Andersen anzurufen, was machte es für einen Sinn, hier aufzukreuzen?

Van Dijk fahndete inzwischen weiter nach Maarten Lichter. Seit gestern gab er sich Grimm gegenüber aufgeschlossener, offenbar bildete er sich ein, die Tatsache, dass Grimm über ihn und Lydia im Bilde war, wirke sich in positiver Weise auf ihr berufliches Verhältnis aus. Grimms plötzlicher Eifer im Mordfall Meyring irritierte den Jungen allerdings ebenso sehr wie seine bisherige Blockadehaltung.

Grimm warf seine Jacke auf den Beifahrersitz und wollte schon umkehren, als sich das Tor zum Anwesen öffnete. Ein weißer Sportwagen mit aufgeklapptem Verdeck verließ das Grundstück. Der Mann am Steuer schien Andersen zu sein, der seit damals um keinen Tag gealtert war. Andersen, wie er damals ausgesehen hätte, wenn er keine Dreadlocks gehabt hätte, stattdessen eine Glatze. Grimm starrte ihm nach.

Das Tor stand immer noch offen. Der Hauptkommissar zögerte einen Moment, dann entschloss er sich, wenigstens einen kurzen Blick hineinzuwerfen. Er trat ein und befand sich auf einem weitläufigen, wohlgepflegten Rasen, der zur Niers hin leicht abfiel. Dort unten gab es einen Steg, der ins Wasser führte. Rechter Hand stand ein Blockhaus im Stil einer Westernranch, wie geschaffen für rauschende Festivitäten, mit einer Veranda, die mit einer Holzbank und einem riesigen Grill ausgestattet war. Nach links grenzte der Rasen an einen Teich, der sich hinter hohen Sträuchern versteckte.

»Darf ich fragen, was Sie hier zu suchen haben? Sie befinden sich auf Privatbesitz.«

Grimm drehte sich um und stand einer Frau gegenüber, die

ihn misstrauisch musterte. Sie war schätzungsweise Ende zwanzig und trug einen schwarzen Bikini, der ihr strohblondes Haar in aufregender Weise kontrastierte. Eine auffällige Schönheit, wenngleich sie sich weniger auf Natürlichkeit als auf intensives Styling stützte.

»Kripo«, sagte Grimm und zog seinen Ausweis aus der Hosentasche. »Ich hatte geklingelt«, log er, »aber dann sah ich, dass das Tor offen war. Eigentlich wollte ich Herrn Andersen sprechen.«

»Kriminalpolizei?« Die Frau wirkte beunruhigt. »Worum geht es denn?«

»Herr Andersen ist also nicht da?«

»Nein, aber Marlon, das ist sein Sohn. Er müsste …« Sie sah sich nach ihm um.

»Ihren Mann habe ich wohl knapp verpasst«, erklärte Grimm. »Er saß in dem weißen Cabrio.«

»Marlon ist nicht mein Mann.« Sie musterte ihn mit einem giftigen Blick. »Sondern Ben.«

»Und Ihr Name?«

»Gina Gerling. – Sagen Sie, dürfen Sie das eigentlich? Unangekündigt in fremde Gärten eindringen?«

»Eigentlich nicht«, gab Grimm zu. »Aber es geht um einen ungeklärten Mordfall, der sich kürzlich hier in der Nähe ereignet hat. Genauer gesagt: praktisch vor Ihrer Haustür.«

»Wer wurde denn ermordet?«

»Eine Frau namens Cornelia Meyring. Sie wurde in der Niers aufgefunden. Kannten Sie sie zufällig?«

»Natürlich nicht.«

»Ist Ihnen eine Person aufgefallen, die nicht hier wohnt oder die sich irgendwie ungewöhnlich verhielt?«

»Das ist ein Naherholungsgebiet. Hierher kommen scharenweise Menschen, die nicht hier wohnen. Abgesehen davon bin ich selten hier. Nur hin und wieder, um die Stille zu genießen und zu arbeiten.«

»Woran arbeiten Sie denn?«

»Mein Bereich ist die Literatur.«

»Sie schreiben also, so wie Ihr berühmter Mann?«

»Ich betreibe eine literarische Agentur.«

»Ist außer Ihnen noch jemand hin und wieder hier?«

»Marlon. Hauptsächlich am Wochenende. Da feiert er Partys.«

»Auch am letzten Wochenende?«

Frau Gerling zupfte am Träger ihres Oberteils, der ein wenig verrutscht war. »Da fragen Sie ihn am besten selbst. Ich bin weder darüber informiert, wann diese Gelage stattfinden, noch wer an ihnen teilnimmt.« Ihr distanzierter Ton, als die Rede auf Marlon kam, klang deutlich angewidert.

»Tja, dann …«, meinte Grimm. »Sie haben doch bestimmt nichts dagegen, wenn ich mich hier noch ein wenig umsehe.« Ohne auf ihr Einverständnis zu warten, stapfte er den Rasen hinunter zum Bootssteg. Aus den Augenwinkeln beobachtete er, wie die junge Frau zu ihrem Liegestuhl ging, den sie auf dem Rasen unter einer Markise aufgestellt hatte, ihr Handy aufnahm und eine Nummer wählte, während sie weiter zu ihm herübersah.

Grimm stand eine Weile da, die Hände in den Hosentaschen versenkt, starrte in den kleinen Fluss und beobachtete eine Entenfamilie, die sich stromaufwärts bewegte. Die Frau hat recht, fand er. Was habe ich eigentlich hier verloren?

Er wandte sich vom Flussufer nach links, schob sich an den Büschen vorbei zu dem kleinen Weiher. Er erwies sich als größer, als Grimm vermutet hatte, ein schwarzer, glänzender Tümpel, zur Hälfte mit Schilf bewachsen. Ein Kanal, etwa einen halben Meter breit, verband ihn mit dem in direkter Nähe vorbeifließenden Gewässer.

Ich bin ein Störenfried, dachte Grimm. Einer, der ungebeten auftaucht und die Idylle zertrampelt. Tote aufweckt, die schon seit Ewigkeiten ihre Ruhe gefunden haben und nichts lieber wollen als weiterschlafen.

»Das nenne ich aber wirklich seltenen Besuch.«

Grimm wandte sich um. Ein Mann stand hinter den Büschen. Er war schlank, fast dürr, eine puritanische Erscheinung. Er sieht aus wie sein Vater damals, der Chefarzt, dachte Grimm.

»Tag, Ben«, sagte er. »Schön hast du es hier.«

Andersen nickte. Er trug das ergrauende Haar lang und zu einem Pferdeschwanz gebunden. »Nicht wahr, es ist ein idyllisches Fleckchen. War auch gar nicht leicht zu bekommen.

Warum hast du nicht angerufen? Wir hätten es uns gemütlich machen können, etwas essen und trinken. Stattdessen schneist du einfach so herein.«

Diese letzte Bemerkung klang weniger freundlich, eher vorwurfsvoll. Der Tonfall erinnerte Grimm an den Ben Andersen von damals. Viele verändern sich zu ihrem Vorteil, wenn sie älter werden, dachte er. Dieser Mann gehört nicht zu ihnen.

»Das liegt daran«, erwiderte Grimm, »dass ich nicht zum Kaffeetrinken hergekommen bin.« Er bahnte sich einen Rückweg durch das Gebüsch und trat dem Schriftsteller gegenüber.

Die Begegnung schien Andersen zu belustigen. »Bist du eigentlich damals Bulle geworden?«, erkundigte er sich.

»Ich war es damals schon und bin es auch geblieben. Selbst dein Vater konnte das nicht verhindern.«

»Das heißt, du bist auch jetzt als Bulle hier? Also dann, stell deine Fragen.«

»Kennst du eine Cornelia Meyring?«

Andersen hob eine Augenbraue. »Sollte ich sie kennen?«

»Sie wurde tot in der Niers aufgefunden. Ermordet.«

»Ach so, und du meinst jetzt, dass ich –«

»Ich meine nichts. Ich frage.«

»Also erstens: Wenn ich sie ermordet hätte, dann würde ich dir das doch nicht sagen, oder? Und zweitens: Ich verbringe meine Zeit damit, Bücher zu schreiben, und nicht damit, Menschen zu töten.« Er winkte Gina Gerling zu, die sich wieder in ihrem Liegestuhl niedergelassen hatte. »Wo ist diese Frau ermordet worden?«

»Das wissen wir noch nicht.«

»Verstehe«, sagte Andersen.

»Was verstehst du?«

»Du hast nicht damit aufgehört.«

»Aufgehört? Womit denn?«

»Die Fahne des Guten zu schwenken. Dich zu weigern, das wirkliche Leben zu akzeptieren.«

»Ja, das kann man wohl so sagen.«

»Wie lange ist es jetzt her, dass du mich bezichtigt hast, einen Menschen umgebracht zu haben?«

»Das habe ich nicht«, widersprach Grimm, obwohl er wusste, dass Andersen recht hatte. »Ich wollte lediglich wissen, ob du etwas mit ihrem Verschwinden zu tun hast.«

»Damals hattest du nichts als eine Vermutung. Heute kommst du mit einem Mordfall, der nicht das Geringste mit mir zu tun hat. Und da denkst du dir: Vielleicht schaffe ich es dieses Mal, ihm was anzuhängen.«

Grimm schüttelte den Kopf. »So ungefähr«, sagte er.

»Du hast schon einmal verloren«, erinnerte Andersen. »Aus Fehlern nicht zu lernen, sondern sie noch einmal zu machen, ist ein Zeichen von Dummheit.«

»Ich habe schon gefunden, wonach ich gesucht habe.«

»Und das wäre?«

»Eine Theorie, wie es sich zugetragen haben könnte. Wir gehen nämlich davon aus, dass der Mörder die Tote verschwinden lassen wollte. Er beschwerte sie mit einem Stein. Aber warum warf er sie dann in den Fluss? Das macht doch keinen Sinn.« Grimm deutete auf den Weiher. »Es sei denn, er hat sie in einem Teich versenkt, der über einen Kanal mit der Niers verbunden ist. Er wirft sie in diesen schwarzen Morast und rechnet sich aus, dass sie auf Nimmerwiedersehen verschwindet. Aber dann kommt das Unwetter dazwischen, reißt die Leiche vom Grund los und spült sie in den Fluss.«

Andersen betrachtete seinen Weiher. Seine Augen folgten der Wasserader, die quer durch das Gebüsch zum Fluss führte, als vollziehe er Grimms Gedanken nach. Er nickte. »Eine interessante Spekulation«, meinte er. »Für eine Idee, die ich in einem Roman verwenden würde, finde ich sie allerdings zu weit hergeholt.«

Grimm wandte sich zum Gehen, blieb aber noch einmal stehen und drehte sich um. »Übrigens, es ist jetzt einunddreißig Jahre her«, sagte er.

13

Die Bemerkung eines Kriminalpsychologen aus einer TV-Talkshow haftete ihm seit Jahren im Gedächtnis: Statistisch gesehen spreche einiges für die These, dass eine maßgebliche Voraussetzung für eine kriminelle Laufbahn ein intaktes Elternhaus sei.

Grimm und Ben Andersen kannten sich schon seit der Schulzeit. Grimm und Andersen – ein märchenhaftes Team, wie Ben oft gewitzelt hatte. Dabei hatten sie eigentlich nicht viel gemeinsam, und dass sie aufeinander aufmerksam geworden waren, war reiner Zufall gewesen. Während einer nächtlichen Klassenfahrt nach Rom hatten sie sich beide in einen leeren Waggon verirrt, der sich als Kurswagen nach Catania entpuppte. Einmal nach Sizilien und von dort aus wieder zurück nach Rom, wo der Rest der Klasse längst eingetroffen war: Das war genug Zeit, sich ein wenig näher kennenzulernen.

Ben war ein Überflieger, der nicht den Streber herauskehrte, sondern bemüht war, die Mitschüler seinen enormen Vorsprung an Wissen und Bildung nicht spüren zu lassen. Alles schien ihm ohne Anstrengung zuzufallen, niemand hatte ihn jemals büffeln sehen, und bei den Lehrern durfte er sich beinahe jede Bemerkung erlauben, nicht nur weil er der Sohn eines allseits bekannten und geschätzten Professors war. Ben hatte es nicht nötig, andere niederzumachen, um selbst zu glänzen. Im Gegenteil, er schien nichts dagegen zu haben, jene, die ihn bewunderten, an seinem Glanz teilhaben zu lassen.

Auch Grimm gehörte zu diesen Bewunderern. Dabei kam er erst zu einer Zeit in die Klasse, als Andersens Stern schon leicht zu sinken begann. In der Oberstufe war ein Klassenprimus nicht mehr bewundernswert, man bemitleidete ihn eher, weil der Applaus, den die ältere Generation ihm zollte, ihn gleichsam verdächtig machte. Andersen war dabei, eine neue Rolle einzustudieren. Immer öfter betonte er, dass er sich aus Belobigungen nichts mache und ihn die Schule insgesamt langweile.

Grimm wollte so sein wie Ben: witzig und schlagfertig, souverän, gut aussehend und mit der einzigartigen Gabe ausgestattet, Menschen für sich zu gewinnen. Nicht nur äußerlich glich Ben seinem Vater. Professor Dr. Eckart Andersen, Chef einer exklusiven Privatklinik im Norden der Stadt, galt als Instanz für moralische Integrität. Er hatte von sich reden gemacht, als er einem Mediziner eine Stelle an seiner Klinik mit der Begründung verwehrte, er vermisse die moralische Grundorientierung, die er für eine so verantwortungsvolle Tätigkeit als unverzichtbar betrachte. Der Betreffende klagte gegen diese Entscheidung, trat die Stelle dann aber nicht an, obwohl er recht bekam. Professor Andersen hatte ein Buch veröffentlicht, das sich mit dem Wertewandel in unserer Gesellschaft befasste und in jeder Buchhandlung der Stadt auslag. Als Grimm Ben zum ersten Mal zu Hause besuchte, wurde ihm ein handsigniertes Exemplar überreicht.

Er kam noch öfter zu Besuch, hin und wieder war er sogar zum Mittagessen eingeladen, wo man sich beim Klappern des Bestecks auf den Porzellantellern angeregt über Bens Plan unterhielt, nach dem Studium der Medizin nach Afrika zu gehen, um sich dort für jene zu engagieren, die seine Hilfe am nötigsten brauchten.

Im Unterschied dazu waren Grimms Pläne bescheidener. Ehrlich gesagt, hatte er gar keine. Eine Zeit lang hatte er darüber nachgedacht, Lehrer zu werden, aber man hatte ihn gewarnt, dass es zu viele Bewerber gebe und die Chancen auf eine Stelle dementsprechend gering seien. Aufgewachsen in einem Beamtenhaushalt und gewohnt, Luftschlössern grundsätzlich zu misstrauen, fühlte Grimm sich durch Andersens hohen, kompromisslosen Anspruch an das Dasein herausgefordert und inspiriert zugleich.

Wäre Ben nicht gewesen, dann hätte er vielleicht niemals die kleine, überschaubare Welt seines Elternhauses verlassen, hätte niemals dessen Enge verspürt. Bens Prinzip, die Dinge zu hinterfragen und alle Autoritäten schonungslos an ihren eigenen Maßstäben zu messen, ließ Grimm zu einem Menschen werden, der Fragen hatte. Ohne Ben wäre er nicht Bulle geworden.

»Im Grunde kommt es doch nur darauf an, dass man etwas

verändert«, sagte Andersen während eines dieser recht einseitigen Gespräche, die darin bestanden, dass Andersen seine Gedanken in Worte fasste und Grimm zuhörte.

»Zum Besseren, meinst du«, fügte er hinzu.

»Jede Veränderung ist eine zum Besseren, weil sie dem, was bisher war, etwas Neues hinzufügt. Etwas, das es bis dahin noch nicht gab. Und erst wenn du das schaffst, existierst du.«

»Dann hast du also vor, in die Fußstapfen deines Alten zu treten?«

Andersens Miene verfinsterte sich. Was gestern noch nahegelegen hatte, war jetzt grundfalsch. Grimm war völlig entgangen, welche Wende sein Freund inzwischen vollzogen hatte. »Mein Vater hat gar nichts verändert«, sagte er abfällig. »Er lässt sich gern loben für seine hohen moralischen Werte. Aber eigentlich hat er nichts begriffen.« Andersen sah regelrecht angewidert aus. »Mein Daddy redet gern, aber das ist nichts als Gelaber. Der Alte ist ein Hochglanzspießer par excellence.«

Zu dieser Zeit hatten sie das Abi schon hinter sich. Andersen geriet immer mehr zum Gegenbild seines Vaters, hielt neuerdings stolz die Fahne des Nihilismus in den Wind und ließ keine Gelegenheit aus, all das, was seinem Elternhaus heilig war, lächerlich zu machen. Und er brachte es fertig, auch in diesem Gegenbild perfekt und authentisch zu wirken. Die Zeit der gemeinsamen Mittagessen war vorbei. Ben trug eine Sonnenbrille als ständiges Accessoire und tauschte das bislang sorgfältig gekämmte Haar gegen Dreadlocks ein. Er hörte auf, der folgsame Mustersohn zu sein, der seine moralisch ambitionierten Eltern glücklich machte, indem er als Arzt weltweites Leid linderte. Stattdessen entdeckte er die künstlerische Seite in sich.

Grimm wurde von dieser Wendung überrumpelt. Während er sich noch bemühte, seinem Idol nachzueifern, schwenkte dieses in eine andere Richtung und ließ ihn mit Idealen zurück, die so aktuell waren wie eine Zeitung von gestern.

»Ich frage mich, wie man Bulle werden kann.« Andersens Stimme klang ähnlich angewidert wie eben, als er über seinen Vater gesprochen hatte.

»Man will etwas zum Besseren verändern«, sagte Grimm. »Genauso wie du.«

»Bullen verändern doch nichts. Sie halten das System am Laufen. Sorgen dafür, dass sich nie was ändert.«

»So, und was hast du vor, wenn du doch nicht Chefarzt werden willst?«

»Keine Ahnung, aber du kannst dich drauf verlassen, es wird kein konformistischer Scheiß sein, sondern etwas, was alles in Frage stellt. Was die Leute zum Denken bringt. Nur so was hat Sinn.«

Warum Andersen ausgerechnet Musiker sein wollte, konnte Grimm nicht nachvollziehen. Ben schrieb Texte, in denen er mit den Spießern und den Mächtigen abrechnete, und begleitete sich auf der Gitarre, was in Grimms Ohren ziemlich schräg klang. Erstmals nahm er zur Kenntnis, dass es Dinge gab, in denen Andersen, der Überflieger, nicht brillierte. Aber da sich sein eigenes musikalisches Gefühl ausschließlich auf zwei Jahre Klavierunterricht beschränkte, maßte er sich kein Urteil an. Sheila, die er um diese Zeit kennenlernte und die ihn zu einem der Auftritte Bens begleitete, bereitete er darauf vor, dass der Sound möglicherweise gewöhnungsbedürftig sei, nur um Andersen einen gehässigen Kommentar von ihrer Seite zu ersparen.

Doch diese Sorge war unbegründet. Wie sich herausstellte, fand Sheila schnell einen Draht zu Bens Musik. Ebenso schnell, wie sie einen Draht zu ihm selbst fand.

14

Gegenüber, auf der anderen Straßenseite, befand sich ein Dachgarten, den man einsehen konnte. Ein Mann lief dort, mit einem Handy telefonierend, auf und ab. Er schien erregt zu sein. Plötzlich ließ er das Handy sinken und horchte – es musste an der Tür geklingelt haben. Der Mann unterbrach das Telefonat und ging hinein, um zu öffnen. Bekam er Besuch von einer Frau? Von derjenigen, mit der er gerade am Telefon gestritten hatte? Oder war sie der Anlass zu dem Streit gewesen?

Der Dachgarten blieb leer, van Dijk wartete vergebens auf die Rückkehr des Mannes. Enttäuscht wandte er sich ab und beobachtete ein Pärchen mit einem Kleinkind unten an einem der Tische des Straßencafés.

Er beobachtete nicht aus bloßer Neugier. Wenn man es aber unbedingt so nennen wollte, dann war es eine ganz bestimmte Neugier, nämlich die zu erfahren, wie man es anstellen konnte, so wie diese Menschen zu sein. Wie sich das anfühlte. Seit er denken konnte, beschäftigte ihn diese Frage geradezu zwanghaft. Deshalb sah er anderen Menschen bei ihrem Leben zu. Er beneidete sie dafür, dass ihnen das Dazugehören scheinbar ohne die geringste Anstrengung gelang. Deshalb blickte er durch ihre erleuchteten Fenster, sah sie an den Kassen der Läden Schlange stehen, in den Wartezimmern der Arztpraxen Zeitung lesen oder in Cafés mit dem Löffel in ihrem Kakao rühren. Und bis heute war es ihm nicht gelungen, ihnen ihr Geheimnis zu entlocken.

Van Dijk war nicht so wie sie, so viel stand fest. Manchmal konnte er so tun, als ob, und es mochte auch eine Weile gut gehen. Aber das Risiko, dass der Schwindel aufflog, war hoch und bestand jederzeit. Es war ihm peinlich, ertappt zu werden. Deshalb hatte er sich in die Sphären idealistischer Betrachtungen geflüchtet, weil er sich dort sicher vor Blamage wähnte. Björn Grimm hatte recht: Er, van Dijk, setzte sich auf ein hohes moralisches Ross. Aber das tat er nur, weil sonst weit und breit kein Platz für ihn frei war.

Lydia schien ihm der einzige Mensch zu sein, der ihn noch nicht durchschaut hatte.

Das Telefon klingelte. Der Hauptkommissar nahm ab. »Van Dijk?«

»Hier ist Hanne Meyring. Ich weiß, wo Maarten steckt, Herr Kommissar. Er scheint betrunken zu sein und sagt, dass er Nellie getötet hat.«

»Wo sind Sie?«

»Im ›Nordpol‹. Das ist eine Kneipe am Marienplatz.«

»Bitte unternehmen Sie nichts, Frau Meyring.« Er warf einen Blick auf die Uhr. »Ich bin spätestens um dreizehn Uhr da.«

Maarten Lichter war eine schmächtige Person mit einem Dreitagebart und schütterem Haar. Auf den ersten Blick kein Mensch, vor dem man sich fürchten musste, eher einer, den man mit Bedauern ansah, eine gescheiterte Existenz, der das Leben übel mitgespielt hatte. Lichter hockte betrunken am Tresen des »Nordpol« und redete auf den Barkeeper ein, der ihn aber ignorierte. Während Hanne Meyring draußen im Auto wartete, gesellte sich van Dijk zu ihm.

Schon bald kam ihm der Gedanke, dass er zu sehr Hals über Kopf gehandelt hatte. Er war losgefahren, ohne einen Kollegen von seiner Aktion zu informieren. Keine Ahnung, wo sich Grimm aufhielt, der Mann war ja nie greifbar, wenn man ihn brauchte. Abgesehen davon hoffte van Dijk, den Älteren mit einem schnellen Erfolg beeindrucken zu können. Nur, wie sollte es jetzt weitergehen? Sollte er diesen Mann freundlich fragen, ob es stimmte, was er von ihm glaubte? Dass er ein Mörder war?

»He, was starren Sie mich so an?«, nuschelte Lichter, streifte den Ankömmling mit einem glasigen Blick und nahm einen Schluck aus seinem Glas. »Tun Sie mir den Gefallen und starren Sie woandershin.«

»Mein Name ist van Dijk«, improvisierte der Hauptkommissar. »Ich bin bei der Kripo.«

Lichter verzog den Mund zu einer besoffenen Grimasse. »Ach nee. Bei der Kripo. Was machst du denn da? Schulpraktikum oder was?«

Van Dijk fühlte, wie ihm heiß wurde. Er hatte den Mann unterschätzt. »Nein, ich bin Hauptkommissar.«

»Hauptkommissar!« Der Mann mit dem Dreitagebart amüsierte sich köstlich. Glucksend trank er, verschluckte sich und bekam einen Hustenanfall. »Herr Hauptkommissar, nehmen Sie es mir nicht übel, aber wenn Sie was von mir wollen, wäre es mir lieber, wenn Sie Ihren Papa schicken würden, haha!«

Aus den Augenwinkeln bemerkte van Dijk, dass auch der Barkeeper bemüht war, sich ein Grinsen zu verkneifen. Fieberhaft überlegte er, wie er die Kontrolle über die Situation erlangen konnte. »Es geht um Nellie Meyring, Ihre Lebensgefährtin. Wie Sie wissen, wurde sie ermordet. Ich muss Ihnen einige Fragen stellen.«

»Scheiße, nein! Schieben Sie sich Ihre Fragen sonst wohin! Finden Sie den Scheißkerl, der das getan hat!«

Van Dijk räusperte sich. »Deswegen muss ich Sie bitten, mit mir zu kommen. Eben noch haben Sie selbst gesagt, dass Sie Nellie auf dem Gewissen haben.«

Lichter schnaufte. »Klar hab ich das. Was weißt du denn schon, Milchbubi?«

»Also geben Sie zu, sie ermordet zu haben?« Van Dijk berührte Lichters Arm. »Dann muss ich Sie jetzt bitten –«

»Blödsinn!« Der Betrunkene entzog sich ihm. Einen Augenblick starrte er den Kommissar wütend an, dann goss er ihm ohne Vorwarnung den Schnaps, den er gerade hinunterstürzen wollte, ins Gesicht. »Sie können mich mal!« Er schubste van Dijk zur Seite und rannte zur Tür.

»Stehen bleiben!«, schrie van Dijk. Seine Augen reibend, was das Brennen noch verstärkte, stolperte er hinter dem Flüchtigen her. Er stürzte über einen Stuhl und landete der Länge nach auf dem Boden.

Der Barkeeper half ihm hoch, stellte ihn auf die Füße und reichte ihm ein Handtuch. »Alles klar bei Ihnen, Chef?«

Van Dijk wischte sich das Gesicht ab und nahm die Verfolgung auf. Er blinzelte. Die Augen brannten wie verrückt, und sein Puls raste. Wie konnte ich Idiot mich so dämlich austricksen lassen? Er trat auf die Straße. Auf der gegenüberliegenden Seite stand der Wagen, in dem Hanne saß. Sie deutete die Straße hinunter. Mit einiger Mühe konnte van Dijk das Fahrrad erkennen, das in Richtung Stresemannstraße davonfuhr, zu Fuß nicht mehr einzuholen. Und mit dem Auto wäre er dort mühelos abzuschütteln. Na herzliche Glückwünsche!, dachte van Dijk. Einen besoffenen Verdächtigen abhauen lassen, das bringst nur du fertig.

Er rannte über die Straße und riss die Wagentür auf. Dann kam ihm das Glück zu Hilfe. Kaum zweihundert Meter entfernt kollidierte der Flüchtige, trunken wie er war, mit einem anderen Radfahrer.

»Jetzt haben Sie ihn endlich«, meinte Hanne Meyring erleichtert.

Van Dijk schwitzte. »Ja, ja«, sagte er.

15

Fünfundvierzig Minuten später. Lichter und van Dijk saßen sich in einem der Vernehmungsräume gegenüber. Draußen war es so heiß wie immer, hier drinnen herrschte angenehme Kühle. Die Umgebung schien den Verdächtigen einzuschüchtern. Er gab sich kleinlaut und schuldbewusst. Vielleicht hatte ihn auch der Fahrradsturz mit einem Schlag ernüchtert.

»Wo waren Sie am vergangenen Samstag um halb neun Uhr abends?«, fragte van Dijk. »Es war der Abend vor dem großen Unwetter.«

»Unterwegs. Ich war unterwegs.«

»Wohin unterwegs?«

»Ich weiß es nicht. Manchmal fahre ich los, ohne ein Ziel zu haben. Wenn es mir beschissen geht, Herr Kommissar. Haben Sie eine Ahnung, wie das ist?«

»Fangen Sie nicht schon wieder an.«

»Schon gut, Herr Kommissar. Ich habe getrunken und bin losgefahren.«

»Sie wollten Nellie sehen?«

»Oh ja, das wollte ich. Aber sie ja nicht. Sie wollte mich nicht sehen.«

»Sie waren wütend auf sie?«

»Nein, ich war nicht wütend auf sie, nur verletzt. Es ist doch klar, dass man verletzt ist. Sie bedeutet mir viel.« Lichter beugte sich vor. »Herr Kommissar, ich bin mir sicher, dass Nellie etwas wusste. Zu viel wusste, verstehen Sie?«

»Nein.«

»Dieser Typ, mit dem sie sich traf, das war ein hohes Tier. Der konnte nicht riskieren, dass das rauskam.«

»Dass was rauskam?«

Schulterzucken.

»Sie vermuteten, dass sie einen Liebhaber hatte?«

»Ich wusste es.« Lichter lachte krähend auf. »Das war doch sonnenklar. Und sie hat es auch nicht abgestritten.«

»Kannten Sie den Mann? Wussten Sie, wo die beiden sich trafen?«

»Nein, woher denn?«

»Kann es sein, dass Sie in Richtung Niers gefahren sind?«

»Ich weiß es nicht, Herr Kommissar, das hat sich so ergeben. Ehrlich, ich habe nicht darauf geachtet, wo ich hinfahre.«

»Stimmt es, dass Sie Mitglied im Gladbacher Ruderverein sind?«

»Nein, ich meine: Ich war es. Vor einem Jahr bin ich ausgetreten wegen der hohen Beiträge. Aber warum wollen Sie das wissen?«

»Haben Sie Nellie Meyring mit Schlaftabletten getötet und sie dann auf dem Grund der Niers versenkt?«

Maarten Lichter schüttelte fassungslos den Kopf. »Ich könnte ihr niemals ein Haar krümmen, Herr Kommissar.«

»Sie haben Nellie des Öfteren misshandelt, Herr Lichter. Das ist aktenkundig.«

»Misshandelt? Oh nein, Herr Kommissar, das habe ich nie! Das könnte ich auch niemals. – Also gut, ich habe sie geschlagen.« Lichter schluchzte. »Ja, das habe ich. Jetzt, wo sie tot ist, würde ich mir am liebsten die Hand dafür abreißen. Ich würde sie hergeben, wenn ich Nellie dafür wieder lebendig machen könnte.«

Erst schlägt er die Frau, und dann wünscht er sich, seine Hand abreißen zu können. Dieser Mann neigt zu Überreaktionen, fand van Dijk. »Sie meinen«, präzisierte er, »wenn Sie Nellies Tod verhindern könnten, würden Sie dafür auch töten?«

Lichter nahm sich einen Moment Bedenkzeit. Dann nickte er feierlich. »Das gilt auch jetzt noch«, sagte er. »Wenn der Mann, der das getan hat, gefunden wird, dann werde ich Nellies Tod rächen. Die Folgen, die das für mich hat, werde ich tragen.«

»Nur damit ich Sie recht verstehe«, setzte van Dijk nach. »Als Nellie Sie verlassen wollte und von da an für Sie sozusagen tot war, wie haben Sie da reagiert? Haben Sie sie getötet, um das zu verhindern?«

Maarten Lichter starrte ihn entgeistert an.

Etwa eine Stunde nach der Vernehmung ließ sich Kollege Grimm im Präsidium sehen und lief Kriminalrat Grünberg über den Weg, der sich nach dem Stand der Ermittlung erkundigte. Van Dijk fühlte sich verschwitzt ohne die Möglichkeit, wenigstens das T-Shirt zu wechseln, aber dafür hatte er etwas vorzuweisen. Er bat die beiden Älteren in den Multimedia-Raum, um ihnen die Aufnahme vorzuspielen. Vorher aber zeigte er ihnen ein Dia.

»Das ist die Niers«, erläuterte er, »circa fünfhundert Meter von der Fundstelle der Leiche entfernt. Wie Sie sehen, beschreibt der Fluss hier eine kleine Kurve. Auf den ersten Blick fällt einem nichts auf, aber ich habe mit einem Ortskundigen vom Gladbacher Ruderverein e.V. gesprochen: Das Ufer ist dort an der Stelle, wo es vollkommen mit Gras bewachsen ist, unterspült. Darunter ist ein Hohlraum, und der Fluss ist faktisch erheblich breiter, als er aussieht.« Van Dijk lächelte stolz. »Das wäre die Lösung für unser Problem mit dem Fundort, nicht wahr?«

»Wer weiß denn noch davon?«, erkundigte sich Grimm. »Außer uns und den Ortskundigen vom Ruderverein?«

»Kaum jemand, denke ich«, antwortete van Dijk.

»Na also.«

»Ja, aber raten Sie, wer bis vor einem Jahr Mitglied dieses Vereins war? Unser Verdächtiger.«

Grimm brummte etwas Undefinierbares, Grünberg nickte, durchaus angetan.

Sie sahen sich die Vernehmung an. Nachdem van Dijk das Band gestoppt hatte, hielt der Chef mit seiner Meinung nicht hinter dem Berg. »Gute Arbeit, Herr Kollege, das muss ich schon sagen. Was meinst du, Björn?«

»Klar, das ist schon ordentlich«, lobte auch Grimm, um aber gleich darauf die Stirn zu runzeln. Van Dijk schwante nichts Gutes. »Das ändert nur leider nichts daran«, meinte Grimm, »dass dieser Mann nicht Nellie Meyrings Mörder ist.«

Eine Weile war es still im Raum.

»Gründe dafür?«, erbat sich Grünberg.

»Keine Gründe. Ich weiß es aber.«

»Du weißt es?«

»Ich sage ja nicht, dass Lichters Täterschaft bewiesen ist«, mischte sich van Dijk ein. »Aber es passt doch so manches zusammen. Lichter hat ein starkes Motiv: zerstörerische Eifersucht. Er neigt zu Gewaltausbrüchen und hat sich nicht unter Kontrolle. Obendrein verfügt kaum jemand außer ihm über das Wissen, wie und vor allem wo man sich einer Leiche in der Niers entledigen kann.«

Grimm nickte. »Trotzdem«, meinte er. »Obwohl das alles sicher richtig ist.«

»Woher zum Teufel willst du das wissen?«, fragte Grünberg ärgerlich.

»Nenne es Erfahrung, wenn du willst. Routine. Man kann es spüren, wenn jemand einem etwas vorspielt. Aber echte Gefühle kann man nicht vorspielen.«

»Ist das dein einziges Gegenargument, Björn? Dass man echte Gefühle nicht vorspielen kann?«

»Dazu kommt, dass uns diese unterspülte Flusskurve nur sagt, wo die Leiche versteckt gewesen sein *könnte*, aber nicht, wo sie versteckt war.«

»Immerhin ist das doch schon etwas. Diese Nuss haben wir bisher nicht knacken können.«

»Es gibt ganz in der Nähe dieser Kurve noch einen kleinen Tümpel mit Verbindung zur Niers. Dort *könnte* die Tote auch versteckt gewesen sein.«

Grünberg seufzte vernehmlich. »Wo befindet sich dieser Tümpel?«

»Auf dem Grundstück eines gewissen Benjamin Andersen.«

»Sprichst du von *dem* Andersen?«

»Allerdings. Ist das etwa ein Problem?«

»Nun, der Mann ist prominent.«

»Aber nicht unantastbar.«

»Das habe ich auch nicht gesagt, Björn. Doch es bedeutet, dass wir uns keinen Fehler erlauben dürfen.«

»Verstehe. In anderen Fällen ist es ja nicht so wichtig, ob wir welche machen, oder was?«

»Blödsinn. Was ist bloß mit dir los?«

»Vielleicht könnten wir ja beides in Betracht ziehen«, versuchte van Dijk zu vermitteln. »Aber abgesehen davon ist der Fundort auch nicht der einzige Punkt, der gegen Lichter spricht.«

»Genau das tut er«, konterte Grimm. »Er spricht gegen Lichter als Verdächtigen.«

Grünberg schüttelte resignierend den Kopf.

»Lichter ist ein nervliches Wrack«, erläuterte Grimm. »Wenn er Nellie Meyring ermordete, dann aus dem Affekt. Er hat die Tat nicht sorgfältig geplant. Sie aber auf so perfekte Weise verschwinden zu lassen, das deutet auf einen kühlen Kopf.«

»Was redest du denn da?«, beschwerte sich Grünberg. »Das soll eine perfekte Art und Weise gewesen sein? Kannst du mir dann erklären, wieso wir die Tote überhaupt gefunden haben?«

»Ich meine doch den Versuch, die Leiche vollständig und für immer verschwinden zu lassen. Warum sollte jemand wie unser Verdächtiger so etwas überhaupt in Erwägung ziehen? Andersen dagegen ist ein bekannter Schriftsteller. Er hat eine weiße Weste und gilt der ganzen Republik als Vorzeigeintellektueller. Du hast recht, Hannsjörg, keiner kann sich Fehltritte wie diesen leisten. Aber die Energie, die darauf verwandt wurde, den Mord unter den Teppich zu kehren, weist meiner Ansicht nach auf einen, der verdammt viel zu verlieren hat.«

Kriminalrat Grünberg erhob sich aus seinem Sessel und trat ans Fenster, die Hände, wie es seine Art war, tief in den Hosentaschen vergraben. Eine Weile kehrte er den Kollegen den Rücken zu und starrte nur hinaus. »Und warum sollte dieser Andersen Frau Meyring getötet haben?«, erkundigte er sich, als er sich umdrehte.

»Das werde ich schon noch herausfinden.«

Grünberg widmete sich wieder dem Ausblick. »So viel also zum Motiv«, meinte er spöttisch.

»Ich finde, wir sollten in diesem Fall unbedingt neutral ermitteln«, meldete sich van Dijk zu Wort. »Es sollte nicht darum gehen, eine persönliche Rechnung zu begleichen, nicht wahr?« Er hatte sich regelrecht gezwungen, das zu sagen, weil er damit rechnete, dass Grimm sich diese Unterstellung verbitten würde.

Aber Grimm musterte den jungen Kollegen mit einem seltsamen Blick. Einem überraschend milden Blick. »Das Begleichen von Rechnungen, Herr Kollege, ist ein wesentlicher Bestandteil polizeilicher Arbeit«, sagte er stattdessen. »Verbrechen sind nun einmal etwas, für das man bezahlen muss. Das verlangt unser Rechtssystem.«

16

Lydia Grimm musste grinsen, während sie das Abendessen vorbereitete. Die späte Sonne fiel durch die Fenster, und draußen, auf der Dachterrasse, hatte man einen weiten Blick auf den Schmölderpark.

Eine Szene aus einer beliebigen TV-Serie: Die fleißige Ehefrau bereitet ein treffliches Abendessen für ihren Gatten, der abgekämpft von der Arbeit nach Hause kommt. Sie umarmt ihn und fragt: Wie war's im Büro, mein Schatz?, und er antwortet: Frag mich besser nicht. Darauf sie: Nimm doch Platz, Essen ist gleich fertig.

Ein anrührendes Bild. Lydia mischte Öl und Balsamico für das Salatdressing.

Die Wohnungstür öffnete sich. Fabian erschien im Flur.

»Wie war's bei der Arbeit, Schatz?«, erkundigte sich Lydia, ihre Rolle weiterspielend.

»Frag lieber nicht«, sagte van Dijk mürrisch und entledigte sich seines Jacketts. Auf dem Weg durch die Küche umarmte er sie von hinten. Dann trat er nach draußen.

»Ich frage aber doch!«, rief Lydia. »Wie steht die gemeinsame Ermittlung?«

»Gemeinsame Ermittlung?« Fabian kehrte zurück, setzte sich an den Tisch und beobachtete Lydia. »Davon kann keine Rede sein. Sei froh, mein Schatz, dass du bei der Zeitung bist.«

Lydia hackte mit dem Messer auf eine Lauchzwiebel ein. »Was soll das denn jetzt heißen?«

»Na was denn?« Er lächelte müde. »Dass du eine gute Journalistin bist.«

»Das kann aber auch bedeuten: Warum zum Teufel hast du dir in den Kopf gesetzt, Bulle zu werden? Artikel zu schreiben ist doch viel schöner. So würde es mein Vater ausdrücken.«

»Ich bin aber nicht dein Vater.«

»Aber du versuchst, ihm nach dem Mund zu reden.«

»Wenn ich das tun würde, dann wäre es doch wohl das Gegenteil von dem, was er gesagt hat«, ärgerte sich Fabian. »Dein Vater hat feierlich erklärt, dass er deine Entscheidung respektiert und dich nach Kräften unterstützen wird.«

»Klar, das hat er nur gesagt, weil er es sich mit mir nicht verderben will. So ist er eben. In Wirklichkeit denkt er das Gegenteil.«

Eine Weile schwiegen beide. Sowohl Lydia als auch Fabian schienen zu bedauern, dass aus dem Geplänkel Ernst geworden war.

Lydia machte mit dem Salat weiter.

Aber van Dijk musste noch etwas loswerden. »Ich rede ihm also nach dem Mund.«

»Exakt.« Die Spitze erreichte ihr Ziel. Fabian erhob sich vom Tisch und trat gekränkt auf den Balkon. Aber in seiner Schmollecke hielt er es auch nicht lange aus.

»Soll ich dir was sagen?«, gab er zurück, während er wieder in die Küche stürmte. »*Du* machst das doch. Du redest dir ein, gegen deinen Vater zu rebellieren, indem du genau das tust, was er verhindern will. Fakt ist aber, dass du in seine Fußstapfen treten willst. Alles dafür zu tun, dass man einmal so wird wie Daddy, das kann man ja wohl kaum Rebellion nennen.«

»Also jetzt reicht's mir aber.« Lydia warf das Hackmesser auf das Brett. Der Rest der Lauchzwiebel blieb ungeschnitten. »So etwas muss ich mir nicht anhören.«

»Wo willst du hin?«

»Keine Ahnung. Vielleicht mache ich mir einen netten Abend. Viel Spaß noch mit dem Salat.« Sie erhob sich und griff nach ihrer Strickjacke. »Ich wünsche dir noch eine schöne trübselige Nacht.«

»He, warte doch!«, rief er ihr nach, aber erst, als sie schon aus der Tür war.

Es war ganz einfach: Sie rief ihn an, und er hatte sofort Zeit. Zwanzig Minuten später trafen sie sich in einem Restaurant in der Nähe. Von hier aus hatte Lydia sogar die Dachterrasse im Blick, auf der van Dijk wütend in den Abendhimmel starrte.

Lydia fühlte sich wohl in Marlons Gegenwart. Sie hatte das

Gefühl aufzublühen. Ja, sie gestand sich sogar ein, dass ihr der Streit mit Fabian nicht ganz ungelegen gekommen war.

»Habe ich dir schon von dem Probenwochenende erzählt?«

Marlon wirkte übernächtigt. Er bestellte einen Viertelliter Weißwein und machte sich über einen großen Teller Calamares her.

»Ein Probenwochenende?«, erkundigte sie sich.

»Genau. Die Sache ist nämlich die«, fuhr er mit vollem Mund fort, »da ist ein Stück, das wir unbedingt aufführen müssen, aber das Buch überzeugte nicht. Jetzt schon, weil ich eine zweite Fassung fertiggestellt habe. Und da brauchen wir dringend noch eine weibliche Hauptdarstellerin: dich.«

»Das ist nicht dein Ernst.«

»Wieso nicht? Du spielst die anderen an die Wand, Lydia, jede Wette.«

»Das ist doch Blödsinn.«

Lydia war sich jetzt sicher, dass er sie umschmeichelte. Sie würde niemanden an die Wand spielen. Ihr Vater war ein prosaischer Kripobeamter, die Mutter Spross einer Intellektuellendynastie, die seit Generationen darauf geeicht war, die Welt ausschließlich mit dem Verstand zu erfassen. Auf der Bühne zu stehen und in Rollen zu schlüpfen hatte Lydia seit jeher gereizt, aber sie hatte ihre Neigung als unpassend empfunden, beinahe als etwas Verbotenes. Seit Papa und Mama sich getrennt hatten, gab Björn sich Mühe, Lydia positiv zu unterstützen, aber das änderte nichts an seiner grundsätzlichen Haltung. Grimm war dagegen, dass sie zur Kripo ging, weil er sich dort auskannte; er unterstützte sie in ihrer Leidenschaft für die Schauspielerei, weil er nicht das Geringste darüber wusste.

»Nein, Lydia, das ist kein Blödsinn. Ich meine es ernst. Der Witz ist, dass du dazu stehen musst und dich nicht zu kleinmachen darfst.«

»Ich mache mich nicht klein.«

Marlon hatte seine Calamares verputzt und widmete sich jetzt seinem Glas Wein. »Na, dann können wir ja loslegen.«

»Was ist mit den anderen? Wann lerne ich die endlich einmal kennen?«

»Deshalb machen wir doch das Probenwochenende.«

»Dieses Wochenende kann ich aber nicht.«

Marlon wirkte enttäuscht. »Also gut, es muss ja kein Wochenende sein. Es reicht auch ein Tag, Hauptsache, wir haben Zeit zusammen.«

17

Trübsal blasen. Van Dijk musste zugeben, für ihn lag ein gewisser Reiz darin. Dabei beherrschte er es nicht einmal besonders gut. Schon zwei oder drei Minuten, nachdem Lydia weg war, bereute er alles. Er wünschte, dass sie zurückkam, denn er hatte genauso wenig Lust auf trübselige Stimmung wie sie. Wenn ich mit Überzeugung schmollen könnte, dachte er, wäre aus dem Abend vielleicht noch etwas zu machen.

Die Türklingel ließ van Dijk zusammenfahren. Augenblicklich kehrte das Gefühl zurück. Lydia hatte wohl begriffen, dass sie überreagiert hatte.

Aber es war nicht Lydia. Sondern Grimm. »Entschuldige die späte Störung«, sagte er aufgeräumt. »Aber ich bin auf der Suche nach meiner Tochter und dachte, sie wäre vielleicht zu Hause.«

Van Dijk starrte ihn nur an.

»Was ist?«, fragte Grimm. »Habe ich richtig gedacht?«

Der Jüngere zuckte mit den Schultern. »Bitte, komm rein«, sagte er und trat zur Seite. »Aber sie ist nicht da. Keine Ahnung, wo sie steckt.«

»Ihr habt euch gestritten?«

Van Dijk bildete sich ein, einen schadenfrohen Unterton zu hören, was ihn ärgerte. »Davon kann keine Rede sein«, meinte er. »Wir wollten gerade essen, da kam sie auf die Idee, ein bisschen spazieren zu gehen, und schon war sie weg.«

Grimm trat auf die Dachterrasse hinaus und naschte von dem Salat. »Schöne Wohnung«, lobte er. »Die Lage ist bestimmt nicht billig, was?«

»Ich hatte nicht lange Zeit zu suchen.« Van Dijk sah Grimm zu, wie er sich die zweite Kirschtomate aus der Salatschüssel angelte und sie in den Mund steckte. »Kann ich sonst noch etwas für dich tun?«

»Tja, wenn Lydia spazieren gegangen ist, habe ich wohl Pech gehabt. Ich werde dann mal wieder.« Grimm winkte zum Abschied. »Sagst du ihr, dass ich nach ihr gefragt habe?«

Van Dijk nickte.

Auf der Türschwelle machte sein Kollege noch einmal kehrt. »Lass den Kopf nicht hängen«, meinte er. »Keine Sorge: Wenn es mal kracht, kommt es auch wieder in Ordnung. Ich kenne mich aus. Den Dickschädel hat sie schließlich von mir.«

Während Grimm die Treppe hinunterlief, überlegte van Dijk, dass die Sache nichts mit Lydias Dickschädel zu tun hatte. Er ging zum Fenster und sah zu, wie Grimm aus dem Haus trat, über die Straße lief und ins Auto stieg. Was zum Henker lässt den Kerl plötzlich so freundlich sein?, fragte er sich. Die Tatsache, dass ich Zoff mit seiner Tochter habe? Oder gehört er zu den Menschen, die Freundlichkeit ausschließlich nach Feierabend praktizieren?

Grimm fuhr nicht los, der Wagen stand immer noch in der Parklücke. Van Dijk sah genauer hin. Grimm saß am Steuer und schüttelte ratlos den Kopf.

Es sah ganz so aus, als ob der Wagen nicht ansprang.

Jetzt ist es an mir, schadenfroh zu sein, dachte van Dijk. Er steckte seinen Autoschlüssel ein und zog die Wohnungstür hinter sich zu. Augenblicke später klopfte er an Grimms Fenster. Die Scheibe fuhr herunter. Grimms gute Laune war verflogen. »Der Anlasser streikt«, brummte er. »Es ist immer dasselbe mit der Kiste.«

»Wenn du willst, fahre ich dich nach Hause.«

Grimm nahm das Angebot an. Er folgte van Dijk zu seinem Wagen, einem altertümlichen Ford Ka, zwängte sich auf den Beifahrersitz und mühte sich mit dem Sicherheitsgurt ab. Dann fuhren sie los.

»Darf ich dich etwas fragen?«, brach van Dijk nach einer Weile das Schweigen.

»Sicher.«

»Warum hast du etwas dagegen, dass Lydia Polizistin wird?«

»Wie kommst du darauf, dass ich etwas dagegen habe? Es ist ihre Entscheidung und ich respektiere sie.«

Van Dijk fühlte einen Hauch von Genugtuung darüber, recht behalten zu haben.

»Davon abgesehen«, fügte der Ältere hinzu, »bin ich der

Ansicht, dass es viele spannende Dinge gibt, denen man sich in seinem Leben widmen kann, ohne Bulle zu werden. Du weißt sicher, dass Lydia künstlerisch begabt ist. Wenn sie den Schreibkram nicht mehr machen will, was ich ja verstehen kann, warum studiert sie nicht Musik und geht ihren Vater um Geld an wie eine normale brotlose Künstlerin?«

»Du bist also doch dagegen.«

»Natürlich.« Grimm grinste. »Aber was soll ich machen? Ich bin nicht in deiner Position. Sie ist meine Tochter, und ich werde mich nicht mit ihr anlegen.«

»Sie könnte doch beides: Bulle sein und Musik machen.«

»Viele haben falsche Vorstellungen vom Polizeiberuf. Sie halten den Bullen für einen Rächer der Schwachen und Entrechteten. Leider gehört meine Tochter zu ihnen, und ich kreide es mir als Vater an, dass es mir nicht gelungen ist, ihr ein realistischeres Bild zu vermitteln.«

Van Dijk stoppte an einer Ampel.

»Und jetzt wüsste ich gern, was dein Grund ist«, sagte Grimm.

»Mein Grund?«

»Du weißt schon: weshalb du Bulle bist. Warum hast du den Priester an den Nagel gehängt?«

»Ich war kein Priester.«

»Was auch immer.«

»Es war ein Philosophiestudium, und ich hatte es gerade erst angefangen.«

»Aber du hast es geschmissen.«

»Allerdings.«

»Aus welchem Grund? Wer hört von heute auf morgen damit auf, Platon und Aristoteles zu schmökern, um sich fortan dem Ausstellen von Strafzetteln zu widmen?«

»An der Uni habe ich eine Menge gelernt über die Welt, wie sie sein könnte. Das Schöne und das Gute als reine Ideen. Das moralisch Gute. Ich habe mich gefragt, was eine gerechte Gesellschaft ausmacht und worin das moralische Gleichgewicht besteht.«

»Ach, und worin?«

»Zum Beispiel in der goldenen Regel: Behandle alle so, wie du selbst behandelt werden willst. Ziemlich simpel im Grunde.«

»Nicht, wenn man einer der Typen ist, die ständig eine Sonderbehandlung brauchen.«

»Es gibt noch tausend andere Möglichkeiten. Aber das ist alles schöner Schein.«

»Und als dir das klar wurde, hast du deinen Hut genommen?«

»Ich wollte die Welt nicht interpretieren, sondern verändern. Ärzte und Seelsorger verändern die Welt. Aber auch Kriminalisten. Sie sorgen dafür, dass Schuld gesühnt wird und das ethische Gleichgewicht, das mindestens so wichtig ist wie das ökologische, erhalten bleibt. Falcone, der Mafiajäger, hat mehr für das moralische Gleichgewicht der Welt getan als so mancher Kardinal.« Van Dijk stoppte den Wagen. »Ich glaube, wir sind da.«

Grimm stieg aus, beugte sich noch einmal hinunter. »Vielen Dank fürs Bringen«, meinte er. »Tut mir leid, wenn wir nicht so ein harmonisches Team sind wie Starsky und Hutch.«

»Eines Tages, als ich in Berlin mit der S-Bahn zur Uni fuhr«, erzählte van Dijk, »wurde ein Schwarzafrikaner vor meinen Augen von einer Gruppe maskierter Neonazis attackiert. Sie schlugen ihn zusammen, und ich konnte nichts tun, um ihm zu helfen. Der Junge ist gerade noch mal so mit dem Leben davongekommen. Nur zwei der Täter wurden später gefasst.«

»Verstehe«, nickte Grimm. »Es ist ganz normal, dass man sich selbst die Schuld gibt und sich vorwirft, zugeschaut zu haben.«

»Wer sagt denn, dass ich mir etwas vorwerfe? Jedenfalls wollte ich nicht einfach zur Uni fahren und so tun, als sei nichts gewesen. Ich wollte dafür sorgen, dass so etwas nicht wieder passiert.«

»Auch das ist normal.«

»Normal? Was meinst du?«

»Ein Gewissen reagiert immer so: Weil es sich schuldig fühlt, bürdet es sich eine Aufgabe auf, die es niemals lösen kann. Als Buße sozusagen.«

»Wie kommst du darauf, dass die Aufgabe unlösbar ist?«

»Weil es in der Wirklichkeit niemals um Gerechtigkeit geht, sondern um Macht und Ohnmacht. Gerechtigkeit gibt es nur in Romanen. Und an der Uni.«

18

Das »Hotel California« wird eines Tages Musikgeschichte schreiben. »Auf diesem unscheinbaren, abgelegenen Stück Land fernab der Zivilisation«, so wird in den einschlägigen Handbüchern zu lesen sein, »fand sich seinerzeit die Kultband Outlaws zusammen. Hier entstanden die besten Arrangements, hier schrieb Quinn, der Bandleader, jene berühmten Songs, die auch heute noch ein Begriff sind.«

Natürlich ist es kein Hotel. Nellie hatte die Idee, es so zu nennen, obwohl sie gar nicht auf die Eagles steht, wie sie behauptet. Bis wir hier eintrafen, war es ein verlassener Bauernhof mit einem Wohnhaus, einer Scheune und Stallungen, die allerdings ziemlich baufällig waren. Die Scheune ist unser Proberaum geworden, den wir allerdings mit etlichen Ratten teilen müssen.

»Die Viecher haben das gleiche Recht, hier zu sein, wie wir«, sagte Quinn großzügig, als Nellie sich weigerte, die Scheune zu betreten. »Genauer gesagt, waren sie sogar vorher schon da. Also sollten wir lernen, mit ihnen auszukommen. Wir kommen ja auch mit Jimmy aus.«

Das ist ein schwarzer Köter mit verfilztem Fell, keine Ahnung, wie er wirklich heißt. Der Hund lebte schon vor uns hier und ernährt sich weitgehend von Mäusen. Uwe hat ihn sofort in sein Herz geschlossen.

Der Hof ist ein Paradies, und es gibt jede Menge Platz. Jeder von uns hat ein Eckchen gefunden, in der er seine Isomatte ausrollen kann. Wir sind sehr schnell hier heimisch geworden.

Es gibt weder Strom noch fließendes Wasser. Woher sollte das auch kommen? Wir sind im Paradies, da gibt es keine Atomkraftwerke, die Strom produzieren, keine Stromkonzerne, die Millionen kassieren, und keine Wasserkraftwerke, die die Natur ausbeuten. Wir hätten es auch anders haben können. Sauberer, bequemer und vor allem stromlinienförmiger. Wie Quinn sagt: Unsere Zivilisation will uns einreden, dass alles bequem und einfach ist. Aber das macht uns zu Krüppeln des

Konsums. Die meisten sind lieber Krüppel als selbstständige Menschen.

Natürlich müssen wir uns daran gewöhnen, ohne fließendes Wasser zu leben. Auf sanitäre Anlagen zu verzichten. Früher sind die Menschen schließlich auch ohne all das ausgekommen. Sie hatten weder elektrisches Licht noch Wasserleitung, weder Duschen noch Wasserklosetts mit automatischer Spülung. Trotzdem haben sie Musik gemacht, haben sich geliebt und waren kreativ.

Und sie haben sich gewaschen. Im Hof hinter den Stallungen steht eine alte Pumpe, die der Bauer früher wohl für die Viehtränke benutzt hat. Nellie geht morgens zum Waschen dahin. Und Uwe hat versprochen, ganz in der Nähe eine Grube zu graben, die uns als Toilette dienen wird.

Quinn sagt, dass wir es nicht nötig haben, aus der Not eine Tugend zu machen. »Wir leiden keine Not«, meint er. »Wir üben Verzicht, um zum Ursprünglichen vorzudringen. Habt ihr euch überlegt, dass so gut wie alle Bands von so etwas Banalem wie Elektrizität abhängig sind? Wenn sie keine Steckdose finden, um ihre Anlage und Instrumente anzuschließen, dann können sie gar nicht erst anfangen. Sie sind musikalisch gesehen tot. Das mag sich simpel anhören, aber es gibt doch wohl keine größere Abhängigkeit als die vom Strom. Wir dagegen sind unabhängig. Und darauf dürfen wir uns etwas einbilden.«

Auch mir fiel es die ersten Tage nicht leicht, ohne Strom zu leben. Besonders abends, nachdem die Sonne untergegangen ist, wird es richtig gruselig. Die nächste Landstraße ist einige hundert Meter entfernt. Hin und wieder sausen lautlos Autos vorbei – Lichtpunkte, die für wenige Sekunden am Horizont entlangflackern.

Andere Höfe sind weit und breit nicht zu sehen. Uwe, der sich Gott sei Dank hier auskennt, ist gestern in die nächste Ortschaft gefahren und hat aus dem Supermarkt eine große Kiste voller Kerzen besorgt. Damit werden wir bis nächstes Jahr auskommen.

Leider ist das Wetter nicht so sommerlich, wie wir gehofft hatten. Schon am ersten Tag, als wir das »Hotel California« bezogen, gab es Regenschauer. Der trockene Lehmboden auf dem Hof verwandelte sich in Matsch. Und mittlerweile nieselt es.

»Es ist ein Erlebnis der besonderen Art«, bekräftigt Nellie, die sich dadurch nicht die Stimmung verderben lässt. Sie ist die Seele unserer kleinen Familie, und ich glaube, ich habe mich in sie verliebt.

»Ihr werdet sehen, nächste Woche verziehen sich die Wolken, und dann laufen wir hier in Badezeug herum«, hat Quinn versichert.

Uwe war sofort bester Laune. Er glaubt alles, was Quinn sagt. Manchmal denke ich, dass Quinn für ihn eine Art Vaterersatz ist. Aber auch Nellie und ich lassen uns gern von seiner Zuversicht anstecken. Wenn er nicht wäre, hätten wir uns schließlich nicht hier im Nirgendwo niedergelassen. Mit ihm macht es absolut Sinn. Es ist genau das, wonach wir alle gesucht haben. Eine neue Form zu existieren. Ohne die üblichen Lebenslügen. Es gibt ein wahres Leben, aber nur hier, außerhalb des falschen.

Im Übrigen brenne ich darauf, Musik zu machen. Mindestens zweimal am Tag ziehe ich mich in die Scheune zurück und probe ein paar Läufe auf der Gitarre. Es tut gut zu improvisieren. Sobald wir den Alltag organisiert haben, werden wir in die künstlerische Arbeit einsteigen.

19

Seit heute sind wir fünf. Gegen Mittag kurvte ein alter VW mit einem lahmen Scheibenwischer auf den Hof und hielt direkt vor der Scheune. Ein Mädchen mit langem blonden Haar stieg aus. Sie trug einen dunkelroten, wehenden Rock mit indischen Mustern und kam auf mich zu, um, wie ich vermutete, nach dem Weg zu fragen. In diesem Moment trat Quinn aus dem Bauernhaus. »Da bist du ja«, begrüßte er sie und nahm sie in die Arme.

Ihr Name ist Sheila. Sie ist ein wenig scheu. »Ich brauche eben noch ein bisschen Zeit, um anzukommen«, meinte sie.

Quinn quartierte sie bei sich ein, im Dachgeschoss des Bauernhauses. Dort wohnt man am besten – es gibt richtige Betten und einen Kerzenleuchter, der an der Decke hängt. Sheila zog sich in ihr Zimmer zurück und kam auch später nicht mit zum Baden.

Sie hat etwas verpasst.

Wir mussten es einfach tun, weil Quinn mit seiner Vorhersage richtiggelegen hat. Gegen Nachmittag riss die Wolkendecke auf, und kaum eine Stunde später lachte die Sonne vom Himmel. Überall roch es nach Regen, und die nassen Wiesen dampften. Wir fühlten uns großartig, wie neugeboren. Insofern war es wohl so etwas wie eine Taufe. Ja, und dazu kam so ein Gefühl, als hätten wir uns dieses Sommerwetter irgendwie erkämpft. Weil wir uns mit dem Nieselregen nicht abgefunden hatten. Also sind wir losgezogen und kaum einen Kilometer entfernt auf einen Weiher gestoßen. Es war heiß und der Tümpel wie geschaffen zum Baden. Keiner von uns hatte Badezeug dabei. »Badezeug ist nur was für die Beschränkten«, rief Nellie und stürzte sich nackt in das grüne Wasser. Die Beschränkten – das sind all jene, die über uns lächeln. Die gedankenlos in ihrer Konsumwelt leben und nicht das geringste Bedürfnis verspüren, anders zu sein. Die Beschränkten – so nennt Quinn in einem seiner Songs all diejenigen, für die wir nur Mitleid übrig haben.

Das Abendessen bestand aus Resten von gestern. Uwe sagt, dass sein Geld fast alle ist. Der Tag ist nicht mehr fern, dass er nicht mehr im Supermarkt einkaufen kann.

»Das ist doch genau das, was wir wollen«, verkündete Quinn. »Wenn wir pleite sind, wird es ernst. Dann hängen wir nicht mehr am Tropf der Konsumgesellschaft. Wir werden nur noch das essen, was wir selbst anbauen.«

»Was sollen wir denn anbauen?«, fragte Uwe. »Es ist doch viel zu spät im Jahr, um einzusäen.«

Nach dem Essen zog Quinn sich früh zurück. Nellie und ich haben zusammen geprobt. Eigentlich hatte er vor mitzumachen. Aber er kam nicht. Ich vermute, er wollte mit Sheila allein sein.

Mir ist nicht klar, ob Sheila wirklich an Musik interessiert ist. Weder spielt sie ein Instrument noch singt sie. Sie gesellt sich einfach zu uns und hört beim Proben zu. »Leute, die zuhören, brauchen wir mehr als alles andere«, kommentiert Quinn.

Sheila ist nur seinetwegen hier. Die beiden kennen sich von früher. Sie schlafen miteinander. Quinn hat neulich erst betont, dass das »Hotel California« eine konventionsfreie Zone sei. Kleinbürgerliche Benimmregeln gelten hier nicht. Jeder kann mit jeder schlafen. Aber Tatsache ist, dass Nellie, seit sie mein Interesse an ihr bemerkt hat, Situationen vermeidet, in denen wir uns nahekommen können. Uwe hat nichts dergleichen im Sinn, er scheint mit dem Haushalt voll und ganz ausgelastet zu sein. Die Einzigen, die sich von den kleinbürgerlichen Benimmregeln emanzipieren, sind Quinn und Sheila.

20

Heute ist Sonntag. Wir waren zusammen drüben im Dorf und haben uns die Gärten angesehen. Es ist ein braves, kleines Örtchen. Schmucke Einfamilienhäuser mit schicken Autos vor der Tür. Die Leute wohnen hier nur und arbeiten weiter weg, in Papenburg oder sogar in Bremen. Ein Schlafstädtchen. Hier pflegen sie nur ihre Gärten und feiern Geburtstage und Schützenfeste. »Das ist kein Landleben«, meinte Nellie. »Sieh dich doch um: Hier wohnen reiche Städter, die ihren Zöglingen einen unverbauten Blick auf die Natur gönnen wollen.«

Auf dem Rückweg kamen wir an einem Acker voller reifer Tomaten vorbei. Offenbar hielt es niemand für nötig, die Ernte einzuholen. So sieht die Überflussgesellschaft aus: Gemüse, das tonnenweise vergammelt. Wenn man Tomaten braucht, kauft man sie in Plastikfolie eingewickelt im Supermarkt um die Ecke. Wir haben nicht lange gezögert und alles, was noch genießbar war, mitgenommen. Am Nachmittag fing es wieder an zu regnen, und wir gingen in die Scheune, um zu proben. Gegen acht tischte uns Uwe Tomatensalat auf. Anschließend wollte Quinn einen Song einproben, den er gestern Nacht erst geschrieben hatte. Er prangert die Wegwerfmentalität an und blickt voller Mitleid auf die Gefühlsarmut von Menschen, die nur für ihre Karriere leben. Nellie gab ihr Bestes, und ich begleitete sie auf der Gitarre. Quinn war trotzdem nicht zufrieden. Er packte den Text wieder ein und zog sich zurück, um noch daran zu feilen.

Später am Abend – Nellie hatte sich längst in ihren Schlafsack verkrochen – stieg ich zum Heuschober hinauf, weil ich ein Geräusch gehört hatte. Ratten, wie ich vermutete. Im flackernden Kerzenschein erkannte ich zwei nackte, eng umschlungene Körper: Quinn und Sheila.

Quinn richtete sich auf und blinzelte mir zu. »He, zisch ab«, sagte er. »Hier ist besetzt.«

Ich kroch in meinen Schlafsack und lauschte auf den Regen draußen. Vorsichtig versuchte ich, Nellie, die sich neben mir in ihren Schlafsack eingekuschelt hatte, zu berühren. Doch sie rückte von mir ab. Ich konnte nicht einschlafen. Bei den Beatles, dachte ich, wurde alles anders, seit John Lennon mit Yoko Ono zusammen war. Es war der Anfang vom Ende.

Sheila ist keine Musikerin. Alles, was sie hier will, ist Quinn. Er genügt ihr. An uns ist sie nicht interessiert. Es ist anders geworden, seit sie hier ist.

Und dann ist da noch die Sache mit dem Kassettenrekorder. Als Uwe mir sagte, dass Quinn einen hätte, habe ich ihn zuerst für verrückt erklärt. »Blödsinn«, sagte ich. »Musik aus der Dose kommt für uns nicht in Frage. Was meinst du, warum wir hier draußen leben?«

»Wegen der Natur«, antwortete Uwe.

»Genau. Und in der Natur gibt's keine Steckdosen.«

»Aber Batterien schon.«

»Was zum Teufel meinst du denn damit?«

Quinn hat tatsächlich ein Abspielgerät dabei und nutzt es ausgiebig. Na und, von mir aus. Wir sind keine Sekte, die Errungenschaften des modernen Lebens verteufelt. Für uns gibt es nicht nur Schwarz oder Weiß. Uwe muss man das natürlich näher erklären. Er braucht länger als andere, um Grautöne wahrzunehmen.

Vor der letzten Probe quäkte Bob Dylans »A Hard Rain's A-Gonna Fall« aus dem Abspielgerät. Als Quinn den Rekorder stoppte, nahm Uwe ihn an sich.

»He, was hast du vor?«, wunderte sich Quinn.

»Ich werfe ihn in den Müll.« Uwe grinste. »Weil wir die Dinger nicht brauchen.«

»Lass den Quatsch.« Quinn war nicht begeistert. »Jetzt gib schon her. Das ist etwas anderes.«

»Aber …«

»Nichts aber. Ich brauch das Ding. Da ist Musik drin.«

Uwe war irritiert. »Solche Musik ist was für die Beschränkten. Hast du gesagt.«

»Ich meinte doch Scheiß-Popmusik. Aber nicht Bob Dylan. Der ist eine Ausnahme. Selbst du wirst das eines Tages kapieren.«

Uwe fragte nicht weiter. Er gab sich alle Mühe, das mit der Ausnahme zu verstehen.

Am nächsten Morgen hatte uns die Sonne verlassen. Von Nieselregen kann auch keine Rede mehr sein. Inzwischen regnet es Bindfäden, und das pausenlos.

21

Bevor er nach Hause ging, warf Grimm die Autoschlüssel in den Briefkasten der Werkstatt, zusammen mit einer Nachricht, in der er bat, dass man nach dem Anlasser sehen solle. Am nächsten Morgen wartete er beim Frühstück darauf, dass van Dijk ihn abholte. Sie hatten vereinbart, gemeinsam zum Präsidium zu fahren.

Das Telefon klingelte. »Was gibt's, Herr Kollege?«, erkundigte sich Grimm. »Du steckst im Stau und kannst es nicht pünktlich zu mir schaffen?«

»Gut, dass ich dich noch erwische.« Es war Grünberg. »Darf ich dich um etwas bitten, Björn?«

»Kommt drauf an.«

»Ich würde mir wünschen, dass ihr beide an einem Strang zieht.«

»An einem Strang?«

»Es geht nicht mal um diesen Mordfall, sondern um das Prinzip. Verstehst du, ich möchte, dass du mit dem Kollegen zusammenarbeitest und dich nicht zum Eigenbrötler entwickelst.«

»Eigenbrötler. Das ist doch Blödsinn.«

»Du weißt, dass ich dich für einen guten Bullen halte, Björn, aber wir beide wissen auch, dass du manchmal dazu neigst, dich in Dinge zu verrennen.«

Grimm fühlte Ärger in sich aufsteigen. »Könntest du etwas konkreter werden?«

»Du verwirfst die eine Spur und willst mit aller Macht, dass die andere zum Ziel führt. Mit Sachlichkeit hat das nicht viel zu tun. Auch nicht mit Professionalität.«

»Danke für diese Belehrung, Hannsjörg.«

»Ich wollte dir das nur sagen. Sieh dir die Sachverhalte ohne Emotion an. So wie der Junge. Von ihm kannst du das lernen.«

»Ach ja?« Grimm platzte der Kragen. »Weißt du was, Hannsjörg: Spar dir doch deine guten Ratschläge für ihn auf. Er kann mich ja dann anleiten.«

Eine Weile starrte er ärgerlich auf den angebissenen Toast auf seinem Teller und entschied schließlich, dass er keine Lust mehr auf Frühstück hatte. Van Dijk ließ sich auch noch nicht sehen, und wenn Grimm es recht bedachte, hatte er auch keine Lust mehr, ihn zu treffen. Wütend schnappte er sich das Telefonbuch. Als er kaum vier Minuten später im Taxi saß, bemerkte er aus den Augenwinkeln van Dijk, der aus dem Wagen stieg, die Straße überquerte und an seiner Haustür klingelte.

Die Agentur Wortschatz unterhielt ein kleines, aber feines Büro in einem kernsanierten historischen Gebäude auf dem Abteiberg. Da Frau Gerling noch nicht im Haus war, aber für jeden Moment erwartet wurde, wie ihre Sekretärin versicherte, stand Grimm mit einem Espresso, den er nicht bestellt hatte, in der Hand da und betrachtete ein modernes Gemälde, das Goethe und Schiller zeigte, wie sie vielleicht heute ausgesehen hätten, im hellgrauen Anzug und mit dunkler Sonnenbrille.

Gina Gerling betrat den Raum. Auch sie trug einen hellgrauen Anzug und hatte das strohblonde Haar züchtig hochgesteckt. »Hauptkommissar Grimm«, begrüßte sie ihn kühl. »Ich muss Sie bitten, Ihre Besuche demnächst anzukündigen. Heute, fürchte ich, habe ich kaum Zeit für Sie. In wenigen Minuten erwarte ich eine Autorin.«

»Nur zum besseren Verständnis.« Grimm lächelte gewinnend. »Sie bekommen Texte von Autoren und veröffentlichen die dann in einem Buch?«

Frau Gerling wirkte genervt. »Ich habe keinen Verlag, sondern eine Agentur. Wenn mir ein Text reif erscheint, biete ich ihn im Auftrag des Autors einem Verlag an. Und wenn der Verlag anbeißt, profitieren wir beide davon.«

»Verstehe. Sie halten demnach Ausschau nach künftigen Bestsellern?«

»Wenn Sie so wollen, Herr Kommissar.« Frau Gerling neigte den Kopf und zeigte ein undefinierbares Lächeln. Sie schien nicht viel Sinn darin zu sehen, ihre Arbeit jemandem zu erklären, der nichts von Literatur verstand. »Wissen Sie inzwischen mehr über die Tote, die aufgefunden wurde?«

»Cornelia Meyring. Leider noch nicht. Deshalb bin ich hier. Sie erwähnten neulich, dass Ihr Stiefsohn auf dem Grundstück an der Niers Partys feiert.«

»Mein Stiefsohn? Ich bitte Sie: Marlon ist nur ein Jahr jünger als ich. Über seine Partys kann ich Ihnen nicht viel sagen. Für die meisten der Beteiligten enden sie nahe an der Alkoholvergiftung. Und Marlon treibt es immer am weitesten.«

»Könnte Frau Meyring Gast auf einem dieser Gelage gewesen sein?«

»Durchaus.«

»Herr Andersen, ein bekannter Schriftsteller, und Sie, Chefin der Agentur Wortschatz. Macht Marlon eigentlich auch in Literatur?«

Entschiedenes Kopfschütteln. »Der Junge macht alles, aber nichts wirklich. Seit Neuestem hat er das Theater für sich entdeckt. Aber das dürfte wohl kaum von Dauer sein, weil ihm das Talent fehlt. Ein Volkshochschulkurs, und schon hält er sich für Shakespeare.«

»Er will also in die Fußstapfen seines Vaters treten?«

»Marlon lebt dafür, den Ruf seines Vaters in den Schmutz zu ziehen. Ich vermute, dass er es nicht ertragen kann, im Schatten dieses großen Namens leben zu müssen.«

»Das ist doch verständlich, oder?«

»Neulich erst haben die beiden darüber gestritten. Sie haben sich angeschrien. Marlons Verhältnis zu seinem Vater ist nicht besonders gut.«

Es klopfte. Die Sekretärin steckte den Kopf herein. »Frau Schumpeter ist da«, flüsterte sie.

»Ich fürchte, Sie müssen jetzt gehen«, meinte Frau Meyring zu Grimm.

Der Kommissar gab seine Kaffeetasse zurück, die erst halb leer war. Er bat um Marlons Adresse und bekam sie. »Noch eine letzte Frage.«

Gina Gerling sah auf ihre Uhr.

»Ihr Mann, ich meine Herr Andersen, hat doch sicher schon einmal über früher erzählt.«

»Über früher?«

»Ich meine die wilde Zeit, als er selbst noch jung war.«

»Ja.« Frau Gerling wartete. »Und?«

»Hat er vielleicht jemals eine Sheila erwähnt? Sheila Tilbeck?«

Gina runzelte die Stirn. »Nein«, sagte sie. »Niemals. Warum fragen Sie?«

»Nur so.« Grimm hielt ihr seine Hand hin. »Vielen Dank, dass Sie Zeit hatten, Frau Gerling.«

22

Natürlich hat er ihr nichts erzählt, dachte er, als er wieder auf der Straße stand. Was immer passiert ist. Aber sie wollte auch nichts wissen. Gina hatte nicht nachgefragt: Wer ist denn diese Frau? Was hatte er damals mit ihr zu tun? Eine andere Frau hätte vermutlich diese Fragen gestellt. Aber Gina nicht. Vielleicht weil sie befürchtete, nichts Gutes zu erfahren?

Marlon Andersen lebte, wie Grimm feststellte, gar nicht weit von seinem eigenen Wohnort entfernt, in einem unförmigen Wohnblock, den man vor wenigen Jahren auf einem ehemaligen Schulhof errichtet hatte. Darin befanden sich hauptsächlich großzügige Eigentumswohnungen für wohlhabende Singles, die man damals vollmundig als Künstlerapartments und Ateliers angepriesen hatte.

Andersen junior öffnete ihm im Morgenmantel.

»Hauptkommissar Grimm von der Kripo«, sagte Grimm. »Ich möchte Ihnen gern ein paar Fragen stellen.«

Der Junge gähnte demonstrativ. »Nicht jetzt, Herr Kommissar. Gestern Nacht ist es spät geworden, und ich brauche dringend Schlaf.«

»Eine der Fragen hat mit dem letzten Wochenende zu tun. Da ist es auch spät geworden, nicht wahr?«

Marlon trat zur Seite. »Kommen Sie herein, Herr Kommissar. Leider kann ich Ihnen nichts anbieten.«

»Das macht nichts.« Grimm betrat eine moderne, lichtdurchflutete Neubauwohnung, in der blankes Chaos herrschte. Gebrauchtes Geschirr stapelte sich auf dem Tisch, Klamotten hingen über den Lehnen von Stühlen und Sesseln. Reste von Salzstangen und Kartoffelchips knirschten unter den Schuhsohlen.

»Ich bin leider noch nicht zum Aufräumen gekommen«, erklärte Marlon.

»Was hatten Sie am letzten Wochenende auf dem Niers-Grundstück Ihres Vaters zu tun?«

»Wer hat Ihnen denn davon erzählt? Etwa die gute Gina?

Hat sie Ihnen von Orgien berichtet, die dort stattfinden? Herr Kommissar, Sie sollten diesen Müll nicht glauben.«

»Also waren Sie nicht dort?«

»Egal, es gab jedenfalls keine Orgie. Keine Besäufnisse und keinen wilden Sex. Richten Sie Gina aus, dass es nicht mal halb so spannend war, wie sie es sich in ihren feuchten Phantasien ausmalt.«

»Sie mögen sie nicht besonders, nicht wahr?«

Marlon kam mit einem Glas und einer Flasche Mineralwasser aus der Küche und stolperte über einen Stapel Zeitschriften, der auf dem Boden lag. »So herum ist es falsch ausgedrückt, Herr Kommissar. Treffender wäre: Sie kann mich auf den Tod nicht ausstehen.«

»Kennen Sie eine Frau mit dem Namen Cornelia Meyring?«

Der Junge antwortete sofort, ohne zu überlegen. »Nie gehört.«

»Sind Sie sicher?«

»Ich weiß nicht das Geringste über diese Tote in der Niers.«

»Ach, dann haben Sie also doch schon mal von ihr gehört?«

»Das ist ja wie bei Sherlock Holmes: ›Darf ich fragen, woher Sie wissen, dass es sich bei der bewussten Dame um die Tote handelt? Ich habe das gar nicht erwähnt.‹«

Schlagartig fühlte Grimm sich in die Vergangenheit zurückversetzt. Er stand dem Vater dieses Jungen gegenüber und hörte von ihm die gleiche Bemerkung. *Geradezu niedlich, Björn, wie du den Bullen spielst.*

»Außerdem muss ich jetzt dringend unter die Dusche«, fügte Marlon hinzu, »denn in zehn Minuten hat sich Damenbesuch angesagt.«

»Wäre es Ihnen lieber, wenn ich Sie vorläufig festnehme?«, blaffte Grimm und bereute es im selben Moment.

»Sie wissen, dass mein Vater nicht irgendjemand ist«, erklärte Marlon, selbstgefällig grinsend. »Ich bin mir nicht sicher, ob es gut für Sie wäre, sich mit ihm anzulegen.«

»Zerbrechen Sie sich nicht meinen Kopf«, gab Grimm barsch zurück. Er wandte sich zum Gehen. »Und sparen Sie sich solche Andeutungen. Schließlich sind wir nicht in Sizilien.«

Auf dem Weg nach Hause ärgerte er sich darüber, dass er sich von diesem Jungen hatte provozieren lassen. Sicher war es besser, sich die Dinge ohne Emotionen anzusehen, so wie Grünberg ihm geraten hatte. Grimm war aber klar, dass das bei Andersen schwer sein würde. Fast unmöglich.

Um zwölf schaute er in der Autowerkstatt vorbei und erkundigte sich nach dem Zustand seines Wagens. Er hatte Glück: Der Anlasser war ausgewechselt worden, und der Wagen stand fahrbereit auf dem Hof. Es war drückend heiß. Dunkelgraue Wolken hatten sich am Himmel zusammengerottet, und von Zeit zu Zeit ließ sich ein fernes Grollen hören. Grimm fragte sich, welchen Toten das nächste Gewitter ans Tageslicht spülen würde. Gegen halb ein Uhr mittags betrat er das Polizeipräsidium.

»Ich dachte, wie arbeiten als Team«, beschwerte sich van Dijk, der kurz darauf in Grimms Büro erschien.

»Klar, tun wir doch. Kollege Grünberg hat mir deine Beschwerde schon ausgerichtet.«

»Ich habe mich nicht beschwert.«

»Ach nein? Und wie kommt es dann, dass er immer den Fürsprecher für dich spielt?«

Van Dijk schüttelte den Kopf und seufzte. Er ist nicht der Typ, um aus der Haut zu fahren, dachte Grimm. Er traut sich nicht. Deshalb klappt es auch nicht mit Lydia. Es ist nur eine Frage der Zeit, dass die beiden Schluss machen.

»Also, wie geht es jetzt weiter?«, erkundigte sich van Dijk.

»Ich mache dir einen Vorschlag. So wie ich den Fall einschätze, hat Andersen doch irgendwie mit Meyrings Tod zu tun. Ich hatte gerade ein aufschlussreiches Gespräch mit seinem Sohn.«

»Ist er darin verwickelt?«

»Möglich. Bisher jedenfalls gibt er gar nichts zu.« Das Telefon klingelte. »Lass uns in einer halben Stunde darüber sprechen, einverstanden? Wir treffen uns in der Kantine, am gleichen Tisch wie neulich.«

Der junge Kommissar zog ab, und Grimm nahm den Anruf entgegen. Es war Grünberg.

»Hier ist ein Herr Andersen, der dich sprechen will.«

»Hier? Wo?«

»Vor dem Haupteingang.«

»Hat er sich über mich beschwert?«

»Ich bin mir nicht sicher, Björn. Du solltest aber mit ihm reden.«

Auf dem Weg kam ihm Grünberg entgegen. »Ich habe ihm erklärt, dass du für diesen Fall zuständig bist«, sagte er. »Aber sei vorsichtig mit dem, was du sagst.«

Andersen wartete in seinem Wagen, einem mattgrauen Jaguar mit allen Schikanen.

Grimm stieg ein und nahm auf dem Beifahrersitz Platz. »Du wolltest mich sprechen?«

»Leg dich nicht mit mir an, Björn. Das geht nicht gut aus für dich.«

»Bist du gekommen, um mir das zu sagen? Dann hast du dich umsonst herbemüht, denn diese Info habe ich schon von deinem Sohn erhalten. Offenbar hat er die gleichen Filme gesehen wie du.«

Andersen wandte sich ihm zu. »Welche Filme denn?«

»In denen Prominente kleine Bullen darüber belehren, wie es in Wirklichkeit läuft. Sie sagen: ›Hey, du weißt, wer ich bin, also leg dich nicht mit mir an.‹ Und mit dieser Pose kommen sie meistens auch durch. Solche Filme.«

»Hör mir zu: Ich werde nicht dulden, dass mein Sohn beschuldigt und schikaniert wird.«

Der Hauptkommissar ließ seinen Blick schweifen. Er sah schwitzende Radfahrer und hechelnde Hunde. Eine Stadt, die das Gewitter fürchtete. In dieser Limousine war Schwitzen ein Fremdwort.

Grimm fühlte sich bestens. Dass Andersen so prompt reagiert hatte, war ein gutes Zeichen. Es bedeutete, dass sein Verdacht keineswegs aus der Luft gegriffen war, wie Grünberg und sein junger Teamkollege meinten. Andersen nahm die kleine Attacke nicht auf die leichte Schulter. »Keine Sorge«, sagte er. »Dein Sohn wird nicht schikaniert. Und beschuldigt nur dann, wenn es etwas zu beschuldigen gibt. Darauf kannst du dich verlassen.«

Der Mann auf dem Fahrersitz nickte. Zum ersten Mal zeigte sich auf seinem Gesicht die Andeutung eines Lächelns. »Nichts anderes wollte ich hören.«

»Aber findest du nicht, dass Marlon für sich selbst sprechen kann?«, fragte Grimm.

»Du sagtest doch gerade, dass er das schon getan hat.« Andersen zückte eine Packung Zigarillos, bot seinem Gast eine an und steckte sie wieder ein, als der ablehnte. »Marlons einziger Fehler ist, sich maßlos zu überschätzen. Aber genau deshalb bin ich mir bei ihm hundertprozentig sicher: Er hat nicht das Format, etwas Böses zu tun.«

»Seit wann braucht man dafür Format?«

Andersen schwieg.

»Hört sich außerdem ein bisschen so an, als ob du nicht gerade viel von ihm hältst.«

»Das geht dich überhaupt nichts an.«

»Da hast du allerdings recht.«

Der berühmte Ben Andersen spielte mit dem Bügel seiner Sonnenbrille. »Marlon will in meine Fußstapfen treten. Theater spielen. Meine Stoffe auf die Bühne bringen. Ich habe ihm gesagt: ›Du bist mein Sohn, und ich mag dich. Also versuch nicht, mir zu schmeicheln. Finde heraus, wer du selbst bist, und versuch nicht, mich zu kopieren.‹«

»Frau Gerling ist nicht der Ansicht, dass er dich kopieren will. Sie meint, eher das Gegenteil sei der Fall.«

»Also hast du mit ihr auch schon gesprochen?«

»Es ergab sich so. Sie hält übrigens auch nicht viel von Marlon.«

»Egal, wer was von ihm hält oder nicht. Marlon hat keinen Mord begangen, und wenn du versuchen solltest, ihm wegen unserer Sache damals etwas anzuhängen, dann werde ich dir die Hölle heißmachen, verlass dich drauf.«

23

Mit den Zigarillos hatte es damals schlagartig begonnen. Grimm hatten noch Andersens abfällige Bemerkungen über das Rauchen im Ohr geklungen, als Ben sich eines Tages lässig einen Zigarillo in den Mundwinkel hängte und mit einem Einmalfeuerzeug entflammte. »Tja, wie du siehst: *The times they are a-changin'*«, war sein einziger Kommentar.

Von da an hatten sie sich im Park treffen müssen, am Rande eines Kinderspielplatzes. Andersen senior duldete nicht, dass im Haus geraucht wurde. Ben kam immer noch nicht damit klar, dass Grimm sich für die Polizeilaufbahn entschieden hatte.

»Weißt du, was mir bei Bulle immer einfällt? Agent 007, der für das Gute und gegen das Böse kämpft. Bescheuert, denn Bond ist ja wohl kein Bulle. Er ist eine Witzfigur.«

»Ja«, meinte Grimm. »Kann schon sein.«

»Kann schon sein? Was fällt dir denn dabei ein?«

»Auch so etwas Ähnliches. Der Kampf gegen das Böse und so weiter. Was ist dagegen einzuwenden, dass man gegen das Böse vorgeht?«

»Verstehe.« Ben paffte. »Entschuldige, aber das meinst du ja wohl nicht im Ernst.«

»Wieso nicht?«

»Gut und Böse sind eine Erfindung der Religionslehrer, hast du das nie begriffen? Sieh dich doch um: Es gibt kein Gutes. Und das Böse auch nicht. Es gibt nur den Einzelnen, der seinen Weg finden muss, und zwar, ohne sich an dem zu orientieren, was Vordenker immer schon der Masse vorgekaut haben. Glaub mir, sie können so viele Bibeln verfassen, wie sie wollen.«

»Mit Denken allein«, gab Grimm zurück, »kann man aber keine Gesellschaft am Laufen halten. Man braucht Regeln.«

»Regeln? Wozu sollen die gut sein?«

»Sie sind unbestechlich und gelten für alle. Durch sie wird das Leben berechenbar, und die Schwachen können sich geschützt fühlen.«

»Bravo!« Ben klatschte Beifall. »Und das ist in deinen Augen Gerechtigkeit: dass Regeln für alle gelten?« Andersen grinste mitleidig. »Stell dir vor, jemand verwirklicht sich selbst. Er setzt sich über Regeln hinweg und hat damit Erfolg. Kann damit sogar Gutes bewirken. Dann gibt ihm der Regelverstoß doch im Nachhinein recht, meinst du nicht? Ihn zur Verantwortung zu ziehen, wäre kleinkariert und ineffektiv.«

»Ich dachte, es gibt kein Gutes«, monierte Grimm.

»Gutes im Sinne von effektiv für die Gemeinschaft. Glaub mir, mein Lieber: Die kleinbürgerliche Seele wird die Welt zugrunde richten, nicht der Freigeist derjenigen, die den Mut haben, sich aus dem moralistischen Korsett zu befreien.«

Sie hatten an diesem Abend eine ganze Menge getrunken. Andersen besonders, er neigte dazu, übermäßig Alkohol zu konsumieren, wohl weil sein Vater erklärter Nichtalkoholiker war. »Pass auf«, sagte er. »Ich mache dir einen Vorschlag. Wir werden einen Präzedenzfall schaffen. Und dann sehen wir.«

»Sehen wir was?«

»Wer recht hat. Du oder ich. Du handelst so, wie man es dir eingetrichtert hat. Hältst dich an die Regeln. Und ich übertrete sie. Handele nach meinem eigenen Gesetz. Jeder tut eben das, was er kann. Und anschließend kommen wir gemeinsam überein, wer Gutes bewirkt hat und wer weniger Gutes.«

»Was für einen Präzedenzfall meinst du denn?«

Ben zuckte mit den Schultern. »Da werde ich mir schon was ausdenken. Du kannst gespannt sein.«

24

Am späten Nachmittag kam Maarten Lichter auf freien Fuß. Für van Dijk und Kriminalrat Grünberg galt er nach wie vor als Hauptverdächtiger im Fall Meyring, aber noch reichten die Verdachtsmomente nicht aus, um den Staatsanwalt zur Ausstellung eines Haftbefehls zu bewegen. Um siebzehn Uhr suchte van Dijk den Kriminalrat in seinem Büro auf. Er teilte Grünberg mit, dass er im Fall Meyring nicht mehr ermitteln wolle.

»Wir sind keine Anwaltskanzlei«, widersprach Grünberg. »Sie können nicht einfach einen Fall niederlegen. Ich entscheide, an welchem Sie arbeiten.«

»Aber Hauptkommissar Grimm hat keinerlei Interesse an einer Zusammenarbeit.«

»Oh doch, das hat er. Ihr seid zwei Beamte und verfolgt zwei Spuren. So läuft das.« Grünberg lächelte gnädig. »Das wird schon noch, keine Sorge. Ich weiß, der Kollege ist nicht einfach. Aber er ist ein guter Mann, und ich will, dass er im Spiel bleibt. Außerdem bin ich ja noch da.«

»Zwei Spuren, zwei Beamte«, wiederholte van Dijk. »Mit Verlaub, ich glaube nicht, dass das der Fall ist.«

»Was meinen Sie damit?«

»Ehrlich gesagt, habe ich den Eindruck, dass Björn keine Spur verfolgt. Er hat mit diesem Andersen eine alte Rechnung offen. Das ist eine private Sache.«

Grünberg erhob sich, und seine Hände wanderten wie automatisch in die Hosentaschen. Mit einem bloßen Nicken deutete er auf die Fensterbank. »Verstehen Sie etwas von Topfpflanzen?«

»Nur wenig. Ich weiß, dass man sie regelmäßig gießen muss.«

»Diese da mit der weißen, kelchartigen Blüte, die hat Björn mir geschenkt. Es ist Jahre her. Sie müssen wissen, Björn versteht noch weniger von Blumen. Er hat das Kraut irgendwo auf dem Weg zu meiner Geburtstagsfeier gekauft. Und was soll ich Ihnen sagen: Zwei Tage später ließ die Pflanze alle Blätter hängen. Aber ich habe nicht aufgegeben. Wissen Sie, ich verstehe eigentlich genauso wenig wie Sie vom Gärtnern. Aber ich gebe nicht auf. Manchmal hilft das, was meinen Sie?«

»Ja, kann schon sein.«

»Ich habe gesagt, dass ich Björn für einen guten Mann halte. Dazu gehört auch, dass ich nicht glaube, dass er sein Amt missbraucht. Ich bin mir da ziemlich sicher, vielleicht sicherer als er selbst.« Grünbergs Lächeln wurde zu einem breiten Grinsen. »Natürlich bin ich nicht der liebe Gott. Ich kann nicht in ihn hineinsehen. Man muss es eben mit ihm riskieren.«

Auf dem Flur stieß van Dijk beinahe mit Grimm zusammen, der bester Laune zu sein schien und ein Blatt Papier in der Luft schwenkte. »Hey, weißt du, was ich gerade erfahren habe? Andersen junior ist vor drei Jahren in Untersuchungshaft gewesen. Wegen des Verdachts der Vergewaltigung. Die Sache wurde später unter den Teppich gekehrt. Ben Andersen hat der Geschädigten Geld gezahlt, daraufhin verzichtete sie auf eine Anzeige.«

»Und was ist damit bewiesen?«

»Nicht viel. Eigentlich ist gar nichts bewiesen. Nur, dass unser Prominentensöhnchen beim Schlagen über die Stränge schon mal sämtliche guten Manieren vergisst.«

»Aber Frau Meyring wurde nicht vergewaltigt, sondern mit Schlafmitteln betäubt.«

»Wer einmal was unter den Teppich kehrt, tut es wieder, wenn er damit Erfolg hatte.« Grimm zuckte mit den Schultern. »Ich werde ihm noch mal auf den Zahn fühlen müssen. Keine Sorge, wir kriegen den Jungen schon klein.«

So viel dazu, dachte van Dijk, dass ich vorhatte, Grimm seinen Kram vor die Füße zu werfen. Zu Hause traf er Lydia, die dabei war, ihm einen Zettel zu schreiben. Sie hatte vergessen, dass sie heute Abend ein erstes Treffen mit den Bewerbern für die Polizeiakademie hatte. Van Dijk berichtete ihr kurz von seinem missglückten Versuch, den Fall abzugeben.

»Warum zieht ihr denn nicht an einem Strang?«, wollte sie wissen.

»Weil er seinen eigenen privaten Krieg führt. Er denkt, dass ein gewisser Andersen etwas mit dem Mord zu tun hat.«

»Ben Andersen, der Schriftsteller?«

»Ich glaube, er kennt ihn von früher. Der Schuldige steht für ihn fest, und jetzt sucht er ausschließlich nach Material, das ihn belastet. Mit Polizeiarbeit hat das wenig zu tun.«

»Ach, aber du weißt, was Polizeiarbeit ist, ja?«

Van Dijk fand Lydia ungerecht. Er verstand nicht, was sie an ihm auszusetzen hatte, schließlich war es Grimm, der aus der Rolle fiel. »Es deutet alles auf eine andere Spur. Auf den Mann, mit dem die Ermordete zusammengelebt hat und von dem sie sich kurz vor ihrem Tod getrennt hat. Auch Kriminalrat Grünberg stimmt mir darin zu.«

»Und warum hält Björn nichts davon?«

Van Dijk zuckte mit den Schultern. »Weil er diesem Kerl was anhängen will. Oder ihn aus der Schusslinie bringen, was weiß ich.«

»Das würde er niemals tun.«

»Und wieso nicht?«

»Weil ihm der Job zu wichtig ist.«

Van Dijk lachte laut auf und erntete einen wütenden Blick. »Das glaubst du doch selbst nicht.«

»Warum sollte ich das nicht?«

»Lydia, dein Vater würde am liebsten von heute auf morgen Schluss machen. Der Job bedeutet ihm nicht das Geringste. Das hat er mir schon erzählt, bevor er meinen Vornamen kannte.«

»Na und? Das hat er doch nur so gesagt!«

»Aber Lydia, ich habe mit ihm darüber gesprochen. Und weißt du, was er gesagt –«

»Was er gesagt hat, interessiert mich nicht. Es kommt darauf an, was er tut, verstehst du? Was glaubst du, weshalb ich zur Kripo will? Denkst du vielleicht, er und sein Vorbild hätten damit nichts zu tun?«

»Ach, das ist interessant. Ich glaube, du bist hier diejenige, die sich etwas schönredet. Erst gestern habe ich mit deinem Vater über dich gesprochen. Er sagte: ›Viele halten den Bullen für einen Rächer der Schwachen und Entrechteten. Leider gehört meine

Tochter zu ihnen, und ich kreide es mir als Vater an, dass es mir nicht gelungen ist, ihr ein realistischeres Bild zu vermitteln.‹ Das waren seine Worte.«

»Was redest du da?«

»Du nimmst ihn in Schutz. Erzählst mir, dass ich ihn nicht kenne. *Du* kennst ihn nicht. Er macht dir was vor, und du merkst es nicht mal.«

»Hör auf! Ich will nichts mehr hören.«

»Lydia, wach endlich auf. Du willst zur Kripo, weil du so sein willst wie er. Dabei ist er gar nicht so, wie du denkst.«

»So ein Blödsinn.« Sie zerriss den Zettel mit der Nachricht und bewarf van Dijk mit den Schnipseln.

»Du sagst mir, wir beide sollen an einem Strang ziehen – als wenn das so einfach wäre. Und was machst du? Ist das vielleicht deine Art, einen eigenen Weg einzuschlagen?«

»Du kannst mich mal, Fabian.« Beim Hinausgehen knallte sie die Tür so heftig zu, dass das Haus in den Grundmauern erzitterte.

25

Alles in allem war er mit Sheila nicht länger als drei Wochen zusammen gewesen. Anfang und Ende dieser Zeit bildete jeweils der Besuch eines Folkkonzerts. Beim ersten war eine dreiköpfige englische Band aufgetreten, deren Namen er längst vergessen hatte: zwei Gitarristen, von denen einer auch Geige spielte, und eine Sängerin mit wallendem blonden Haar. An einem Samstagabend spielten sie in einer ehemaligen Fabrik Spirituals und Klassiker der Anti-Vietnam-Bewegung. Eine gelungene Kopie von Peter, Paul and Mary. Sheila hatte so viel Ähnlichkeit mit der blonden Sängerin, dass Grimm sie für deren Schwester gehalten hatte. Als er ihr diese Vermutung in der Pause mitgeteilt hatte, war sie in ihr typisches helles Lachen ausgebrochen. Danach hatte sie sich von seinem Tabak eine Zigarette gedreht.

»Wie findest du die Musik?«, hatte er gefragt, nachdem er ihr Feuer gegeben hatte.

»Keine Ahnung«, hatte sie geantwortet.

»Keine Ahnung?«

»Ich meine damit: Es kommt bei dieser Musik nicht so darauf an, ob sie gut klingt. Wichtig ist, ob sie echt ist.«

»Echt?«

»Ja, genau.«

»Und? Ist sie echt?«

Grimm hatte nicht nachgefragt, was sie unter »echt« verstand. Nach der Pause hatte er sich Mühe gegeben, der Band auf andere Weise zu lauschen. Die Musik so zu hören, wie Sheila sie hörte. Und er hatte sich schon bald eingebildet, genau zu wissen, was sie mit »echt« meinte. Nach dem Konzert hatten sie noch bis drei Uhr nachts zusammengesessen und beinahe eine ganze Packung Tabak geraucht. Anschließend waren sie zu ihm nach Hause gegangen und hatten miteinander geschlafen.

Was Grimm am meisten an Sheila faszinierte: ihre Entschlossenheit, etwas »Echtes« zu finden. Das betraf nicht nur die Musik, deren Echtheit sich gut daran erkennen ließ, dass sie nicht von einem Tonträger abgespielt, sondern live produziert wurde, mit akustischen Instrumenten und möglichst ohne elektronische Verstärkung. Es betraf das gesamte Dasein und vor allem die Menschen, mit denen sie sich einließ.

»In diesem reichen Land«, erklärte sie, »haben die Menschen so gut wie alles verlernt. Früher hatten sie noch ein Gespür für die Natur. Sie lebten im Einklang mit ihr, ohne sie zu zerstören.«

Grimm pflichtete ihr bei, hatte aber das Gefühl, dass sie seine Zustimmung nicht schätzte. So als sei es leicht, einer Meinung zu sein. Konsequent nach ihr zu leben sei etwas ganz anderes.

»Deswegen möchte ich hier nicht leben«, sagte sie. »Ich glaube nicht, dass ich es könnte.«

»Wo willst du denn hin?«

Schulterzucken. »Vielleicht nach Indien. Oder nach Holland. Ich habe gehört, da gibt es Landkommunen, die sich autonom versorgen.«

»Wohin denn jetzt: nach Indien oder nach Holland?«

Ihr Blick machte ihm klar, dass sie dieser Frage kaum eine Bedeutung zumaß. Ob nach Indien oder nach Holland, darüber würde sie sich frühestens am Tag der Abreise Gedanken machen. Bis dahin verbrachte sie die meiste Zeit damit, in ihrem alten rostigen Käfer zu sitzen und sich über wichtige Dinge klar zu werden.

Grimm fiel auf, dass Sheila mit ihrem kompromisslosen Suchen Andersen glich. Nicht alles, aber so manches, was er an ihr bewunderte, hatte er auch an Ben bewundert. Und obwohl ihm dieser Gedanke hin und wieder gekommen war, fiel er schließlich aus allen Wolken, als die beiden auf Anhieb einen Draht zueinander fanden. Niemals hätte er gedacht, dass sie Andersen ihm vorziehen könnte. Er war sich seiner zu sicher gewesen. Sheila und er konnte so schnell nichts mehr auseinanderbringen, davon war er, befangen in der üblichen Selbstüberschätzung einer frischen Beziehung, felsenfest überzeugt gewesen.

Hätte er sonst die beiden höchstpersönlich zusammengeführt?

Auf dem zweiten Folkkonzert waren Andersen und seine neue Band Horse with no name aufgetreten. Musikalisch gesehen konnte der Abend, wie Grimm fand, dem vor drei Wochen nicht das Wasser reichen. Schon auf der Bühne war Ben anzumerken, wie sehr er das Publikum dafür hasste, dass es nur spärlichen Beifall spendete. Alles in allem aber ist seine Musik eben nicht echt genug, dachte Grimm.

Und Sheila war zunächst der gleichen Ansicht. Die allzu gefälligen Harmonien und gängigen Rhythmen erinnerten sie zu sehr an Popmusik, die Texte erschienen ihr platt und plakativ. Andersen schließlich, der Bandleader, nervte sie mit seinem falschen Pathos.

Grimm fühlte sich sogar in der Pflicht, sein ehemaliges Idol in Schutz zu nehmen. »Du solltest mehr von ihm hören, sonst kannst du dir kein wirkliches Urteil bilden«, meinte er.

Sie beharrte darauf, dass der erste Eindruck der entscheidende sei, begleitete ihn aber nach dem Auftritt hinter die Bühne, wo sie Bens Bekanntschaft machte. Bereits eine halbe Stunde später hatte Grimm das Gefühl, der überflüssige Dritte im Bunde zu sein. Und nach einer vollen Stunde verabschiedete er sich auf vorwurfsvolle Weise, natürlich in der Erwartung, dass Sheila ihm kurz darauf folgen würde.

Aber er täuschte sich. Nach einer Nacht, der ersten in den letzten drei Wochen, die er allein verbracht hatte, meldete sich Sheila telefonisch und teilte ihm mit, dass sie von jetzt an mit Ben zusammen sein werde. »Ich habe dieses Gefühl, weißt du?«

»Nein. Welches?«

»Dieses Gefühl, das man hat, wenn etwas ganz Besonderes anfängt. Etwas Neues.«

»Aber das hattest du doch bei mir auch. Weißt du denn nicht mehr …?«

»Nein. Dieses Mal ist es etwas anderes. Bei Ben ist es etwas anderes. Es tut mir leid, Björn.«

Später hatte er sich oft gefragt, ob sie vielleicht gefürchtet hatte, er würde vor ihr niederknien und um ihre Hand bitten. Dass er ihre Indien-Pläne durchkreuzen würde und stattdessen, spießig, wie er in ihren Augen war, von einem Eigenheim und netten Kindern schwärmen würde. Zu gern hätte er sie in diesem Punkt beruhigt. Aber auch das hätte höchstwahrscheinlich der mysteriösen Anziehung, die Ben Andersen auf sie ausübte, wenig entgegengesetzt.

An jenem Morgen, als Sheila ihn mit ihrem Anruf aus dem Bett geholt hatte, hätte Grimm schwören können, dass sie sich irrte. Jenes besondere Gefühl, das sie angeblich für Ben empfand, war weder ein neues noch ein grundsätzlich anderes. Das bildete sie sich nur ein, weil sie sich davor fürchtete, dauerhaft mit jemandem verbunden zu sein. Die Nähe zu Grimm hatte ihr Angst eingejagt, da war ihr Ben Andersen gerade recht gekommen.

Trotzdem wunderte er sich, als er erfuhr, dass er tatsächlich recht behalten hatte. Es war zehn Monate später, im April 1980, als er einen Anruf bekam, der aus der Vergangenheit zu stammen schien.

»Du hast ja immer noch diese Nummer«, sagte sie.

»Sheila! Wie geht es dir?«

»Ich wollte dich fragen, ob du noch Kontakt zu Ben hast.«

»Zu Ben? Nein, wie kommst du darauf? Seit damals, du weißt schon, habe ich nichts mehr mit ihm zu tun gehabt.«

»Schade.«

»Also bist du nicht mehr mit ihm zusammen?«

»Nein, schon ewig nicht mehr. Es ging nur einen Monat lang.«

»Was ist passiert?«

»Das ist lange her, Björn. Ich denke, Ben war nicht gut für mich und ich nicht gut für ihn. Ich habe es gleich gespürt. Verstehst du?«

»Nein«, sagte er. »Ich habe keine Ahnung, was du meinst.«

»Es ist vorbei«, sagte sie. »Ich bin ich, und er ist er. Das ist alles Vergangenheit. Und jetzt würde ich ihn gern besuchen. Aber er steht nicht im Telefonbuch, und ich hab mir gedacht, vielleicht hast du ja noch seine Nummer.«

Auch Grimm war inzwischen über die Sache mit Sheila hinweg. Trotzdem wurmte es ihn, dass sie nichts dabei fand, ihm die Erinnerung an ihren letzten Tag wieder zuzumuten, nur weil ihr danach war, mit Ben Kontakt aufzunehmen. »Er steht nicht im Telefonbuch, weil er wieder bei seinen Eltern wohnt«, erklärte er. »Wenn du willst, gebe ich dir die Nummer …«

26

Tut mir leid, mein Schatz, aber ich kann heute Abend nicht. Einige aus dem Team wollen sich auf das Treffen am Wochenende vorbereiten. Es kann also später werden.
Mia

Das Teamtreffen hatte sie erfunden. Tom hatte es zufällig erfahren, als er eine ihrer Kolleginnen angerufen hatte, weil er Mia auf dem Handy nicht erreichen konnte. Es gab auch keinen Freundinnenabend, der regelmäßig dienstags stattfand, und kein Wochenende mit der Yogagruppe auf Ameland. Trotzdem hatte er nichts unternommen. Obwohl er wusste, dass sie sich seit einiger Zeit mit einem anderen Mann traf, hatte er die Sache auf sich beruhen lassen.

Der andere war Dozent für Wirtschaftsrecht und nur ein Jahr jünger als er. Kein Schönling, auch kein Abenteurer. Ein ganz normaler Intellektueller ohne besondere Reize. Tom fand ihn sogar sympathisch und musste zugeben, dass dieser Mann viel mit ihm gemeinsam hatte. Mia vermisste nicht die Abwechslung. Sie vermisste ihn.

Natürlich bemühte sie sich, die Affäre zu verheimlichen, das war ganz normal. Aber Tom entging nicht, dass Mia auffällig lange im Bad brauchte, bevor sie zu einem dieser vermeintlichen Kollegentreffen aufbrach. Nach dem Date war sie jedes Mal aufgekratzt und wandte sich ihm mehr als sonst zu. Der typische Reflex eines schlechten Gewissens.

Ich bin ein guter Beobachter, dachte Tom, während er den Notizzettel zerknüllte und in den Papierkorb warf. Damals war ich das schon, deshalb habe ich mir in der Rolle des Chronisten gefallen, des unbestechlichen Aufschreibers, der nicht eingreift und nicht wertet.

Genau das tue ich jetzt mit Mia. Ich beobachte, wie sie mehr als sonst auf ihr Äußeres achtet. Bemerke ihren Stimmungswandel, höre sie nach langer Zeit wieder Lieder vor sich hin summen. Mir fällt auf, dass sie meine ständigen terminbedingten Absagen kommentarlos hinnimmt und es ihr nicht das Geringste ausmacht, wenn ich ganze Abende von zu Hause wegbleibe. Aber ich greife nicht ein. Und deshalb habe ich sie nicht gefragt, ob sie einen anderen hat, selbst als sie mich darum gebeten hat.

Ich lasse zu, dass die Beziehung zu der Frau, die ich geliebt habe, verödet, und unternehme nichts dagegen.

Die gerechte Strafe für einen notorischen Beobachter.

Vor einigen Tagen war er noch anderer Ansicht gewesen. Nach einer Nacht, in der man nicht richtig schlafen konnte, war man immer anderer Ansicht. Aber dann hatte er in der Zeitung gelesen, dass die Tote in der Niers Nellie war, eindeutig identifiziert von ihrer Schwester. Tom hatte es die ganze Zeit gewusst, es passte eben alles. Vor allem Nellie, die immer wieder davon gesprochen hatte, dass es im Leben eine Logik gebe, eine Art roten Faden, der sich unabhängig von unserem Willen oder Handeln vollziehe.

»Deswegen kann man Dinge nicht einfach aus seinem Leben verbannen«, hatte sie einmal gesagt. »Weder das, was man ist, noch das, was man getan hat.«

Nellie war nicht gestorben, ohne sich vorher zu vergewissern, dass er, Tom, als Zuschauer zugegen war.

Aber noch einmal hatte das Schicksal Gnade walten lassen. Die Kripo hatte jemanden festgenommen, der dringend der Tat verdächtig war. Nellies ehemaligen Lebensgefährten. Ein nervliches Wrack, unberechenbar und zu Gewaltausbrüchen neigend. Bisher hatte er noch nicht gestanden. Es schien so, als ob alle Aufregung falscher Alarm gewesen war.

Toms Panik, die wie ein Rausch seine Sinne gefangen hielt, legte sich. Wieder ernüchtert, wurde ihm klar, dass spontane Entschlüsse, das Leben radikal zu ändern, nie zu etwas führten. Es war eine schöne Illusion zu glauben, dass man sein Leben auf diese Weise ändern konnte, wie ein Autofahrer, den ein plötzlicher Impuls auf die Bremse steigen, das Steuer herumreißen und in die Gegenrichtung fahren lässt. Menschen änderten sich nicht radikal. Sie waren nicht wie Autos, die man spontan wenden konnte, eher wie Bäume, die, unverpflanzbar, in der Erde wurzeln, aus der sie einst kamen. Ehrlichkeit mit sich selbst? Das bedeutete vor allem zuzugeben, dass sein Büßergehabe und das Gerede von der Strafe, die er auf sich nehmen wollte, schöner verlogener Schein waren. Im Grunde war es genauso wie damals. Still halten und so tun, als habe man nichts mit der Sache zu schaffen.

Klopfen an der Tür ließ ihn aus seinen Grübeleien aufschrecken. Der Schlafmangel machte sich bemerkbar. Wieder klopfte es, dieses Mal nachdrücklicher. Das Klopfen eines Menschen, der nicht länger warten wollte.

»Herein!«, rief er.

Leonie Scholls Garderobe zollte dem sommerlichen Wetter Tribut. Sie trug einen kurzen Rock und eine tief ausgeschnittene Bluse. Tom musste einfach hinsehen. Möglicherweise, dachte er gehässig, ist es nicht nur das Wetter. Sie weiß, worum es geht, und nutzt ihre Chancen.

Er bot ihr einen Platz an und orderte einen Kaffee.

»Was sagen Sie zu den Änderungsvorschlägen?«, erkundigte sich Leonie neugierig. »Ich hoffe doch, sie haben Sie überzeugt.«

»Welche Änderungsvorschläge?«

»›Schein, der trügt‹. Die neue Fassung. Das Exposé ist Ihnen per E-Mail zugegangen. Ich bin mir sicher, dass es Ihre Bedenken zerstreut.« Die Autorin lächelte gewinnend. »Von heiler Welt kann jetzt wirklich nicht mehr die Rede sein.«

Tom erinnerte sich daran. Gundula hatte den Text ausgedruckt und auf seinen Schreibtisch gelegt. Aber er war noch nicht dazu gekommen hineinzusehen.

»Ich bin ehrlich beeindruckt«, lobte er und beobachtete, wie ihr Gesicht sich aufhellte. »Der Stoff ist jetzt viel griffiger und macht einen neugierig.«

»Ehrlich? Das ist super. Es freut mich wirklich.«

»Leider kann ich mich dennoch nicht entschließen, ihn zu produzieren.«

Leonies Euphorie verpuffte auf der Stelle und wich der Fassungslosigkeit.

»Nicht weil er mich nicht überzeugt hätte«, legte er nach. »Zurzeit habe ich einfach keinen geeigneten Auftraggeber.«

»Aber, ich dachte, Sie hätten ...«

»Ich brauche Ihnen doch sicher nicht zu sagen, dass dies ein hartes Geschäft ist. Die TV-Sender kämpfen mit allen Mitteln um Quoten. Inhalte sind oft zweitrangig. Wir produzieren Unterhaltungsflächen, auf denen zahlungskräftige Unternehmen ihre Werbung platzieren können.«

»Und mir hatte man gesagt«, erwiderte sie beinahe trotzig, »dass Sie einer der Produzenten seien, die sich nicht dem Diktat des Massengeschmacks beugen.«

»Deshalb wollte ich Ihnen etwas anderes vorschlagen.«

»Etwas anderes?«

»Was würden Sie davon halten, einen aktuellen Kriminalfall aufzugreifen und filmisch zu verarbeiten? Das würde bedeuten: kein fiktionaler Stoff, dafür Hintergründe recherchieren und Interviews mit Beteiligten zu führen.«

»Eine Doku?«

»So etwas in der Art. Ich habe Kontakt zu einem privaten TV-Sender, der an einem solchen Format interessiert ist. Man will Kriminalfälle nicht als übliche Serie, sondern aus dem wirklichen Leben. Der Hauch des Authentischen, Nichterfundenen hat zurzeit Konjunktur.«

Leonie schien nicht sehr begeistert.

»Ich weiß, es ist nicht das, was Sie am liebsten schreiben würden. Aber falls Sie Interesse hätten, könnten wir da etwas auf die Beine stellen. Auf Ihren Spielfilm kommen wir zurück, sobald sich eine Tür auftut. Versprochen.«

Frau Scholl zögerte.

»Wäre das etwas für Sie?«, drängte Tom. Er konnte ihr ansehen, dass sie Nein sagen wollte. Leonie träumte von einer Karriere als Filmemacherin und wollte unbedingt einen großen Spielfilm auf die Leinwand bringen. Alltagsgeschichten für das Fernsehen interessierten sie nicht. Trotzdem war sie Realistin genug, um zu beherzigen, dass die ausgestreckte Hand eines Produzenten immer noch mehr wog als ein nebulöses Movie-Projekt, das ihr niemand abnehmen wollte. Jeder hatte einmal klein angefangen.

»Also gut«, sagte sie.

»Sehr schön«, lobte er. »Ich bin mir sicher, dass Sie mich

schon bald mit etwas Lesenswertem überraschen. Wie wäre es mit übermorgen?«

»Ich werde mich nach einem geeigneten Fall umsehen. Sobald ich einen gefunden habe, rufe ich –«

»Die Suche ist überflüssig«, unterbrach Tom. »Ich habe schon einen Fall, mit dem wir einsteigen können. Es handelt sich um den Mordfall Cornelia Meyring.«

27

Hauptkommissar Grimm fühlte sich in Siegesstimmung. Dass Andersen sich eigens ins Polizeipräsidium bemüht hatte, gab ihm das Gefühl, auf dem rechten Weg zu sein. Ein Hochgefühl, das ihn am nächsten Morgen zuallererst van Dijks Büro aufsuchen ließ. Er hatte vor, den Kollegen zum Frühstück einzuladen und einen neuen Waffenstillstand auszuhandeln.

Als er sich dem Büro näherte, kam ihm der Junge entgegen.

»Hi, was liegt an?«, erkundigte sich Grimm gut gelaunt. »Wie steht's mit Frühstück?«

»Sie meint, wir liegen falsch«, brummte van Dijk.

»Wer?«

»Dr. Deutschmann.«

»Wer zum Teufel ist das?«

»Heidemarie Deutschmann.« Van Dijk blieb stehen. Er machte einen angeschlagenen Eindruck. »Cornelia Meyrings Therapeutin. Ich habe dir doch gesagt, dass sie heute kommt.«

Sein fragender und gleichzeitig vorwurfsvoller Blick ließ Grimm lügen. »Klar«, sagte er. »Leider bin ich mal wieder zu spät. Der Wagen hat eine Macke, weißt du?«

Zusammen betraten sie van Dijks Büro, und van Dijk stellte seinen älteren Kollegen vor.

Frau Deutschmann war eine hagere Frau mit strengem Blick, schätzungsweise Mitte fünfzig. Sie trug ihr graues Haar lang und versteckte ihren Hals trotz des heißen Wetters hinter einem hellblauen Seidentuch. »Nellie war labil«, sagte sie, nach van Dijks Blick zu urteilen, zum wiederholten Mal. »Ich würde sagen, sie war akut suizidgefährdet. Nicht wegen der Sache mit Maarten. Es war ihr ganzes Leben, mit dem sie nicht klarkam. Ich vermute, es war eine Art Schuldkomplex ...«

»Ein Schuldkomplex?«, hakte Grimm nach. »Schuld woran?«

Ein nachsichtiger Expertenblick streifte ihn. »Diese Art von Schuldgefühl«, erklärte Frau Deutschmann, »leitet sich nicht von einem konkreten Ereignis her. So gern wir das in diesem

Fall auch hätten, nicht wahr? Aber Nellie Meyring fühlte sich schuldig in ihrer gesamten Existenz …«

»Es war also so eine Art Erbsünde?«, fragte van Dijk.

»Die Ursache ist ein alles überdeckendes Gefühl von Wertlosigkeit, das ihre Eltern ihr schon im Kleinkindalter vermittelten. Die grundlegende und unerschütterliche Überzeugung, in ihrer gesamten Existenz nichts wert zu sein und dennoch eine gewaltige Verantwortung zu tragen. Was glauben Sie? An einer solchen Bürde kann man nur schuldig werden.« Frau Deutschmann schickte ein wissendes Nicken hinterher. »Deshalb ist es passiert.«

»Ist was passiert?«

»Deshalb hat sie Selbstmord begangen. Eine geradezu klassische Konstellation.«

»Sie irren sich, Frau Deutschmann. Es war kein Selbstmord.«

Zum ersten Mal zeigte sich ein Lächeln auf dem Gesicht der Therapeutin. »Oh nein, Sie sind es, der irrt. Frau Meyring hat sich das Leben genommen. Ich ahnte es schon lange und tat alles, um es zu verhindern. Aber es ist mir nicht gelungen.«

»Frau Meyring war Ihre Klientin«, sagte Grimm. »Was haben Sie ihr denn geraten, um mit der Bürde, von der Sie sprachen, umzugehen?«

»Nun, ich habe ihr zu dem geraten, was für einen Fall wie den ihren angezeigt ist.«

»Und das wäre?«

»Biografisches Theater. Das ist eine noch relativ neue Therapieform, in der der Klient seine zentralen Lebenskonflikte bewältigt, indem er sie inszeniert. So kann er sich ihnen nicht nur stellen, sondern auch zu Leibe rücken. In den USA wird das schon lange praktiziert. Mit großem Erfolg.«

»Und wo befindet sich dieses Theater?«

Die Therapeutin schüttelte den Kopf. »Es handelt sich nicht um einen bestimmten Ort, verstehen Sie? Vor allem geht es um den Aspekt, die eigene Biografie als Theaterstück zu begreifen. Soviel ich weiß, hatte Frau Meyring einen Theaterkurs an der Volkshochschule belegt. Sie sprach außerdem davon, dass sie an einem Stück schreibe.«

Heidemarie Deutschmann verabschiedete sich nach einer Viertelstunde, nicht ohne die Kommissare noch einmal eindringlich darüber belehrt zu haben, dass sie sich in der Frage der Todesursache gründlich geirrt hätten.

»Wenn ich ehrlich bin«, sagte Grimm, nachdem sich die Tür hinter ihr geschlossen hatte, »war ich nur gekommen, um dich zu einem Versöhnungsfrühstück einzuladen.«

»Warum nicht?«, meinte van Dijk.

Es klopfte, und eine junge Frau steckte den Kopf zur Tür herein. »Entschuldigung«, sagte sie. »Ich suche jemanden, der den Fall Meyring bearbeitet.«

Grimm deutete auf van Dijk. »Das wäre dann dieser Herr hier.«

»Van Dijk, Hauptkommissar«, stellte sich van Dijk vor und erhob sich.

Die Frau kam herein. »Leonie Scholl«, sagte sie.

Van Dijks Handy klingelte. Er hob die Hand. »Einen Augenblick«, sagte er und, während er den Raum verließ: »Lydia? Was gibt's denn? – Ja, ich wollte dich sprechen. Wo steckst du …?«

»Tja, das kann länger dauern«, meinte Grimm und wies Frau Scholl den Platz zu, von dem van Dijk gerade aufgestanden war. »Mein Name ist Grimm, und ich bin auch Kommissar. Was kann ich für Sie tun?«

»Ich bin Drehbuchautorin und möchte diesen Fall zur Grundlage für einen Film machen.«

»Aber das ist eine laufende Ermittlung.«

»Eben deshalb. Herr Rixen, das ist der Produzent, für den ich arbeite, ist gerade daran interessiert. Einen Fall *in progress* sozusagen.«

»Hören Sie mal«, meinte Grimm skeptisch, »das ist nichts fürs Fernsehen. Ich meine, ihr seid doch immer gut dafür, die Fakten komplett zu verdrehen. Egal ob Flugzeugabstürze, Naturkatastrophen oder Kriminalfälle – ihr verarbeitet alles zu Unterhaltungssoße.«

»Ja, schon.« Frau Scholl grinste unsicher. »Diese Kritik kann ich gut verstehen, Herr Kommissar. Aber in diesem Fall kann ich Ihnen versichern, dass –«

»Haben Sie irgendeinen Bezug zu dem Fall? Wollen Sie ihn deshalb verfilmen?«

»Nein, nicht direkt.«

»Nicht direkt. Kennen Sie Benjamin Andersen?«

»Den Schriftsteller? Natürlich. Ich habe einen seiner Romane für das Drehbuch bearbeitet.«

»Ich meine persönlich.«

»Nein. Aber seinen Sohn habe ich einmal getroffen.«

»Marlon? Das ist interessant. Erzählen Sie.«

»Da gibt es nichts zu erzählen. Eine Zeit lang veranstaltete er diese Feten unten an der Niers. Da ging's hoch her. Angeblich war alles eingeladen, was in dieser Stadt als Künstler Rang und Namen hat.«

»Also auch Sie.«

»Es hatte mich interessiert. Aber Marlon war nur betrunken und wollte mich anbaggern.«

»Und?«

»Nichts und. Ich hatte kein Interesse. Also bin ich wieder gegangen.«

»Sonst ist nichts vorgefallen? Ich meine: Schlägereien oder tumultartige Szenen. Irgend so etwas.«

»Marlon hatte einen heftigen Streit mit einer Frau. Ich habe aber nicht so recht verstanden, weshalb. Es ging mich ja auch nichts an.«

»Kannten Sie die Frau?«

»Nein. Ich habe nur gehört, dass sie ihn lautstark beschimpft und damit gedroht hat, sich umzubringen. Und Marlon hat ihr daraufhin eine geknallt.«

»Und Sie haben nicht eingegriffen?«

»Nein. Er war betrunken, und sie ist weggerannt. Was sollte ich denn machen?«

Die Tür öffnete sich. Van Dijk trat ein, während er das Handy in seiner Hosentasche verschwinden ließ. »Tut mir leid, aber das war privat.«

»Schon gut«, meinte Grimm und erhob sich. »Die Sache hat sich auch erledigt.« Er geleitete Leonie Scholl hinaus. »Sehen Sie, ich verweigere mich nicht grundsätzlich«, sagte er. »Aber zu diesem Zeitpunkt wäre eine Drehbuchautorin im Team nicht hilfreich. Erklären Sie das Ihrem Chef …«

»Er ist nicht mein Chef. Tom Rixen ist einer der bekanntesten Produzenten in NRW.«

»Tja, dann wird er es sicher verstehen.« Grimm kehrte ins Büro zu van Dijk zurück.

»Was jetzt?« Der Junge sah immer noch angeschlagen aus. »Sollen wir endlich frühstücken?«

»Ich frage mich, ob die Sache nur vorgeschoben ist«, überlegte Grimm.

»Welche Sache?«

»Diese ganze Fernsehdrehkiste. Frau Scholl kennt Marlon Andersen. Natürlich ist da angeblich nicht das Geringste gewesen …«

»Wir sollten das nachprüfen.«

»Allerdings«, nickte Grimm. »Marlon Andersen wird sich die eine oder andere Frage gefallen lassen müssen. Aber erst mal«, er grinste, »gibt's Frühstück.«

28

Auf dem Parkplatz des Polizeipräsidiums fand Leonie Scholl ihren Kleinwagen nicht sofort wieder. Da stand nicht nur ein roter VW Lupo, sondern gleich fünf. Während sie sich umsah, berührte jemand ihren Arm.

Sie zuckte zurück.

»Entschuldigung, aber ich habe zufällig mit angehört, dass Sie vom Fernsehen sind.« Der Mann war dünn und trug einen Dreitagebart. Alles in allem machte er einen ungepflegten Eindruck.

»Wer sind Sie?«

»Mein Name ist Lichter, Maarten Lichter. Ich stand Frau Meyring sehr nahe und will unbedingt, dass die Wahrheit ans Licht kommt. Können wir uns unterhalten? Nicht weit von hier ist ein Café.«

Leonie zögerte. »Ich kenne Sie doch gar nicht.«

»Woher sollten wir uns denn kennen?« Lichter wirkte ungeduldig. »Aber Sie wollen doch etwas über diesen Mord erfahren. Hat die Polizei Ihnen weitergeholfen?«

»Sie will nicht, weil der Fall noch nicht abgeschlossen ist.«

»Blödsinn! Die können Ihnen nicht helfen, weil die komplett im Dunkeln tappen. Ich selbst musste schon als Tatverdächtiger herhalten.«

»Sie sind also der Lebensgefährte der Ermordeten?«

Lichter deutete in die Richtung, in der das Café lag. »Lassen Sie uns reden.«

Wenige Minuten später saß Leonie Scholl dem Fremden gegenüber. Weil es drinnen zu stickig war, hatten sie draußen Platz genommen. Der Tisch wackelte, und jede Bewegung ließ die Eiswürfel in ihrem Orangensaft klingeln.

Lichter hatte sich ein Bier bestellt. »Warum interessieren Sie sich für den Fall?«, wollte er wissen.

»Eigentlich kommt das nicht von mir. Der Produzent, für den ich arbeite, hat den Meyring-Fall vorgeschlagen.«

»Was für ein Produzent?«
»Tom Rixen. Er ist in der Filmbranche relativ bekannt.«
»Also ein hohes Tier, was?«
»Wenn Sie das so ausdrücken wollen.« Die Drehbuchautorin fühlte sich plötzlich in der Defensive. Eigentlich war doch sie diejenige, die Fragen hatte.
»Welches Interesse hat er gerade an diesem Fall?«
»Ich weiß es nicht.«
»Hängt er irgendwie in der Sache mit drin?«
»Nein. Wie kommen Sie darauf? Natürlich nicht.«
»Warum ist er dann so neugierig?«
»Es geht um eine neue Serie im Fernsehen. Authentische Mordfälle als Dokumentation. Möglichst aktuelle Fälle.«
»Und Sie haben ihm den Fall Meyring vorgeschlagen.«
»Nein.«
»Nein?«
»Das kam von ihm.«
»Aber es ist doch Ihr Drehbuch, nicht wahr?«
»Schon, aber er bezahlt es. Außerdem hatte ich den Eindruck, dass er ein besonderes Interesse an dieser Geschichte hat.«
»Ein persönliches?«
»Ich weiß es nicht. Vielleicht.«
Lichter nahm einen Schluck aus seinem Glas, der kein Ende nehmen wollte. »Ich möchte diesen Herrn sprechen«, sagte er, nachdem er sich mit dem Ärmel den Schaum von den Lippen gewischt hatte.
»Warum?«
»Weil er ein hohes Tier ist, wie Sie sagten.«
»Sie haben das gesagt, nicht ich.«
»Hohe Tiere haben oft Dreck am Stecken. Wenigstens ist da immer etwas, worüber sie nicht reden wollen. Und sie denken, sie kämen mit allem davon.«
Leonie fand ihren Gesprächspartner zunehmend seltsam. Sie fühlte sich unwohl und trank ihren Orangensaft nicht aus. »Ehrlich gesagt, verstehe ich überhaupt nicht, was Sie damit meinen.«
Lichter winkte der Bedienung. »Zahlen, bitte!«

Gegen dreizehn Uhr stattete die Kripo Marlon Andersen einen zweiten Besuch ab. Es war drückend heiß. Marlon hatte wieder seinen Morgenmantel an. »Sie schon wieder?« Er schüttelte angewidert den Kopf. »Ich dachte, Herr Kommissar, Sie hätten die Sache mit meinem Vater geklärt.«

»Cornelia Meyring«, sagte Grimm und betrat die Wohnung, indem er den Jungen beiseiteschob. »Sie haben behauptet, diese Frau nicht zu kennen.«

»Na und?«

»Diese Behauptung war eine Lüge. Sie kannten Frau Meyring sehr wohl.«

Marlon spielte den Erstaunten. »Ich kannte sie?«

Ein Volkshochschulkurs, und schon hält er sich für Shakespeare. »Sie haben sich in der Volkshochschule kennengelernt. Im Theaterkurs.«

»Ach wirklich? Woher wissen Sie das denn?«

»Wir haben einen Zeugen, der zufällig auch an diesem Kurs teilnahm.« Die dreiste Lüge brachte Grimm einen beunruhigten Blick van Dijks ein.

Marlon Andersen stand da mit seinem überlegenen Grinsen im Gesicht. Er war drauf und dran, wieder »Na und?« zu sagen.

Aber Grimm konnte jetzt nicht mehr zurück. »Die Frage ist, aus welchem Grund Sie uns diese Tatsache verheimlicht haben.«

Es dauerte noch einen Augenblick, dann verpuffte das Grinsen. »Also gut, ich kannte Nellie.«

»Warum haben Sie das nicht gesagt?«, setzte van Dijk nach. »Erzählen Sie uns jetzt nicht, Sie hätten es nicht für wichtig gehalten.«

»Ich wollte nicht verdächtigt werden, das ist doch wohl klar.«

»Klar«, pflichtete Grimm ihm bei. »Aber jetzt sind Sie erst recht verdächtig.«

»Was hatten Sie mit Frau Meyring zu tun?«, erkundigte sich van Dijk.

»Na was schon? Das Theater. Ich habe letztes Jahr ein Ensemble gegründet. Die dead poets society. Nellie interessierte sich dafür, sie wollte mitmachen. Am Wochenende haben wir meistens geprobt.«

»Auf dem Niers-Grundstück?«

»Wenn das Wetter es zulässt, sind wir immer dort. Wir haben eine Freilichtbühne gebastelt, aus Holzkisten und Planken. Nichts Berühmtes, wir stehen halt noch am Anfang.«

Marlons Ton war geradezu schwärmerisch geworden. Sein arrogantes Gehabe war verschwunden. Grimm nahm ihm ab, dass er über seine Leidenschaft sprach.

»An dem betreffenden Samstag haben Sie also auch geprobt?«, fragte er.

»Ja, natürlich.«

»Ein Stück von Ihrem Vater?«

»Ich spiele seine Stücke nicht mehr, Herr Kommissar. Das ist vorbei.«

»Aus welchem Grund?«

Marlon schüttelte den Kopf. »Das gehört nicht hierher.«

»Ich finde schon, zumal Sie sich keineswegs scheuen, sich hinter ihm zu verstecken, wenn's brenzlig wird, nicht wahr?«

»Ich verstecke mich nicht.«

»Sie hatten mit Ihrem Vater kürzlich eine heftige Auseinandersetzung. Worum ging es da?«

»Das waren künstlerische Differenzen. Vater hält sich für die oberste Instanz allen literarischen Schaffens. Aber hier geht es gar nicht um seine blutleeren Schachtelsätze, die er für den Inbegriff künstlerischen Schreibens hält. Es geht um Theater. Um authentische Gefühle. Davon versteht er nichts.«

»Darüber haben Sie also gestritten?«

»Er hat von mir verlangt, dass ich die Finger von Nellies Stück lasse, und ich habe ihm gesagt, dass er in meinem Theater nicht zu entscheiden hat.«

»Nellies Stück? Sie hat es geschrieben?«

»Allerdings. Es heißt ›Der Gott des Bösen‹.«

»Was hatte Ihr Vater dagegen einzuwenden?«

»Es handelt von ihm.«

»Von Benjamin Andersen?«

»Natürlich nicht wirklich. In dem Stück geht es um einen Mann, der sich für Gott hält. Der Leute herumkommandiert, sie schikaniert und demütigt und sich dabei toll fühlt. Genau mein Vater, habe ich gesagt, und Nellie hat mich bestätigt. Mein Alter sah das natürlich anders.«

»Was war an jenem Abend?«

»Wir waren zum Proben verabredet. Und wir haben auch geprobt.«

»Wann war das?«

»So gegen zehn.«

»Zweiundzwanzig Uhr?«

»Nellie hat um acht angerufen, dass sie sich verspäten würde. Sie hätte noch was zu erledigen. Aber dann kam sie gar nicht mehr.«

»Als Sie nach dem Unwetter davon hörten, dass sie tot aufgefunden worden war«, sagte van Dijk, »was haben Sie angenommen?«

Marlon Andersen ließ sich auf einem Sessel nieder, ohne darauf zu achten, dass eine auf links gedrehte Jeans ihn besetzt hielt. »Ich weiß nicht, was Sie meinen, Herr Kommissar. Es hat mich umgehauen. Ich wusste nicht, was ich denken sollte.«

»Haben Sie denn keine Vermutung, wer sie ermordet haben könnte?«, fragte van Dijk.

»Nellie war kein einfacher Mensch. Manchmal hatte sie dunkle Phasen, da konnte man sie nicht ansprechen. Sie sah alles rabenschwarz und schien jedermann zu hassen. Und dann wieder wurde sie plötzlich zum Sonnenschein.«

»Sie hatten einen heftigen Streit mit ihr, bei dem Sie auch handgreiflich geworden sind«, sagte Grimm.

Auf der Stelle kehrte die Arroganz in Marlons Gesicht zurück. »Was deuten Sie damit an, Herr Kommissar?«

»Ich deute nichts an. Ich frage Sie.«

»Wir hatten angefangen, Nellies Stück zu proben, aber es funktionierte nicht. ›Der Gott des Bösen‹ war nicht inszenierbar. Ich habe versucht, Nellie das klarzumachen, aber sie wollte nichts davon wissen. Sie wurde fuchsteufelswild und drohte damit, sich umzubringen.«

»Hat Sie das denn nicht beunruhigt?«

»Nein. Nellie tat das oft, wenn es nicht so lief, wie sie sich das gedacht hatte.«

»Wie ging es dann weiter?«

»Ich habe das Stück umgeschrieben, und schließlich passte es. Aber Nellie wollte nichts mehr davon wissen. Es hat mich viel Geduld gekostet, sie wieder ins Boot zu holen.«

»Ich will das Stück lesen«, sagte Grimm. »Außerdem möchte ich Sie dringend bitten, sich bis auf Weiteres zur Verfügung zu halten. Falls Sie eine Reise vorhaben, verschieben Sie die.«

»Aus welchem Grund?«

»Es könnte doch immerhin sein, dass Sie den Unterschied vergessen haben zwischen jemanden ins Boot holen und ihn aus demselben stoßen. Wer weiß? Vielleicht waren Sie betrunken, wie so oft. Und wie immer stand Ihr Vater bereit, die Sache so zu bereinigen, dass niemand daran Anstoß nehmen würde.«

29

Zurück im Präsidium erwartete sie Grünberg, wie so oft mit den Händen in den Taschen. Eigentlich war es nur Grimm, den er sprechen wollte. Sobald sie allein waren, kam er ohne Umschweife zur Sache. »Es tut mir leid, Björn, aber du bist den Fall los. Du lässt mir keine andere Wahl.«

»Hat er dich schon angerufen?«, staunte Grimm. »Da hat er ja keine Minute verloren.«

»Du hast dich unprofessionell verhalten. Zunächst polterst du herum, dass wir nicht bei der Mafia sind und mit Einschüchterung arbeiten, dann kommst du in Rambomanier daher und hast nichts in der Hand als Mutmaßungen, Unterstellungen und haltlose Verdächtigungen. Andersen ist eine Person des öffentlichen Lebens, und wir können uns das nicht leisten.«

»In einem muss ich dem Jungen tatsächlich Respekt zollen«, sagte Grimm spöttisch. »Er hat mich gewarnt, dass der Arm seines Vaters weit reicht, und ich habe ihn ausgelacht. Jetzt muss ich zugeben: Der Arm ist wirklich lang.«

»Was auch immer du damit andeuten willst, es geht auch um das Image dieser Behörde. Du weißt genau, dass ich Prominente nicht für tabu halte. Aber wir dürfen uns vor laufenden Kameras keine Schlappe erlauben. Das ist alles.«

»Was sollen wir denn stattdessen tun?«

»Ich schlage vor, wir sehen uns die anderen Spuren im Fall Meyring noch mal genauer an.«

»Welche anderen Spuren? Spiderman? Das ist nicht dein Ernst.«

Grünberg schwieg und beharrte auf seinem Lächeln zum Zeichen, dass er sich von Grimms Sarkasmus nicht provozieren ließ.

»Also schön«, sagte Grimm. »Es war schließlich deine Idee, dass ich in dem Fall mitmische. Wenn du mich jetzt rausschmeißen willst, dann bitte.«

»Nimm einfach ein paar Tage frei«, sagte Grünberg und bemühte sich um einen versöhnlichen Ton. »Bis sich die Wogen geglättet haben. Danach kriegst du auch deinen Schreibtischjob, versprochen.«

»Scheiß auf den Schreibtischjob«, meinte Grimm und ließ beim Hinausgehen die Tür offen stehen.

Da er zu Fuß war, brauchte der Hauptkommissar die doppelte Zeit nach Hause. Unterwegs zog er sein Jackett aus und versuchte, sich in Urlaubsstimmung zu versetzen. Mordfälle waren nichts für ein Wetter wie dieses. Selbst Mörder verzogen sich bei solchen Temperaturen irgendwo an einen Strand, cremten sich mit Sonnenmilch ein und überdachten bei einem eisgekühlten Getränk in aller Ruhe ihren Mordplan. Ich bin der falsche Mann für die Kripo, dachte Grimm. Und deshalb bin ich auch der Falsche, um mich darüber zu ärgern, dass man mich von einem Fall abzieht.

Als er den Wohnungsschlüssel aus der Tasche zog, stoppte ein Auto in der freien Parklücke direkt hinter seinem. Van Dijk stieg aus und winkte ihm zu.

»Van Dijk«, wunderte sich Grimm. »Wenn du mich nach Hause fahren willst, bist du leider zu spät.«

»Ich wollte dich eigentlich zurück ins Büro fahren.«

»Vergiss es.«

»Ehrlich, Björn.« Es war das erste Mal, dass der Jüngere Grimm mit dem Vornamen anredete. »Ich habe noch einmal mit Grünberg gesprochen. Er will dich nicht von dem Fall abziehen. Es ist reine Strategie.«

»Strategie?«

»Wenn ein Promi Druck macht, sagt er, ist man immer gut beraten, dem Druck nachzugeben, damit er ein Erfolgsgefühl hat. So kann man ihn möglicherweise in Sicherheit wiegen und erlangt in der Ermittlung sogar einen Vorteil.«

»Wie clever«, spottete Grimm.

»Natürlich gibt man dem Druck nicht wirklich nach. Der Betreffende ermittelt weiter, hält sich aber etwas mehr im Hintergrund.«

Grimm hatte sich auf dem Weg schon einiges überlegt, was

er Grünberg an den Kopf werfen wollte, falls sie sich demnächst sprechen sollten. »Also keine Ermittlungen in Richtung Spiderman?«, fragte er.

Van Dijk schüttelte den Kopf.

»Und warum hat der Kerl mir das eben nicht selbst gesagt?«

Der Jüngere zögerte einen Moment, bevor er antwortete. »Die großkotzige Art und Weise, mit der du aufgetreten bist, machte ihm dies leider unmöglich.« Van Dijk grinste schelmisch. »Das waren seine Worte.«

»Großkotzige Art und Weise«, wiederholte Grimm entrüstet. Und dann musste er lachen. »Okay, wenn das so ist … Dann fährst du mich eben zurück.«

Sie nahmen den Kleinwagen. Dieses Mal war van Dijk derjenige, der nicht zum Reden aufgelegt war. Er starrte auf die Straße, als fordere das Lenken eines Pkw seine gesamte Konzentration. Erst als er um ein Haar eine rote Ampel übersehen hatte, wurde Grimm klar, dass er in Lebensgefahr schwebte. Der Mann neben ihm beschäftigte sich offenbar nicht mal unbewusst damit, ein Auto zu fahren.

»Was macht übrigens das junge Glück?«, erkundigte er sich.

Van Dijk fuhr umso verbissener.

»Ich weiß, dass meine Tochter manchmal nicht leicht zu nehmen ist. Trotzdem denke ich, dass …«

»Überhaupt nicht!«, brauste der Jüngere auf. »Ich bin es, der alles vermasselt hat. Aber glaub mir, ich habe keine Lust, das ausgerechnet mit dir zu besprechen.«

»Nein«, sagte Grimm. »Ich bin mir auch nicht sicher, ob das eine gute Idee wäre. Aber ich denke, es ist allmählich Zeit, dir eine kleine Geschichte zu erzählen.«

Van Dijk starrte immer noch vor sich hin, aber wenigstens war er anwesend. »Was für eine Geschichte?«

»Weil es jetzt so aussieht, dass wir beide vielleicht doch so was wie ein Team werden. Und da wäre es nicht fair, wenn einer den anderen im Dunkeln herumtappen ließe. Besagte Geschichte spielt vor langer Zeit und ist ungefähr so lange her, dass man schon von einer halben Ewigkeit sprechen kann. Sie handelt von zwei Menschen, die für eine gewisse Zeit miteinander befreundet waren. Eigentlich waren sie grundverschieden, kein Traumpaar sozusagen. Der eine hielt sich für einen großen Musiker, während der andere, angepasst und spießig wie er war, eine Beamtenlaufbahn anstrebte. Er war es allerdings, der als Erster von beiden ein Mädchen kennenlernte und sich wie im siebten Himmel fühlte. Die Schöne aber verliebte sich in den anderen. Kein Wunder, denn sie stand auf Künstler, und spießige Beamtentypen fand sie eher langweilig.«

Auf van Dijks Gesicht zeigte sich ein Lächeln. »Ich nehme mal an, dass du nicht der Künstlertyp bist.«

»Bisher«, murrte Grimm, »war ich noch nicht mal an der Stelle, wo ich damit herausrücke, dass die Rede von mir selbst ist. Und weißt du auch, warum? Weil die Geschichte erst anfängt. Der Clou kommt noch.«

»Also gut.«

»Das Mädchen, das von dem einen zum anderen gewechselt war, verschwand eines Tages. Angeblich war sie in Urlaub gefahren. Äußerst mysteriös, kann man sagen. Dazu kam, dass der Spießertyp gute Gründe hatte anzunehmen, dass die junge Frau den Urlaub mit seinem ehemaligen Freund verbracht hatte.«

»Welche Gründe?«

»Sie hatte vorher bei ihm angerufen und nach der Nummer des anderen gefragt.«

»Aber ein Beweis ist das nicht.«

»Der junge Bulle hatte noch zu wenig Routine und zu viel Idealismus, um sich klarzumachen, was das bedeutete. Also legte er sich mit Gott und der Welt an. Tja, das war's dann auch schon.«

»Kein Happy End?«

»Nein.«

»Und was wurde aus der Frau?«

Grimm zuckte mit den Schultern. »Sie wurde nie gefunden. Bis heute.«

Van Dijk nickte nachdenklich. »Du meinst also, es steht noch nicht fest.«

»Was?«

»Das mit dem Happy End. Die Frage ist, ob die Geschichte überhaupt zu Ende ist.«

»Nein«, meinte Grimm. »Die Frage ist, ob man irgendetwas daraus lernen kann. Nicht aus pädagogisch-moralischen Gründen. Sondern weil man etwas daraus lernen muss, wenn man im Leben weiter klarkommen will.«

»Und wie lautet die Antwort?«

»Die Antwort? Dass die Vergangenheit vergangen ist. Sie kehrt nicht zurück. Und vergangenes Unrecht bleibt Unrecht. Schließlich sind wir nicht der liebe Gott.«

Sie hatten den Parkplatz des Präsidiums erreicht. Van Dijk kurvte in eine Parklücke und stellte den Motor ab. »Wärst du das gern?«, fragte er.

Grimm öffnete die Tür und stieg aus. Von draußen beugte er sich zurück ins Wageninnere. »Was wäre ich gern?«

»Wärst du gern Gott?«

30

Heute ist etwas passiert, das unsere kleine Idylle gestört hat. (Dabei muss ich gleich sagen, dass diese Idylle streng genommen nie existiert hat. Es kam uns nur so vor. Quinn hat von Anfang an gesagt, es gibt keine Idylle auf der Welt. Sie ist auch nicht erstrebenswert, weil sie das echte Leben mit seinen Konflikten ausblendet. Insofern ist sie nichts als eine Lüge.)

Der Morgen hatte verheißungsvoll begonnen. Wieder Sonne und schon am zweiten Tag in Folge. Endlich, so scheint es, hat der Sommer dieses entlegene Stück Land erreicht. Schon gestern haben wir draußen geprobt, obwohl der Hof voller Regenpfützen ist. Jetzt war die eine oder andere schon ausgetrocknet. Sheila tanzt zu unserer Musik. Die Outlaws nehmen allmählich Gestalt an.

Zum Mittag gab es geröstete Paprika. Uwe wird in der Küche immer besser. Ich wüsste nicht, was wir ohne ihn tun würden. Uwe ist kein Musiker. Ich glaube sogar, er ist völlig unmusikalisch. Ganz offensichtlich mag Quinn den Jungen und lässt ihn nicht spüren, dass er geistig etwas zu langsam ist. Eine andere Sicht der Dinge hat, wie Nellie mal gesagt hat. Uwe hat niemanden außer uns. Oder sollte ich sagen: außer Quinn? Es ist gut zu sehen, dass unser Bandleader sich seiner angenommen hat, ganz ähnlich wie Uwe sich Jimmys angenommen hat. Eine nicht unkomplizierte Konstellation, denn Quinn kann man nicht gerade als Hundeliebhaber bezeichnen. »Der lästige Köter mit seinem Mundgeruch hat uns gerade noch gefehlt«, lästerte er. »Er stinkt und nimmt uns die besten Schlafplätze weg.« Uwe, der seinem Idol alles recht machen will, bemüht sich seitdem, den Hund zu erziehen. Er macht erstaunliche Fortschritte, aber ich bezweifle, dass er Quinn auf diese Weise dazu bringen kann, das Tier zu mögen.

Am Nachmittag trafen wir uns alle drüben am Teich und planschten im Wasser. Dieses Mal war auch Sheila mit dabei.

Als sie gerade aus dem Wasser geklettert war und ihr Handtuch ausbreitete, um sich in der Sonne trocknen zu lassen, näherte sich ihr über die Wiese ein Mann. Es war ein großer Kerl mit Sonnenbrille und Muscleshirt. Er trug knallbunte Boxershorts.

»Das ist Privatbesitz«, sagte er.

»Was? Dieser Tümpel?«, fragte ich ungläubig grinsend und kam auch ans Ufer.

Der Mann musterte mich eingehend. »Allerdings. Wir brauchen das Wasser für unser Vieh.«

»Na schön, wir sind nur ein bisschen drin geschwommen«, meinte ich versöhnlich.

»Hier ist Baden verboten«, entgegnete er und baute sich vor mir auf. »Außerdem gehört die Wiese auch mir. Da wird nicht drauf rumgelungert.«

Während der Mann das sagte, klebte sein Blick an Sheilas nacktem Körper. Auch nachdem sie sich ihr Handtuch umgebunden hatte, konnte der Kerl die Augen nicht von ihr lassen. Das war wohl der Grund, weshalb Nellie noch im Wasser blieb.

»He, Mann, sei locker«, schaltete Quinn sich ein. Er hatte sich in Sheilas Palästinensertuch gehüllt. »Niemand beschädigt hier irgendetwas. Wir sind nur hier, um ein bisschen Spaß zu haben. Also, bleib cool.«

Aber der Mann mit der Sonnenbrille wollte nicht cool bleiben. So gemächlich, als hätte er Blei in den Schuhen, wandte er sich von mir ab und stapfte zu Quinn. Er stemmte die Arme in die Hüften. »Ich weiß nicht, wer du bist, Kleiner«, sagte er verächtlich, »und es interessiert mich auch nicht. Aber wir wohnen hier auf dem Land. Hier könnt ihr Hippies nicht alles zum Spielen nehmen, nur weil's euch so passt. Also, packt euch!«

Quinn und der Kerl standen sich direkt gegenüber. Keiner wich einen Zentimeter zurück. »Was hast du denn bloß gegen uns?«, fragte Quinn.

»Nichts«, sagte der Mann. »Ich mag euch nur nicht. Und wenn ihr unbedingt ficken wollt, dann macht das zu Hause und nicht auf meiner Wiese, damit das klar ist.«

»Wir ficken nicht, wir machen Musik«, gab Quinn zurück. »Damit *das* klar ist.« Und damit löste er den Knoten, der das

Palästinensertuch um seine Hüften hielt. Nackt stand er vor dem Mann mit den Boxershorts, stemmte auch seine Hände in die Hüften und grinste herausfordernd. »Außerdem«, sagte er leise, aber so, dass wir alle es verstehen konnten, »würde ich gern wissen, wie man so was macht: eine Wiese besitzen. Und einen Teich. Ehrlich, ich würde gern erfahren, wie das so ist, auf der eigenen Wiese zu ficken.«

Der andere sagte nichts, es fiel ihm wohl nichts als Erwiderung ein. Für einen Moment sah es so aus, als ob er sich abwenden wollte. Als ob Quinn es geschafft hätte, ihn aus dem Konzept zu bringen. Aber dann, plötzlich, stieß er Quinn mit beiden Händen gegen die Brust. Quinn stolperte und fiel zu Boden.

»Haut bloß ab!«, sagte der Kerl, tat noch einen Schritt auf ihn zu und setzte seine Sonnenbrille wieder auf. »Sonst werde ich wirklich ungemütlich.« Dann machte er kehrt und verließ die Wiese.

31

Auf dem Rückweg zum »Hotel« brachte keiner den Zwischenfall zur Sprache.

Na schön, dachte ich, soll der Spießer selig werden, wir finden schon einen anderen See. Das Wetter war traumhaft, keiner von uns wollte sich die Sommerstimmung verderben lassen. Außerdem hatte Uwe aus unseren spartanischen Vorräten wieder einmal Grandioses gezaubert.

Nachmittags probten wir erneut draußen auf dem Hof. Leider wollte nichts so recht passen. Solche Tage gibt es eben. Mitten im Song legte Quinn seine Gitarre weg und verzog sich wortlos auf sein Zimmer. Kurze Zeit später hörten wir wieder seine Bob-Dylan-Kassette. Er hatte den Rekorder auf volle Lautstärke gedreht.

Abends war die Stimmung gedrückt. Wir saßen draußen am Feuer. Uwe wollte den Hund dazuholen, aber das Tier verzog sich mit einem Jaulen, als Quinn nach ihm trat. »Hau ab, du verdammte Töle«, zischte er.

»Was soll's?«, meinte Sheila in das allgemeine Schweigen hinein. »Immerhin hatten wir heute mal wieder einen Sommertag, der den Namen verdient.«

Nellie schnaufte ärgerlich. »Wenn man dich so hört, kann man denken, dass es uns hier nur um Urlaub geht. Alles ist easy, wir planschen im Wasser und lassen uns die Sonne auf den Bauch scheinen.«

»Ja, so ähnlich habe ich mir das gedacht.«

»Dann hast du aber so gut wie gar nichts kapiert.« Nellies Blick streifte Quinn, so als wollte sie sich vergewissern, dass er dem Wortwechsel folgte. »Weißt du, wenn wir nur das haben wollten, hätten wir ebenso gut nach Mallorca fahren können.«

»Was habe ich denn nicht kapiert?«

»Worum es uns geht. Das ist nämlich alles andere als Urlaub.«

»Und was dann, bitte schön?«

Nellie warf Quinn einen auffordernden Blick zu. Aber er saß nur da und starrte in das Feuer.

»Es ist etwas ganz anderes. Etwas völlig Neues.«

Erst als Uwe heraus auf den Hof trat, regte sich Quinn. »He«, meinte er. »Ich hätte gern noch was zu essen.«

Uwe schwenkte den leeren Topf. »Ist leider nichts mehr da. Ich seh mal nach, ob wir noch von den Möhren welche dahaben.«

»Hör mir auf mit den Möhren. Die schmecken wie Erbrochenes.«

In diesem Moment fühlten wir die ersten Regentropfen auf unserer Haut. Es wurden schnell mehr, und binnen Kurzem löschten sie das Feuer.

»Tja, das war's wohl mit dem Sommerabend«, meinte Uwe. »Wir sollten hineingehen.«

Das ist jetzt drei Tage her. Seitdem regnet es ununterbrochen. Man könnte auch sagen, es schüttet. Quinn verbringt eine Menge Zeit damit, in seinem Zimmer zu hocken und den Song zu hören. Zeit, die wir zum Proben gebrauchen könnten.»A Hard Rain« dröhnt uns in den Ohren, und die litaneiartigen Strophen begleiten uns überall hin.

I saw a newborn baby with wild wolves all around it
I saw a highway of diamonds with nobody on it
I saw a black branch with blood that kept drippin'
I saw a room full of men with their hammers a-bleedin'
I saw a white ladder all covered with water
I saw ten thousand talkers whose tongues were all broken
I saw guns and sharp swords in the hands of young children …

Das Lagerfeuer ist passé, also sitzen wir abends drinnen. Uwe hat trockenes Holz organisiert – weiß der Himmel, wie er das geschafft hat. Gemütlich aneinandergekuschelt hocken wir um den offenen Kamin im Erdgeschoss. Das Knistern der Glut übertönt das Geprassel des Regens auf dem Dach. Meistens spricht Quinn, und wir hören zu. Es ist so, als ob wir jetzt erst erfahren, warum wir hier sind. Was uns hierher verschlagen hat.

»Was ist wohl das Wichtigste, das wir hierher mitgebracht haben?«, fragte er in die Runde.

»Unsere Musikinstrumente?«, schlug ich vor.

»Nein. Es ist unsere Bestimmung.«

»Unsere Bestimmung?«, fragte Sheila irritiert.

»Die können wir uns nicht aussuchen. Es ist das, was wir aus unserem Leben machen können und sollen. Eine Art Auftrag. Die meisten Menschen, glaubt mir, laufen wie blind durchs Leben, weil sie nämlich nicht die geringste Ahnung von ihrer Bestimmung haben.«

»So wie dieser Kerl am Teich?«

»Genau so.«

»Er heißt übrigens Kaspian«, sagte Nellie. »Und er ist mindestens Millionär.«

»Woher weißt du das?«

»Ich war heute drüben, hinter dem Wäldchen. Da steht sein Haus hinter einem hohen Zaun. Das ist eine richtige Villa. Und daneben eine Hühnerfarm. Hätte echt nie gedacht, dass man mit Hühnern so viel Knete machen kann.«

»Das hat er auch nicht mit Hühnern gemacht«, sagte Quinn.

»Aber in dem Stall sind Hühner.«

»Er ist Profifußballer. Oder besser: Er war es. Hat sich inzwischen zur Ruhe gesetzt. Was meinst du denn, denen wirft man die Asche nur so hinterher.«

»Dass du was von Fußball verstehst«, sagte ich anerkennend.

Wieder haben wir Sonntag. Unsere Essensvorräte sind so gut wie alle. Bis wir von selbst Angebautem leben können, dauert es noch fast ein Jahr. Also streifen wir nachts in der Gegend umher und holen Gemüse von den Feldern und Obst von den Bäumen der Nachbarn. Wenn du die Spießer fragst, geben sie dir nichts. Also sind sie selbst schuld, wenn wir nicht fragen. Außerdem ist es erlaubt, in Notlagen Obst von fremden Bäumen zu ernten.

Quinns Stimmung ist sehr wechselhaft geworden. Meist ist er gut drauf, aber ganz plötzlich kann seine Laune drehen. Heute fluchte er lauthals über die Ratten. »Scheiße! Diese verfickten Viecher sind überall. Ich kann sie nicht mehr sehen!« Sofort ließ er Uwe kommen und schnauzte ihn an, auf der Stelle loszufahren und Rattengift zu besorgen.

»Aber du hast doch gesagt, die Tierchen haben das gleiche Recht, hier zu wohnen, wie wir.«

»Quatsch. Das sind keine Tierchen. Sieh sie dir doch an. Die sind fett und riesig. Also, ab mit dir. Hol am besten eine große Packung.«

»Aber wir haben kein Geld mehr.«

»Wie du das machst, ist mir egal, klar? Aber ich will dieses Ungeziefer nicht mehr sehen. Also lass dir was einfallen.«

Mittlerweile glaube ich, wenn das Wetter anders wäre, dann wäre es auch nicht so schlimm. Alles wäre erträglicher, und Quinn wäre nicht so sehr seinen Launen ausgeliefert.

Aber ob Tag oder Nacht – hier auf dem Hof regnet es pausenlos. Es ist zum Verrücktwerden.

32

Auf dem Präsidium, vor van Dijks Büro, erwartete sie eine alte Dame, die sich als Professorin Walburga Meyring vorstellte. »Ich habe bei der Kriminalpolizei angerufen, und da sagte man mir, dass Sie den Mörder meiner Tochter wieder freigelassen haben.«

Van Dijk öffnete die Bürotür und bat sie hinein. »Wir haben nichts Konkretes gegen ihn in der Hand«, erläuterte er. »Ob er Ihre Tochter ermordet hat, steht nicht fest.«

»Nachträglich herzliches Beileid«, fügte Grimm hinzu.

Frau Meyring ließ sich auf dem Besuchersessel nieder. Sie trug eine helle, sommerlich leichte Bluse, doch insgesamt strahlte sie Strenge aus. Ihr Gesicht hatte kaum Ähnlichkeit mit dem Nellies, es war eher Hannes. »Was soll das heißen, es steht nicht fest? Hat ihn denn die Polizei nicht aus diesem Grund festgenommen: um es festzustellen?«

»Sind Sie wirklich Professorin?«, erkundigte sich Grimm neugierig, der auf der Fensterbank Platz genommen hatte.

»Ich war es. Bis vor zwölf Jahren. Hatte einen Lehrstuhl für Neuere Kunstgeschichte an der Kölner Universität.«

»Haben Sie und Ihre Tochter Cornelia sich oft gesehen?«

»Oh ja, sehr oft. Das heißt«, über Frau Meyrings Gesicht huschte ein Anflug von Bedauern, »in der letzten Zeit nicht mehr. Früher aber schon, da waren wir ein Herz und eine Seele.«

»Früher?«, fragte van Dijk. »Wie lange ist denn das her?«

»Damals, als sie noch mein Mädchen war. Sehen Sie, Herr Kommissar, ich hatte mehr als genug Arbeit an der Uni, und mein Mann, der damals noch gelebt hat, war kaum zu Hause. Nellie hat dann eines Tages diese große Reise nach Indien gemacht. Acht Wochen oder noch mehr war sie weg. Und als sie wiederkam, wurde es schwieriger.«

»Was wurde schwieriger?«

»Mit ihr wurde es schwieriger. Nellie war verschlossen. Sie hatte diese depressiven Schübe. Genauso hat dieses ganze Schlamassel angefangen. Damals habe ich oft gehört, dass alle, die nach Indien reisen, als neue Menschen zurückkehren. Ich habe das positiv verstanden, aber das war wohl ein Irrtum.«

»Was bezeichnen Sie als Schlamassel?«

»Man kam zufällig in ihr Zimmer, da saß sie auf ihrem Bett und starrte an die Wand. Und nach einer geschlagenen Stunde saß sie immer noch so da.«

»Sie vermuten also«, sagte Grimm, »dass der Grund für ihr Verhalten etwas gewesen ist, was ihr auf ihrer Reise widerfahren war?«

»Anfangs habe ich das geglaubt. Aber eigentlich wusste ich doch, woher sie ihre depressive Neigung hatte.«

»Woher denn?«

»Von ihrem Vater. Sehen Sie: Nach außen hin war er Motivationstrainer mit einer positiven Lebenseinstellung, aber keiner wusste, wie es in seinem Inneren ausgesehen hat. Ich schon.« Frau Meyring holte ein Taschentuch und tupfte sich den Schweiß von der Stirn. »Wenn Sie vielleicht ein Glas Wasser hätten …«

Van Dijk sprang auf. »Ich bin schon unterwegs.«

»Erzählen Sie mir mehr von Nellies Indienreise«, bat Grimm, während sie auf van Dijks Rückkehr warteten.

Die emeritierte Professorin schüttelte den Kopf. »Leider gibt es da nichts zu erzählen, weil sie mir nichts erzählt hat. Ich konnte fragen, wie das Wetter war, wie die Leute waren, ob das Essen lecker war – sie hat beharrlich geschwiegen. Wenn Sie unbedingt etwas darüber erfahren wollen, fragen Sie doch ihre Schwester Hanne. Angeblich haben die beiden sich nicht verstanden. Hanne meinte immer, ich würde ihr Nellie vorziehen. Aber das ist nicht wahr. Nellie hat ihr nur ihren Rang als Einzelkind streitig gemacht. Wie das so ist.«

»Warum sollte ich aber dann Hanne fragen?«

»Weil die beiden sich eben doch verstanden. Nellie hat Hanne so manches erzählt, was ich niemals erfahren habe.«

»Können Sie mir noch sagen, wann genau Nellie in Indien war?«

Frau Meyring überlegte. »Das ist jetzt so lange her …«

Van Dijk kehrte zurück und überreichte der alten Dame ein Glas Mineralwasser. Sie nahm es, starrte es einen Augenblick an und hielt es dann hoch, als wolle sie einen Toast ausbringen: »Oh, jetzt fällt mir noch was ein: Zwei Tage vor ihrer Abreise hatte ich diese Gastvorlesung in Cambridge. Das war am 31. Juli 1980. Also muss es Anfang August gewesen sein.«

»Und wann kam sie zurück?«

»Wie ich schon sagte, war sie lange weg. Oktober? Ja, Anfang Oktober könnte stimmen.«

»Oktober.« Grimm nickte nachdenklich. »Das ist allerdings seltsam …«

»Aber jetzt hätte ich noch eine Frage: Was hat all das mit diesem Herrn Lichter zu tun? Wenn Ihre Verdachtsmomente gegen ihn nicht ausreichen, sollten Sie dann nicht weitere beschaffen?«

Grimm erhob sich. »Das werden wir gegebenenfalls auch tun. Aber jetzt muss ich erst einmal ein Telefongespräch führen.« Er reichte der alten Dame die Hand und verließ das Büro.

Professorin Meyring brach schon fünf Minuten später auf. Van Dijk hatte nicht den Eindruck, dass ihr Besuch Licht in den Mordfall gebracht hatte, und er wunderte sich über Grimms wichtigtuerisches Benehmen. Das Telefon auf seinem Schreibtisch klingelte. Er nahm ab.

»Van Dijk?«

»Ich bin's.«

»Lydia! Ich habe schon so lange versucht, dich zu erreichen.«

»Vorerst bin ich nicht zu erreichen.«

»Was meinst du denn damit?«

»Dass ich etwas Neues ausprobiere. Theaterspielen.«

»Theater?« Augenblicklich stieg Eifersucht in ihm auf. »Du meinst, du probierst *ihn* aus.«

»Wen?«

»Diesen Kerl, der bei dir zu landen versucht. Er hat dir das mit dem Theaterspielen in den Kopf gesetzt, stimmt's?«

»Sag mal, spionierst du mir eigentlich nach?«

»Das brauche ich gar nicht, Lydia. Ich habe ihn nur von Weitem gesehen, als du mit ihm im Fischrestaurant gesessen hast. Aber das reicht mir schon, um zu begreifen, was läuft.«

»Ach ja? Das weißt du also?«

»Allerdings. Warum entscheidest du dich nicht?«

»Entscheiden? Was denn?«

»Zwischen uns beiden. Ich wüsste gern, wenn du mich satthast.«

»Jetzt hör auf, die Sache zu dramatisieren, Fabian. Ich hatte gedacht, dass du keiner von denen bist, die einem gleich eine Eifersuchtsszene machen. Mit diesem ›Kerl‹, wie du ihn nennst, arbeite ich zusammen. Er inszeniert ein Theaterstück, und das ist meine Chance.«

»Warum tust du das hinter meinem Rücken? Ich frage mich, Lydia, wer hier eine Sache dramatisiert – Lydia!«

Sie hatte aufgelegt.

33

Ich weiß nicht, was es mit dieser Kassette auf sich hat. Aber es kommt mir gespenstisch vor, wie er stundenlang immer wieder diesen einen Song spielt. Allen hier geht das so. Das Lied ist ebenso allgegenwärtig wie der verdammte Regen.

… I heard the sound of a thunder, it roared out a warnin'
Heard the roar of a wave that could drown the whole world
Heard one hundred drummers whose hands were a-blazin'
Heard ten thousand whisperin' and nobody listenin'
Heard one person starve, I heard many people laughin'
Heard the song of a poet who died in the gutter
Heard the sound of a clown who cried in the alley …

Sheila hat neulich versucht herauszufinden, warum er das tut. »Die anderen machen sich schon Sorgen um dich«, hat sie gesagt. »Du bist hier und doch nicht hier.«

Daraufhin hat er einen Wutanfall bekommen, und sie hat einen Tag lang nicht mehr mit ihm gesprochen.

Die beiden verstehen sich nicht mehr so gut wie am Anfang, das ist unübersehbar. Sie schlafen nicht mehr miteinander. Ich glaube, Nellie würde gern Sheilas Stelle einnehmen, jedenfalls gibt sie sich alle Mühe. Aber Quinn ignoriert ihre Avancen, genauso wie Nellie die meinen ignoriert.

Trotzdem hat Sheila wohl etwas bei ihm bewirkt, denn Quinn sah ein, dass es besser war, uns einzuweihen in das, was ihn umtreibt. Also klimperte er abends zur Kaminstunde auf der Gitarre und wartete geduldig, bis wir uns alle eingefunden hatten. Er legte das Instrument aus der Hand und starrte eine lange Zeit schweigend ins Feuer.

Wir warteten. Das Feuer knisterte.

»Eines ist mir hier klar geworden«, sagte er dann. »Musik – das sind nicht nur Töne, Melodien und Texte. Musik ist vor allem anderen erst einmal hören. Wer nicht hören kann, für den ist Musik nicht existent. Das mag sich simpel anhören, ist es aber keineswegs. *Wer Ohren hat zu hören, der höre*, so steht es geschrieben. Und damit ist vor allem *die Botschaft dahinter* gemeint.« Er stand auf, trat ans Feuer, und seine Augen ruhten eine Weile auf den glühenden Scheiten. »Die Botschaft kann nicht jeder hören. Der Fußballmillionär kann das nicht. Er ist taub. Die einzigen Noten, die er kennt, sind Banknoten. Ich frage mich«, fügte Quinn wie beiläufig hinzu, »ob es nicht an uns ist, ihm eine Lehre zu erteilen.«

Dann schwieg er.

»Was für eine Lehre soll das sein?«, fragte ich.

»Hab ich euch nicht gesagt, dass wir eine Bestimmung haben? Das unterscheidet uns von diesem hirnlosen Kicker. Der hat keine Ahnung von seiner Bestimmung und verhält sich wie ein blödes Herdentier, das einem unbewussten Trieb folgt. Wir sind anders. Deshalb höre ich mir diesen Song an, versteht ihr? Weil in ihm Gott zu mir spricht.«

»Gott?« Wir wunderten uns.

»Ja, weil es nämlich einen Gott gibt! Nicht nur in dem Song, sondern auch da draußen in dem verdammten Regen. Man muss nur Ohren haben, um seine Stimme zu hören. Gott war es, der mir gesagt hat, was ich zu tun habe. Er war es, der gesagt hat, dass er Mittelmaß verabscheut. Und dass wir seine Werkzeuge sind.«

»Das ist alles total spannend«, meinte Nellie. »Also, was werden wir tun?«

»Dieser Mann«, Quinn deutete mit seinem Finger in den leeren Raum hinter uns, dass man denken konnte, der Kerl mit den Boxershorts stünde dort, »meint, er könnte uns Vorschriften machen. Dabei muss es doch eigentlich umgekehrt sein. Dieser Mann hat sich in seinem kümmerlichen Leben bis jetzt nicht ein einziges Mal die Frage gestellt, warum er auf dieser Welt ist und um was in aller Teufels Namen er sie bereichern kann. Was er beizutragen hat zur kosmischen Harmonie, zum glücklichen Zusammenleben aller Menschen und Dinge. Und deshalb hat er nichts beizutragen. Er lebt in den Tag hinein, schlimmer noch: Er richtet Übles an.«

Erneut machte Quinn eine Pause. Sicher wartete er auf die Frage, von welchem Übel er denn spreche. Und die Frage kam auch, natürlich von Nellie.

»Dieser Mann«, antwortete Quinn also und deutete wieder mit dem Finger in den Raum, »produziert Hühnereier am laufenden Band und wendet dabei verachtenswerte Methoden an. Er pfercht Tausende der hilflosen Flattervögel in einen engen Stall, in dem sie sich kaum bewegen, geschweige denn herumfliegen können. Er missbraucht die armen Kreaturen als Eilieferanten für die Lebensmittelindustrie. Der Fußballmillionär ist nicht auf das Geld angewiesen, das er aus diesem schändlichen Geschäft zieht. Er nimmt es gern, weil er an diese Welt glaubt und an ihr Credo, alles zu zerstören und zu zertrampeln. Hauptsache, es wirft Gewinn ab. Und er wird bis zum Ende seiner Tage so weitermachen, wenn wir nicht kommen und ihm in sein übles Handwerk pfuschen.«

Uwe war wirklich betroffen. »Diese armen Tiere«, meinte er kopfschüttelnd. »Wir sollten sie sofort freilassen.«

»Das dürfen wir nicht«, widersprach Quinn. »Es sind nicht unsere Hühner, so gern ich auch hätte, es wäre so.«

»Ja, das wäre das Beste«, nickte Uwe. »Ich würde für sie sorgen, genauso wie für Jimmy.«

»Das Allerwichtigste ist, dass wir gemeinsam handeln. Als Einheit sozusagen. Nur so können wir etwas ausrichten. Und nur so kann er nichts gegen uns ausrichten.«

»Dann werden wir es genau so machen«, sagte Nellie.

»Ich bin der Kopf«, verkündete Quinn. »Und ihr seid Arme und Beine. Gemeinsam sind wir der Körper.«

Uwe reckte seine Faust gen Decke. »Das bin ich«, sagte er. »Der rechte Arm.«

Es ist viel leichter, als ich dachte. Der Fußballer hat zwar einen hohen Zaun um sein Grundstück gezogen, aber in dem Zaun sind viele Löcher. Eine Alarmanlage gibt's nicht. Wozu auch, wenn sich höchstens mal ein Kaninchen unbefugt Eintritt verschafft?

Und wir. Nellie und ich. Es ist verrückt, aber diese Aktion

hat uns einander nähergebracht. Endlich eine Sache, bei der wir beide allein sind, ohne die anderen.

Der Fußballspieler hat ein tolles Haus mit riesengroßen Fenstern. Es ist leicht, ihn zu beobachten. Er hat eine junge Frau, die aussieht wie ein Model. Ich schätze, dass sie jünger ist als ich. Jeden Morgen braucht sie über eine Stunde im Bad (das können wir nicht einsehen, da die Fenster aus Milchglas sind). Die beiden frühstücken ausgiebig und sehen dabei fern. Ein bemitleidenswertes Leben. Selbst das der Hühner ist wahrscheinlich spannender.

Abends, nach Einbruch der Dämmerung, ist es für uns auch wie fernsehen. Wir draußen im Garten, sie im erleuchteten Wohnzimmer. Sie verhalten sich wie ein junges Paar, knutschen ständig herum. Heute allerdings haben sie sich gestritten – es ging um eine Fernsehsendung, die sie unbedingt sehen wollte. Er fand sie wohl todlangweilig.

Die beiden ahnen nicht, dass sie beobachtet werden. Ohne besonders auf Deckung zu achten, schleichen wir durch den Garten, am Haus vorbei. Zum Hühnerstall. Hier gibt es keine Glasfenster, nur vergitterte Löcher in der Mauer, die mit Fliegengitter ausgestopft sind. Nicht gerade artgerechte Haltung. Der beißende Gestank von Hühnerkot lässt unsere Augen tränen.

Ich stehe Schmiere, während Nellie die Spraydose (Uwe hat sie für uns aus dem Supermarkt geklaut!) herausholt. »Geflügelfarm = Konzentrationslager«, schreibt sie mit schwarzer Farbe auf die Mauer.

Ich höre ein Geräusch und ducke mich. Nellie kauert sich nieder und presst sich an mich, ich fühle ihr Herz klopfen und spüre ihre Brüste. Wir halten den Atem an. Aber es war nur eine Katze. Falscher Alarm.

Neben die Schrift sprüht Nellie noch ein Hakenkreuz.

»Okay, lass uns abhauen«, sagt sie.

Wir verdrücken uns durchs hohe Gras. Das war's schon.

34

Zwei Tage später. Natürlich regnet es. Es regnet immer. Aber dazu kommt der grässliche Gestank. Hühnergülle. Irgendwo muss richtig viel davon sein, bestimmt ganz in der Nähe, denn es ist fast windstill, und trotzdem ist der Geruch überall. Man kann das Haus nicht mehr verlassen, ohne ihn einzuatmen. Inzwischen ist er auch schon hineingezogen und sitzt in unseren Klamotten. Uwe kocht und wird das Essen nicht los, weil allen der Appetit vergangen ist.

»Diese Bauern hier sind nicht zu beneiden«, sagte Nellie, die sich ein Taschentuch vor den Mund gebunden hat. »Wie halten die das bloß aus?«

»Du glaubst doch nicht etwa, dass das normal ist«, murmelte Quinn, der auf der Gitarre klimperte.

»Was glaubst du denn?«

»Ganz klar: Wir haben den Kerl an seiner wunden Stelle gepackt. Seine Hühner. Die verabscheuungswürdigen Lebensbedingungen. Und das ist seine Art, sich zu rächen.«

Uwe leuchtete das nicht ein. »Aber warum hat er uns dann das Zeug nicht direkt in den Hof gekippt?«

»Vielleicht ist er sich nicht sicher, ob wir die Schrift auf seinen Hühnerstall gespritzt haben.«

»Blödsinn.« Quinn schlug einen schrägen Akkord an. »Er weiß es genau. Wer soll es denn sonst gewesen sein? Der Kerl hat einfach nur Schiss.«

Das war kurz bevor der Kassettenrekorder seinen Geist aufgab. Die Batterien waren aufgebraucht. Ein Wunder, dass sie so lange durchgehalten hatten. Quinn wurde ziemlich wütend. Natürlich verlangte er von Uwe, dass er aus dem Supermarkt neue holte. Aber Uwe meinte, das sei sehr riskant, weil er die Spraydose schon geklaut hätte.

»Was soll daran riskant sein?«

»Ich meine, es könnte doch sein, dass sie mich wiedererkennen. Und dann verhaften sie mich.«

»Scheiße!«, ärgerte sich Quinn. »Warum musstest du Idiot auch die blödsinnige Dose klauen?«

»Außerdem hat der Laden jetzt zu.«

Quinn saß nur da und drehte den Rekorder in der Hand, als suche er nach einer anderen Möglichkeit, ihn zum Laufen zu bringen. »Du denkst, du gehörst zu uns, nicht wahr?«, wandte er sich an Uwe. »Obwohl du nicht richtig tickst und von Musik nicht die Spur von Ahnung hast, bildest du dir ein, bei uns mitmachen zu können. Das ist doch eigentlich richtig bescheuert, oder nicht?«

Uwe starrte ihn an. Er verstand nicht, worauf Quinn hinauswollte.

»Jetzt lass ihn doch«, sagte Nellie. »Er kann schließlich nichts dafür, dass der Supermarkt geschlossen hat. Außerdem war es hauptsächlich sein Geld, das wir in den letzten drei Wochen verbraucht haben. Wenn du willst, dann –«

Ohne Vorwarnung schleuderte Quinn den Rekorder in ihre Richtung. Er streifte ihre Schläfe, knallte hinter ihr an die Wand und zerbarst. Nellie schrie auf und ging zu Boden.

Zuerst glaubten wir, dass Nellie ins Krankenhaus müsse. Überall war Blut. Aber es stellte sich heraus, dass sie nur einen kleinen Kratzer über dem Ohr hatte. Sheila holte ihren Verbandskasten aus dem Wagen und stillte die Blutung. Sie machte sogar einen richtigen Verband. Die ganze Zeit wiegte sie Nellie in ihren Armen wie ein kleines Kind. Nellie beruhigte sich allmählich. Wir fuhren nicht ins Krankenhaus.

Quinn hatte sich schon vor einer Weile in sein Zimmer verzogen.

»Es ist der Regen«, sagte er am nächsten Tag. »Dieser verdammte Regen ist wie ein böser Geist, wie ein permanenter Zahnschmerz, der in jede Ritze unseres Hirns dringt. Er hat uns hergelockt, und jetzt sitzen wir hier wie die Ratten in der Falle. Erst die Sache mit dem Fußballer, dann das Ungeziefer. Das waren alles Zeichen. Ja, und gestern auch noch der Kassettenrekorder – das darf nicht so weitergehen. Wir müssen uns dagegen wehren.«

Mir war nicht klar, ob er als letztes Übel die Tatsache meinte, dass er den Rekorder nach Nellie geworfen hatte oder dass die Batterien leer waren. Trotzdem ist offensichtlich, dass wir an einem Scheideweg stehen. Dass wir etwas für das »Hotel California« tun müssen, damit es nicht zu einem düsteren Ort wird.

An diesem Tag probten wir sehr konzentriert. Nellie hatte sich mit Quinn versöhnt, weil Quinn ein Stück extra für sie geschrieben hat. Ihre Stimme kommt immer mehr in Fahrt. Mag das Wetter auch verrücktspielen, musikalisch gesehen sind wir auf einem guten Weg.

In der Nacht bin ich von einem Geräusch aufgewacht. Zuerst dachte ich, dass mir nur etwas gefehlt hat: das Regengeräusch. Denn es hatte tatsächlich aufgehört. Ich lauschte in die Stille. Und da war noch etwas. Draußen flüsterte jemand. Ich schlüpfte aus dem Schlafsack, schlich ans Fenster. Da war Quinn. Er hockte bei Jimmy und redete leise auf ihn ein. Seltsam, dachte ich. Eben noch war er der stinkende Köter. Und dann steht er nachts auf, nur um mit dem Hund zu spielen …

Montag. Trotz allem hält die dunkle Serie an. Heute Morgen kam Uwe kreidebleich und völlig durchnässt ins Kaminzimmer, wo wir uns gerade auf die Probe einstimmten. In seinen Armen hielt er Jimmy. Der Hund hatte tot auf der Straße gelegen.

»Er wurde bestimmt überfahren«, stellte Sheila fest.

»Siehst du diese Wunde am Kopf?«, widersprach ich. »Das Tier wurde erschlagen, jede Wette. Jemand hat es auf die Straße gelegt, aber da war es schon tot.«

»Wer macht so was?«, wimmerte Uwe. »Das Tier hat doch nichts getan. Und jemand fährt einfach drüber und lässt es da liegen.«

Sheila nahm ihn in den Arm. »Es gibt Leute, die nicht aufpassen, wenn sie Auto fahren.«

»Und es gibt Leute, die genau aufpassen«, mischte Quinn sich ein.

Uwe bedachte ihn mit einem traurigen, hilfesuchenden Blick,

und ich wunderte mich wieder einmal darüber, wie Quinn es schaffte, dass ihm nie jemand etwas nachtrug. »Was meinst du damit, Quinn?«

»Dass doch wohl ziemlich sonnenklar ist, wer Jimmy auf dem Gewissen hat«, sagte Quinn.

35

Bis sechzehn Uhr dreißig versuchte Grimm, Hanne Meyring zu erreichen – vergeblich. Er versuchte, die Hitze auszusperren, indem er die Jalousien dichter machte, aber die Sonnenstrahlen krochen durch jede Ritze. Die wenigen Deckenventilatoren im Gebäude konnten kaum noch etwas ausrichten. Es müffelte nach Akten, Linoleum und kaltem Kaffee. Kurzerhand beschloss Grimm, seine Mittagspause nachzuholen, aber nicht in der Kantine, die auch längst geschlossen hatte. »Falls irgendwas sein sollte, ich bin im Café gegenüber«, informierte er van Dijk kurz und machte sich auf den Weg.

Obwohl die Eisdiele gut besucht war, bekam er sofort einen Platz auf der Straße. Eine Sekunde lang überlegte er, ob er Mineralwasser bestellen sollte, so wie ihm der Arzt neulich geraten hatte, oder beherzigen, was er in der Zeitung im Wartezimmer dieses Arztes gelesen hatte: dass Übergewicht Veranlagung sei und essen nur krank mache, wenn man es mit schlechtem Gewissen tue. Er bestellte eine große Portion gemischtes Eis, verkniff sich aber die Sahne. So, fand er, war beiden Positionen Genüge getan.

Nachdem die Kellnerin die Bestellung aufgenommen hatte, widmete sich Grimm dem Manuskript, das er mitgebracht hatte: das Theaterstück mit dem Titel »Der Gott des Bösen«, das Nellie Meyring verfasst hatte.

Er war nicht gerade geübt darin, Theaterstücke zu lesen. Der ständige Wechsel von Dialogen, Regieanweisungen, die größtenteils handschriftlich eingefügt und nur mühsam zu entziffern waren, und umfangreichen Schauplatzbeschreibungen ermüdete ihn. Er beschränkte sich darauf, die Seiten großzügig durchzublättern und den einen oder anderen Dialog zu überfliegen.

Das Stück handelte von Caligula, jenem römischen Kindkaiser, der neben Nero mit seiner Willkürherrschaft zum Inbegriff des Cäsarenwahns geworden war. In diesem Stück ernannte er allerdings kein Pferd zum Senator, auch residierte er nicht in

Rom. Seltsamerweise nahm er eine Südseeinsel in Besitz und ließ sich von den Eingeborenen, arglosen Menschen, die im Einklang mit der Natur lebten, zum Gott erklären. Sie erfüllten ihm den Wunsch gern, Caligula allerdings wollte mehr. Zum Beweis für seine Göttlichkeit verlangte er von der Natur selbst, dass sie ihm huldige. Als sie sich weigerte, drohte er wie ein Geiselnehmer damit, so lange Inselbewohner zu töten, bis sie sich seinem Befehl fügte. Er frevelte, und zum Zeichen seines Frevels begann es, Blut zu regnen.

Die Lektüre war anstrengend. Die Sprache überladen und triefend von Metaphern. Nicht gerade die richtige Lektüre für dieses Wetter, dachte Grimm, wenn man nicht einmal einen Sonnenschirm zur Verfügung hat.

Ein Schatten fiel auf das Manuskript. »Hier steckst du also.«

Grimm sah auf. Da stand Andersen in einem sportlichen weißen Anzug. Sein Pferdeschwanz leuchtete in der Sonne. Der Kerl sieht mindestens zehn Jahre jünger aus als ich, ging es Grimm durch den Kopf. »Setz dich doch«, lud er Andersen ein. »Das Eis hier ist sehr zu empfehlen.«

Der Schriftsteller nahm ihm gegenüber Platz und beugte sich neugierig vor. »Hätte nicht gedacht, dass Bullen ihre Pause mit Lesen verbringen.«

Grimm hielt den Stapel Papier hoch. »›Der Gott des Bösen‹«, sagte er. »Dein Sohn wollte das Theaterstück inszenieren. Ich wüsste gern, was dir daran nicht gefallen hat.«

»Wie kommst du darauf?«

»Stimmt es etwa nicht?«

»Es ist ein Machwerk. Aufgeblasen und voller Pathos, vielleicht ist selbst dir das schon aufgefallen. Und ich hasse Machwerke ebenso sehr, wie ich gute Literatur liebe.«

»Wie du zu Recht festgestellt hast, bin ich Bulle und kein Schriftsteller. Ich liebe die Literatur nicht. Mein Problem mit diesem Stück ist: Sosehr ich mich auch bemühe, ich kann nicht finden, dass du darin mitspielst.«

»Ich? Wieso sollte ich mitspielen?«

»Nun, angeblich handelt doch das Stück von dir.«

»Wer behauptet das?«

»Dein Sohn. Er sagte, dass du deshalb von ihm verlangt hast, die Finger davonzulassen.«

Andersens weiße, sommerliche Fassade bröckelte ein wenig. »Von jetzt an jedenfalls wirst du Marlon in Ruhe lassen«, zischte er drohend.

»Er hat es mir freiwillig gesagt, ganz ohne peinliche Befragung.«

Die Kellnerin erschien, Andersen bestellte einen schwarzen Kaffee. »Hör zu«, meinte er. »Warum hören wir nicht auf, um den heißen Brei herumzureden?«

»Gern«, sagte Grimm. »Aber was mich betrifft, so rede ich um keinen Brei.«

»Oh doch, das tust du.« Andersen nahm seine Sonnenbrille ab und zeigte damit auf sein Gegenüber. »Das hast du immer schon getan. Verschanzt dich hinter deinem Gesetz und deiner Ordentlichkeit. Alles nur, weil du den Blick auf dich selbst nicht erträgst.«

»Auf mich selbst? Das ist doch Blödsinn.«

Andersen lehnte sich zurück und beobachtete die Passanten. Sein Kaffee wurde serviert. Er nahm den Keks von der Untertasse, betrachtete ihn von allen Seiten und biss hinein. »Du verzeihst mir nicht, dass Sheila dich meinetwegen verlassen hat. Das ist es doch, stimmt's?«

»Klar.« Grimm schüttelte den Kopf. »Damit wäre alles erklärt.«

»Nein, ich meine das ganz ernst. Ich habe dir etwas weggenommen. Und du willst mir etwas wegnehmen.«

»Aber das ist doch billig. Was meinst du wohl, was ich –?«

»Ich kann dich verstehen. Und ich sage dir noch etwas: Wenn ich gewusst hätte, dass sie dir so viel bedeutete, hätte ich niemals etwas mit ihr angefangen. Aber sie hat nie ein Sterbenswörtchen davon erwähnt. Und du auch nicht.«

»Jetzt erzähl mir bloß noch, sie ist an allem schuld.«

»Als sie mich damals anrief und sagte, sie hätte meine Nummer von dir, da dachte ich natürlich, ihr beide seid wieder zusammen.«

»Und was dann? Was habt ihr gemacht, als sie dich angerufen hat?«

»Wir haben gar nichts gemacht. Na schön, wir haben uns einmal getroffen, in einem Eiscafé, so wie wir jetzt. Sonst war nichts. Ehrlich, ich mochte sie, aber mit ihr zusammen sein, das hat nicht geklappt.«

»Und wieso ist sie danach spurlos verschwunden? Wieso war das Telefonat mit mir das letzte Lebenszeichen von ihr?«

»War es eben nicht, nur für dich, Björn. Sheila ist nicht verschwunden, sondern verreist. Sie wollte unbedingt nach Indien. Ich sollte mit ihr kommen, doch ich habe abgewunken. Indien war nicht mein Ding. Diese rosarote Esoterik – nein, danke.«

»Ihr Ding war sie aber schon?«

»Offenbar.« Ben Andersen beugte sich vor und berührte Grimms Arm. »Genau so war es, Björn. Und dass sie danach – wie du es ausdrückst – verschwunden ist, ist auch nicht ungewöhnlich. Wie viele Leute sind damals nach Indien gegangen, um sich selbst zu finden? Wie viele haben ihre Vergangenheit komplett hinter sich gelassen? Haben neue Namen angenommen, neue Identitäten? Sie wollten das so. Sheila auch.«

»Das vermutest du.«

»Allerdings.«

»Und warum hast du mir damals nichts davon gesagt?«

Andersen schwieg eine Weile. »Weil du mir Ungeheuerliches unterstellt hast, deshalb. Und dann habe ich wohl so etwas wie ein Experiment gemacht, mit dir als Versuchsperson. Vielleicht war das ja meine Rache.«

»Was zum Teufel meinst du? Was für ein Experiment?«

»Nenne es meinetwegen schriftstellerisches Interesse. Ich war neugierig darauf, was ein Verdacht aus einem Menschen macht. Über all die Jahre. Da ist etwas, von dem dieser Mensch glaubt, dass es möglicherweise passiert ist, aber man kann es nicht nachweisen, wird es niemals können. Ebenso wenig wie man beweisen kann, dass es nicht passiert ist. Derjenige lebt all die Jahre mit dieser Ungewissheit, sie begleitet sein Leben und zermürbt ihn allmählich. Lässt er geschehen, was mit seinem Leben passiert, oder widersetzt er sich? Zwei Möglichkeiten: Entweder, er macht eines Tages seinen Frieden mit der Sache und sagt sich: ›Was auch immer damals geschehen ist, es hat keinen

Einfluss mehr auf mein Leben.‹ Oder aber er hält daran fest, dass etwas passierte. Die Vorstellung davon raubt ihm Schlaf- und Wachsein. Er *will* geradezu, dass es passiert ist. Und dass es keine Hinweise darauf gibt, ist für ihn umso mehr Beweis dafür, dass er richtigliegt. Am Ende wirft er seine gesamte Existenz als Pfand in die Waagschale.«

Andersen schlürfte seinen Kaffee. Grimm schenkte seinem Eis keine Beachtung. Inzwischen hatte es sich komplett verflüssigt.

»Dass was passiert ist?«, fragte er schließlich.

»Was meinst du?«

»Du sagtest: Er hält daran fest, dass etwas passierte. *Was?*«

Andersen stand vom Tisch auf und zog seine Brieftasche. »Ich habe dir jetzt alles erzählt, Björn«, sagte er. »Das ist wie eine ausgestreckte Hand, weißt du?« Er ging hinüber zum Tresen, kehrte aber noch einmal um. »Ich verstehe allerdings: Spätestens dann, wenn man den Stollen hinter sich einstürzen hört, gibt es nur noch einen Weg. Den nach vorn.«

Andersen war schon eine Weile weg, als Grimm zahlte. Er nahm das Wechselgeld, ohne einen Blick darauf zu werfen, und blieb noch sitzen, während die Kellnerin den Tisch abräumte.

Er hat nicht recht, dachte Grimm. Natürlich hat er nicht recht. Es ist nur ein Ablenkungsmanöver. Und sobald ihm auffiel, dass er genau so dachte, wie er nach Andersens Theorie denken musste, stellte er sich der Frage: Was wäre, wenn es stimmte? Heute noch waren wir zusammen, und am nächsten Tag wollte sie nur noch ihn. Aber er hat es nicht einmal ausgekostet, ihm hat es kaum etwas bedeutet. Als sie mit ihm nach Indien wollte, hatte er lässig abgewunken. Für mich war sie das Beste, was mir im Leben passieren konnte, und er behandelte sie wie eine Blume am Wegrand, die man im Vorbeigehen pflückt, aber nach wenigen Schritten wieder fallen lässt.

Natürlich wollte ich dafür Rache. Es hilft nichts, das zu leugnen. Alles war mir damals recht, um ihn bezahlen zu lassen. Und als Sheila sich nicht mehr meldete, war mir klar, dass er sie auf dem Gewissen hatte. Weil das ja wohl offensichtlich war. *Am Ende wirft man seine gesamte Existenz als Pfand in die Waagschale.*

Eines allerdings, dachte Grimm, darf man bei all dem nicht unbeachtet lassen: Dass der Schacht hinter einem einstürzt, bedeutet nicht, dass der Weg nach vorn der falsche ist.

Sein Handy klingelte. »Ja?«, meldete er sich.

»Hier ist Hanne Meyring. Sie wollten, dass ich Sie zurückrufe. Haben Sie etwas herausgefunden?«

»Leider noch nichts von Bedeutung. Es geht um Nellies Indienreise. Ich hätte gern Näheres darüber erfahren. Und Ihre Mutter, mit der wir gerade ein Gespräch hatten, sagte, dass Sie uns vielleicht etwas sagen könnten.«

»Tja, nicht besonders viel. Nellie hatte damals ihre Flower-Power-Phase. Ich war ihre spießige Schwester. Was sollte sie mir schon erzählen? Ich glaube, sie wollte sich nur über mich lustig machen. Deswegen kam sie mit Yogi-Weisheiten, die man in jeder Buchhandlung kaufen kann, und machte Andeutungen über gemeinschaftlichen Sex in einem Ashram.«

»Sie wissen also nicht genau, wo sie war und wen sie getroffen hat?«

»Nein. Doch, da fällt mir ein: Da war jemand, der sie getroffen haben wollte, aber das war wohl ein Irrtum.«

»Ein Irrtum?«

»Jo Gromek, einer ihrer ehemaligen Schulkameraden. Ich kannte ihn auch. Er erzählte eines Tages, dass er Nellie gesehen hätte. Und ich sagte ihm, dass er sich getäuscht haben müsse, schließlich wusste ich ja, dass Nellie zu dieser Zeit in Indien war.«

»Er hat sie demnach nicht dort gesehen?«

»Nein. Jo schwor darauf, dass es im Emsland gewesen ist. In der Nähe von Papenburg.«

36

Leonie Scholl hatte ihn angerufen und ihm mitgeteilt, dass sie den Fall Meyring nicht weiter recherchieren könne. Die Kripo weigere sich, ihr Informationen zukommen zu lassen. Der Einzige, der mit ihr reden wolle, sei ein seltsamer Kerl, von dem sie sich nicht sicher sei, ob er nicht besser mit einem Psychologen sprechen sollte.

Tom musste grinsen. Frau Scholl würde niemals aufklärerische Reißer drehen, sie hatte nicht das Format dazu. Trotzdem machte er ihr Mut und riet ihr, »Schein, der trügt« noch einmal zu überarbeiten und sich von der Romanvorlage zu befreien. Vielleicht ergäbe sich für eine weitere Fassung doch noch eine Möglichkeit, den Stoff zu produzieren. Nachdem er aufgelegt hatte, wunderte er sich wieder einmal, wie leicht sich junge, ambitionierte Autorinnen einwickeln ließen. Der Stoff war ihm herzlich egal. Tom hatte sich nur noch nicht entschieden, ob er mit Leonie schlafen wollte.

An diesem Abend kam er früher nach Hause. Obwohl schon halb sieben, war es schwülwarm. Auf Balkonen, in Kleingärten und Parkanlagen wurde gegrillt, und der Geruch nach billigem Fett und verbranntem Fleisch war allgegenwärtig. Normalerweise ärgerte Tom sich darüber. Er fand, dass man von einer besseren Wohngegend wie dieser durchaus erwarten konnte, dass sie einen mit ekelerregenden Gerüchen verschonte. Heute jedoch konnte ihm das, was ihn sonst auf die Palme brachte, nicht die Stimmung verderben. Er ging auf sein Haus zu, einen frei stehenden Altbau mit großem Garten und zwei Garagen, und er hatte das Gefühl, nach Hause zu kommen. Man musste sich nicht dem Schatten einer Vergangenheit beugen. Man konnte all ihren Gespenstern trotzen, indem man ihnen das hier zeigte: Dies hier, dieses Haus, meine Familie, sie sind meine Gegenwart. Und nur sie sind wichtig für mich.

Als er die Tür aufschloss, ließ ihn ein Geräusch herumfahren. Eine Gestalt war hinter ihm aus dem Schatten der Obstbäume herausgetreten. Der Mann war kleiner als er und unrasiert. Er trug eine überdimensionale Sonnenbrille.

»Wer sind Sie, und was wollen Sie hier?«

»Mit Ihnen reden. Sie kannten Nellie Meyring.«

»Wie kommen Sie darauf?«

»Das spielt ja wohl keine Rolle. Nur dass Sie sie kannten.«

»Und wenn doch?«

Der Mann trat vor, und Tom erkannte sein Gesicht aus der Zeitung. Maarten Lichter. Die Polizei hatte ihn zunächst verdächtigt und dann wieder freigelassen. Lichter ergriff Toms Arm und deutete in den Garten, auf die Bank neben der Schaukel, auf der Rune als Drei- und Vierjähriger Stunden und Tage verbracht hatte. Eine Ewigkeit war das her. »Da drüben können wir uns unterhalten.«

»Aber ich weiß nicht«, zögerte Tom. »Meine Frau ist zu Hause, und …«

»Und was? Haben Sie etwas zu verbergen?« Der Mann nickte. »Klar haben Sie das. Sie haben ihr natürlich nichts gesagt.«

»Gesagt? Was denn?«

Sie hatten die Bank erreicht. Lichter nahm Platz und zog Tom neben sich. »Ich kannte Nellie recht gut.«

»Es tut mir leid, was mit ihr geschehen ist.«

»Es tut Ihnen leid. Klar. Jetzt, wo es zu spät ist, tut es Ihnen leid. Scheiß drauf. Ich weiß mehr, als Sie denken. Ich weiß nur noch nicht, wer.«

»Wer?«

»Nellie hat niemandem etwas Böses getan. Deshalb musste sie nicht sterben. Sie wusste etwas, so viel ist mir inzwischen klar.«

»Was denn?«

»Etwas, das einem anderen Schwierigkeiten macht. Einem, der viel zu verlieren hat. Der das nicht zulassen wollte. Der zum Beispiel Filmproduzent ist.«

»Was wollen Sie damit andeuten?«

»Sie waren der Kerl, mit dem sie sich getroffen hat, stimmt's?«

»Nein, wie kommen Sie darauf?«

»Weil Nellie davon sprach, dass sie jetzt kreativ sei. Eine Künstlerin.«

»Ich bin Produzent«, erklärte Tom. »Ich arbeite mit kreativen Leuten zusammen. Aber was ich mache, hat hauptsächlich mit Geld zu tun.«

Lichter nickte. »Kann ich mir vorstellen.«

»Hören Sie, ich kann Ihnen gern etwas geben.«

Der Mann nahm die Sonnenbrille ab und starrte Tom an. Dann nickte er langsam, als hätte er sich das schon gedacht. »Sie wollen sich freikaufen?«

»Ich möchte Ihnen lediglich helfen.«

»Tja, Pech gehabt, Mann. Ich bin nicht so wie Sie.«

»So wie ich?«

»Sie denken, ich wollte Sie erpressen.«

»Nein, überhaupt nicht. Ich will Sie nach Ihrem Verlust nur unterstützen.«

»Aber ich will Ihr Scheißgeld nicht. Alles, was ich wollte, war Gewissheit.« Nellies Exlebensgefährte erhob sich. »Und die habe ich ja jetzt.«

»Was zum Teufel meinen Sie damit?«, rief Tom ihm nach.

Lichter blieb stehen, drehte sich aber nicht mehr zu ihm um. »Sie sollten sich stellen. Ich sehe Ihnen an, dass Sie schuldig sind, Mann. Es steht wie ein Mal auf Ihrer Stirn geschrieben. Sagen Sie der Polizei, was gewesen ist, sonst mach ich das.«

Tom stand nicht auf. Er fragte sich, wo Mia steckte, und starrte Lichter nach, der sich vom Grundstück entfernte und zwischen den parkenden Autos auf der gegenüberliegenden Straßenseite außer Sicht geriet. Die Gespenster der Vergangenheit, dachte er, suchen einen auch hier heim. Sie zwingen einen, auf einer Bank im Garten zu sitzen und mit ihnen zu sprechen. Aber ins Haus können sie nicht. Er ging durch die Kellertür hinein. Es war auffällig still. »Mia?«, rief er. »Bist du zu Hause?«

Tom trat ins Wohnzimmer. Der runde Esstisch machte einen kahlen Eindruck, was daran lag, dass nicht, wie sonst üblich, ein Gedeck für sein Abendessen bereitstand. Stattdessen lehnte ein Briefumschlag an der schlanken Blumenvase.

Tom zog ein Blatt Papier heraus und entfaltete es.

Tom, Liebster,
so geht es nicht weiter. Vor langer Zeit einmal hatten wir zu viel, als dass wir uns mit dem zufriedengeben könnten, was uns jetzt noch geblieben ist. Rune und ich werden in Zukunft nicht mehr hier wohnen. Vielleicht können wir uns demnächst sehen, schon um das Rechtliche zu klären. Ich melde mich bei dir,
Mia

Er hatte sich geirrt: Die Gespenster hatten den Weg ins Haus längst gefunden.

37

Johann Gromek. Er hatte in Münster studiert und war seit etwa zehn Jahren Berufsschullehrer in Meppen. Es brauchte seine Zeit, um seine Telefonnummer in Erfahrung zu bringen, ihn zu erreichen und schließlich zu motivieren, sein Gedächtnis zu bemühen.

»Wer, sagten Sie, hat das behauptet?«

»Hanne Meyring, ihre Schwester.«

»Und wann soll das gewesen sein?«

»Im Jahr 1980, irgendwann zwischen August und Oktober.«

Gromek ließ sich Zeit, bevor er antwortete. »Jetzt weiß ich, was Sie meinen«, sagte er. »Aber das hat sie wohl damals falsch verstanden.«

Grimm war enttäuscht. »Soll das heißen, Sie haben Frau Meyring gar nicht getroffen?«

»Genau das.«

»Sind Sie sicher?«

»Absolut. Ria war das. Sie ist damals quer durchs Emsland gefahren, weil sie Dokumentarfilmerin werden wollte. Und sie kam eines Tages an und sagte: ›Rat mal, wen ich getroffen habe?‹«

»Wer ist Ria?«

»Mit ihr war ich damals zusammen. Sie hat mir von dem Wiedersehen erzählt, und ich habe Hanne davon erzählt.«

»Können Sie mir vielleicht Rias Nummer geben?«

Gromek musste passen. Er war seit fünf Jahren glücklich verheiratet und hatte drei Kinder. Vermutlich lebe Ria Bentheim, seine Damalige, inzwischen in Berlin, das habe sie immer gereizt.

Grimms Nachforschungen brachten aber keinen Treffer. Er gab auf, um am nächsten Tag weiter sein Glück zu versuchen. Zu Hause angekommen, ließ er den Fernseher ausgeschaltet und vertrieb sich die Zeit damit, den Namen in eine Suchmaschine einzugeben. Und er hatte Glück.

Ria Bentheim war eine recht bekannte Landschaftsfotografin.

Sie wohnte südlich von Wanlo auf einem ehemaligen Bauernhof. Laut Telefonauskunft gab es keinen Eintrag auf ihren Namen.

Grimm war es leid, Telefonnummern ausfindig zu machen. Deshalb entschied er sich am nächsten Morgen spontan, das Ausflugswetter zu nutzen, um nach Wanlo zu fahren. Während er auf dem Autobahnring um Mönchengladbach im Stau stand, rief er seinen Kollegen an.

»Leonie Scholl hat sich noch einmal gemeldet«, sagte van Dijk. »Lichter hat sie angesprochen, sie findet, dass er ihr geradezu aufgelauert hat. Sie hält es für möglich, dass er entschlossen ist, das Recht selbst in die Hand zu nehmen.«

»Also gut, hol ihn zu dir aufs Präsidium und rede ein ernstes Wort mit ihm. Spätestens gegen Mittag oder so werde ich zurück sein.«

Grimm hatte Glück, dass er Frau Bentheim zu Hause antraf. Die Fotografin war eine ledige Frau Anfang fünfzig. Sie trug Jeans und ein langärmliges kariertes Hemd, das auch einem Mann gestanden hätte. Von ihrem ehemaligen Bauernhof war nicht mehr viel übrig. Das weitläufige Grundstück schmückte ein modern anmutendes, eigenwillig konstruiertes Haus mit ausladenden Fensterfronten. Es schien ein einziges Atelier zu sein.

»Nellie Meyring«, staunte die Besitzerin, während sie Grimm einen Kaffee brühte. »Dass ich von der noch mal was hören würde …«

»Ich muss Ihnen leider mitteilen, dass sie ermordet wurde.«

»Wann war das?«

»Am letzten Wochenende.«

»Das tut mir leid.« Frau Bentheims höfliche Betroffenheit unterstrich, dass sie Nellie nicht besonders nahegestanden hatte. »Ist das der Grund Ihres Besuchs, Herr Kommissar?«

»Der Grund meines Besuchs ist die Tatsache, dass Sie Frau Meyring vor langer Zeit im Emsland getroffen haben. Das sagt jedenfalls Ihr ehemaliger Lebensgefährte, Herr Gromek.«

»Der gute alte Jo …« Mit einem seligen Lächeln im Gesicht trat Ria Bentheim die Reise in eine ferne Vergangenheit an.

»Das ist ja alles so lang her, dass es gar nicht mehr wahr ist. Wie geht's ihm denn?«

»Nun, ich habe nur kurz mit ihm telefoniert, aber ich glaube, es geht ihm so weit gut. Wenn Sie wollen, kann ich Ihnen seine Nummer geben.« Grimm nahm die Kaffeetasse entgegen und trat ans Fenster. Draußen gab es nur Äcker, Wiesen und ein paar kleine Wälder. Eine Idylle, deren Tage man zählen konnte. Die riesigen Bagger des Tagebaus Garzweiler II waren längst auf dem Weg hierher. »Wie gut kannten Sie Nellie Meyring?«

»Ich kannte sie eigentlich gar nicht. Nur vom Sehen. Ich hatte nichts mit ihr zu tun.«

»Aber immerhin haben Sie sie wiedererkannt.«

»Ich habe sie wiedererkannt?«

»Es war 1980, im Sommer. Jo Gromek sagt, Sie hätten ihm damals davon erzählt.«

»1980.« Frau Bentheim schüttelte den Kopf. »Er muss sich irren. Das war ja vor einer Ewigkeit.«

»Es ist wichtig. Versuchen Sie, sich zu erinnern.«

Die Fotografin trat zu einer Kommode, zog eine Schublade auf und nahm Tabak heraus. Sie ließ sich in einen Sessel fallen und drehte eine Zigarette. »Ja, natürlich«, meinte sie plötzlich. Ihre Finger, die im Tabaksbeutel steckten, hielten inne. »Sie haben recht. Das war damals, als ich für das Buch recherchierte. Und Nellie passte hervorragend hinein.«

»Welches Buch?«

»Ein Fotoband über Landkommunen und alternative Lebensgemeinschaften auf dem platten Land. Ich bin überall in der Gegend herumgereist und habe nach geeigneten Motiven gesucht. Und eines Tages, wer stand an der Straße und streckte den Daumen heraus? Nellie.«

»War sie allein?«

»Nein, da war so ein Typ bei ihr. Langes Haar und Vollbart. Machte ein bisschen auf Frank Zappa. Keine Ahnung, wer das war.«

»Sie haben die beiden also im Auto mitgenommen?«

Ria nickte. »Nellie sprudelte geradezu über. Sie erzählte mir, dass sie jetzt einer Band angehöre und dass das nicht nur eine

Band sei, sondern eine neue Form des Zusammenlebens. Eine Familie, die aber alles andere als eine traditionelle Familie sei.«

»Welche meinte sie?«

»Fragen Sie mich nicht, Herr Kommissar. Irgendwo mitten im Nichts wollte sie aussteigen. Sie bedankte sich überschwänglich fürs Mitnehmen und zog mit ihrem Typen ab. Wohin, kann ich Ihnen leider nicht sagen.«

»Könnten Sie mir noch die Stelle nennen, wo sie Ihr Auto gestoppt hat?«

Wieder Schulterzucken. »Das war irgendwo am Stadtrand von Papenburg. Tut mir leid, Herr Kommissar, aber genauer weiß ich es nicht mehr.«

»Tja dann …« Grimm stellte die Kaffeetasse auf den Tisch zurück und erhob sich. »Ich danke Ihnen trotzdem, Frau Bentheim. Mein Neid ist Ihnen jedenfalls sicher.«

»Ihr Neid?«

»Sie wohnen traumhaft schön hier.«

»Ach ja!« Ria fuhr mit der Hand in ihre graue Strubbelmähne. »Da fällt mir ein, ich müsste irgendwo noch ein Bild haben.«

»Ein Bild?«

»Klar. Ich habe die beiden doch fotografiert. Für das Buch, verstehen Sie? Später hat sich dann kein Verlag entschließen können, es zu bringen. Aber ich müsste die Fotos noch irgendwo haben. Warten Sie einen Moment …«

Es dauerte fast zwanzig Minuten. Währenddessen ging Grimm im Garten auf und ab, rupfte Gras und fütterte damit Frau Bentheims Zottelschafe. Zwischendurch überlegte er, seinen Kaffee doch noch zu trinken, aber der war inzwischen lauwarm. Endlich erschien Ria in der Terrassentür. Sie winkte mit einem Stapel Fotos. »Ich habe sie!«

Glücklicherweise befand sich das gesuchte Bild ganz oben in dem Stapel. Es zeigte die Nellie von damals, ein hübsches Mädchen mit blondem, leicht verfilztem langem Haar, das ihr bis zur Taille reichte. Sie trug Jeans und ein ärmelloses T-Shirt und schmiegte sich an einen jungen, vollbärtigen Mann, der ein irgendwie skeptisches Gesicht machte. Nellie dagegen lächelte breit und herausfordernd. Grimm hatte trotzdem den Eindruck, dass ihre Vertrautheit mit dem Mann nicht echt war, sondern eine Pose für die Kamera.

»Sie wissen also nicht, wer der Mann ist?«, fragte er noch mal.

»Er war auch ein Mitglied dieser Band.« Ria schüttelte den Kopf. »Aber wie er hieß? Keine Chance.«

»Wie steht's mit dem Namen der Band? Ist sie irgendwo aufgetreten? Oder war sie vielleicht bekannt?«

Ria musste passen. »Wollen Sie noch einen Kaffee?«

»Nein, danke. Würden Sie mir das Foto überlassen?«

»Kein Problem. Ich müsste irgendwo noch die Negative haben. Wenn Sie etwas Zeit übrig haben, suche ich sie …«

38

Grimm war so sehr in Gedanken, dass er auf der Rückfahrt an derselben Baustelle in einen Stau geriet, obwohl er sich auf dem Hinweg vorgenommen hatte, ihn zu umfahren. Wieder einmal führte er einige Telefongespräche. Mit Ria Bentheim, die er um eine Liste von Landkommunen, alternativen Bauernhöfen und Wohngemeinschaften im Raum Papenburg bat, allerdings vergeblich. Ria gab ihm die Nummer einer Mitarbeiterin bei der Stadt Papenburg. Diese machte ihm allerdings wenig Hoffnung. Was hatte es für einen Sinn, alternative Wohnprojekte aufzulisten? Was war überhaupt eine Landkommune? Heutzutage hatten sich die verschiedensten Spielarten etabliert, und vieles, was in den Siebzigern und frühen Achtzigern noch als revolutionär gegolten hatte, war heute alltäglich. Als Grimm präzisierte, dass es ihm mit seiner Anfrage genau um die Achtziger ging, warf die Dame endgültig das Handtuch.

Wenn ich nur wüsste, dachte Grimm, wie diese Band hieß. Irgendeine Spur müsste sie doch hinterlassen haben …

Hinter ihm hupte es.

Um vierzehn Uhr dreißig kehrte der Hauptkommissar in die stickige Luft des Polizeipräsidiums zurück. Im Büro traf er van Dijk im Gespräch mit Maarten Lichter an. Grimm zog sich einen Stuhl heran, hängte seine Jacke über die Lehne und setzte sich dazu.

»Ich weiß, dass Nellie einen anderen hatte«, beharrte Lichter, der stark nach Schweiß roch. »Ich habe es schon tausendmal gesagt, aber das scheint die Polizei kein bisschen zu kümmern.«

»Sie sollten die Ermittlungen uns überlassen, Herr Lichter«, sagte van Dijk.

»Welche Ermittlungen denn? Erzählen Sie mir doch nichts, Herr Kommissar. Wenn irgendein hohes Tier in die Sache verwickelt ist, dann ziehen Sie ganz schnell den Schwanz ein. Denen passiert doch nichts.«

»Wen bezeichnen Sie als hohes Tier?«

»Na, diesen Kerl. Den Filmfritzen.«

»Tom Rixen. Der Mann, den Sie belästigt haben.«

»Belästigt?« Lichter gestikulierte wütend. »Leute wie der sind es doch gewohnt, dass man sie in Ruhe lässt. Ich habe dem Kerl nur gesagt, dass er hierherkommen und alles sagen soll. Mehr nicht.«

»Was sagen?«

»Was er mit ihr gemacht hat.«

»Es gibt keinerlei Hinweise dafür, dass er irgendetwas mit der Sache zu tun hat.«

»Klar gibt es die! Dieser Kerl kommt aus heiterem Himmel auf die Idee, einen Film über Nellie zu drehen. Warum wohl? Haben Sie sich das schon mal gefragt, Herr Kommissar?«

»Ich fordere Sie noch einmal auf, diesen Mann nicht mehr zu belästigen.« Grimm hatte den Eindruck, dass van Dijk seinem Gegenüber nicht so recht gewachsen war.

»Und wenn ich mich nicht daran halte?«, gab Lichter trotzig zurück.

»Dann werden wir Sie wegen Nötigung drankriegen.«

»Ich rate Ihnen, Herr Kommissar, schnappen Sie sich den Mann, bevor ich es tue.«

Grimm entschloss sich einzugreifen. »Schluss mit den Spielchen«, fuhr er Lichter an. »Bevor Sie weiter unbescholtene Bürger einschüchtern, sollten Sie sich klarmachen, dass das nur einen Effekt hat: Ihnen wird es eine Menge Ärger einbringen. Und wenn wir uns jemanden schnappen, dann sind Sie das. Habe ich mich klar genug ausgedrückt?«

Lichter sah trotzig zur Seite, enthielt sich aber eines Kommentars.

Grimm stand auf, um das Fenster zu öffnen. Seine Jacke rutschte von der Stuhllehne, und van Dijk beugte sich hinunter, um aufzuheben, was aus der Seitentasche gepurzelt war.

»Und jetzt«, sagte Grimm vom Fenster aus, »muss ich Sie bitten, unsere Zeit nicht weiter zu verschwenden. Wir haben uns nämlich einem Mordfall zu widmen.«

»Das ist er doch«, meinte Lichter. Er deutete auf das Foto, das aus Grimms Jacke gefallen war.

»Wer?«, fragte van Dijk.

»Na, wer wohl? Rixen.«

»Das Bild ist über dreißig Jahre alt«, gab Grimm zu bedenken.

»Klar, er ist ja auch dreißig Jahre jünger. Aber das ist der Kerl.«

»Und das Mädchen ist Nellie?«, vermutete van Dijk, und Grimm nickte.

»Ich hatte also doch recht«, triumphierte Maarten Lichter. »Der Kerl steckt bis zum Hals in der Sache drin.«

39

Ein kurzer Gewitterschauer am Wochenende genügte, um die Meteorologen über den Anfang vom Ende des Sommers spekulieren zu lassen. Grimm glaubte nicht daran, denn er bildete sich ein, den Sommer immer noch riechen zu können. Die Hitze, der blaue Himmel und vor allem die Sonne – alle diese Dinge mochten für sich genommen geruchlos sein, sorgten aber dafür, dass die Sommerluft jenes spezielle, unverwechselbare Aroma bekam. Solange er dieses Aroma in der Nase hatte, war er sich sicher, dass die Stunde des Herbstes noch nicht geschlagen hatte. Und er behielt recht: Die Donnerschläge verhallten, und der reichliche, aber kurze Niederschlag verdampfte auf dem erhitzten Asphalt.

Am Samstagabend erhielt er überraschenden Besuch von Lydia. Sie kam ohne van Dijk und erwähnte ihn mit keinem Wort. Bei Lasagne und Rotwein genossen sie den Abend auf dem Balkon.

»Wann, sagtest du, geht es los?«, erkundigte sich Grimm.

»Was?«

»Die Polizeiakademie.«

»Ach, das hat noch Zeit.«

»Du scheinst es ja kaum noch erwarten zu können.«

Lydia schwieg. Grimm fühlte sich entspannt. Hier draußen auf dem Balkon war man nicht darauf angewiesen, ständig Konversation zu pflegen. Man hatte ja den Blick über die Dächer. Da ließ es sich problemlos eine Weile schweigen.

»Ehrlich gesagt, Papa«, fuhr Lydia nach einer Weile fort, »ich weiß nicht so recht, ob es das Richtige für mich ist.«

»Was hast du denn gegen die Kripo? Wenn du es richtig anstellst, bekommst du Abwechslung ohne Ende. Abgesehen davon lernst du viele interessante Menschen kennen.«

»Das ist ja ganz neu. Seit wann bist du denn dieser Ansicht?«

»Nun, so etwa seit einer Dreiviertelstunde«, scherzte er. »Ich hoffe nur, deine Entscheidung wird nicht zu sehr von aktuellen Beziehungsfragen beeinflusst.« Grimm rechnete fest damit, wegen seiner unterschwelligen Neugier zurechtgewiesen zu werden. Doch die Rüge blieb aus.

»Fabian ist so …«, sie zögerte, »… festgelegt. Er hat auf alles eine Antwort und für jedes Problem eine Lösung. Theoretisch jedenfalls. Anfangs hat mich das beeindruckt, aber inzwischen ist mir klar geworden: Ihm fehlen die Fragen dazu.«

Grimm schüttelte den Kopf. »Nein, mein Kind. Fabian ist vielleicht nur voreilig. Irgendwer hat ihn davor gewarnt, dass er im Leben noch auf so manche Ungereimtheit stoßen wird, und da hat er sich gesagt: Warum sich nicht mit reichlich Antworten eindecken, dann gehen die einem später nicht aus?«

»Darf ich dich etwas fragen? Warum hasst du deinen Beruf?«

»Ich hasse ihn doch nicht.«

»Er behauptet aber, du hättest das gesagt.«

»Vielleicht, ja …« Grimm zuckte mit den Schultern und schenkte ihnen beiden Wein nach. »Möglich, dass ich mal so etwas in der Art gesagt habe. Aber was bedeutet das schon?«

»Das würde ich gern wissen.«

»Vielleicht bedeutet es, dass man in meinem Job nicht sagen kann: Er ist gut oder schlecht. Schließlich habe ich nie etwas anderes ausprobiert. Und seit einiger Zeit werde ich das Gefühl nicht los, dass ich ein leidlich guter Schlagzeuger wäre.«

»Ich glaube, er hat Angst vor dem Unbekannten. Er will nichts ausprobieren, was ihm nicht vertraut ist.«

»Du darfst ihn nicht zu streng beurteilen. Schließlich ist er bei der Kripo. Er geht täglich mit den angsteinflößenden Seiten des Lebens um. Denk bloß nicht, Kripoleute wären solche Typen, die gern der Gefahr ins Auge sehen. Das Gegenteil ist der Fall. – Hey, darf ich auch was Indiskretes fragen?«

Sie nickte. »Natürlich nicht.«

»Gibt es jemand anderen?«

»Wie kommst du darauf?«

»Es ist nur so eine Idee. All das, was du über Fabian gesagt hast, klang ein wenig so, als ob du ihn mit einem anderen vergleichst. Und dann dieser plötzliche Entschluss, deine Kripopläne wieder sausen zu lassen.«

Wieder schwiegen sie eine Zeit lang. Es dämmerte, irgendwo am Horizont böllerte ein Feuerwerk. Grimm ging hinein, um eine Kerze zu holen.

»Wenn er der Richtige ist«, sagte Lydia, als er zurückkehrte, »braucht er den Vergleich nicht zu scheuen. Ich möchte nur sichergehen, dass ich nicht in zwanzig Jahren auch von einer Karriere als Schlagzeuger träume …«

Am Montag war die Hitze das Thema der Medien. Sie wurde zur Jahrhundert-Hitzewelle gekürt, man erfuhr, wie viele Opfer sie schon gefordert hatte, und las Interviews mit Klimaexperten, die davor warnten, dass das weltweite Vordringen der Wüsten selbst für gemäßigte Gegenden wie die hiesige schon demnächst – meteorologisch gesprochen bedeutete das in den nächsten zwei- bis dreihundert Jahren – ein Problem werden könne.

Gegen zehn Uhr statteten die Hauptkommissare Grimm und van Dijk der New View Filmproduktion GmbH einen Besuch ab.

Sie warteten in einem großzügig gestalteten Raum mit mindestens zehn Monitoren, die mit bunten Trailern um Aufmerksamkeit buhlten. Großflächige Poster, gestaltet nach Art von Kinoplakaten, priesen Fernsehserien und Daily Soaps an. Das Mobiliar war vom Feinsten, wenn Grimm auch den Stil vermisste. Alles in allem bot die Firma eine seltsame Mischung aus Professionalität und banalem Bildgeflimmer, die ihm den Nerv raubte.

Wieder erhielten sie ungefragt einen Kaffee, dieses Mal mit geschäumter Milch. Grimm, der für geschäumte Milch nicht schwärmte, überreichte seinen Becher kurzerhand van Dijk, der ihn auf der Fensterbank zwischen zwei Blumentöpfen abstellte. Er versuchte, den Fernseher, der auf einer schlanken Säule in der Mitte des Raumes stand und mit Ausschnitten aus einer Arztserie nervte, auszuschalten, aber er fand keinen Knopf.

Tom Rixen erschien, nachdem sie ungefähr zehn Minuten gewartet hatten. Er sah aus wie jemand, der gerne regelmäßig Sport trieb, um seinem Übergewicht zu Leibe zu rücken, aber leider viel zu selten dazu kam. Nachdem er Grimm und van Dijk begrüßt hatte, bat er sie in sein Büro. Hier gab es keinen Monitor, nur eine gepolsterte Sitzgarnitur, einen halbrunden Schreibtisch aus Buchenholz, darauf ein aufgeklapptes Notebook.

»Was kann ich für Sie tun, meine Herren?«

»Eine Ihrer Mitarbeiterinnen hat uns gemeldet, dass Herr Lichter Sie belästigt hat«, sagte van Dijk.

Rixen nickte. »Frau Scholl ist nicht meine Mitarbeiterin. Sie ist eine Autorin. Wir hatten eventuell vor, einen Film über die Meyring-Sache zu produzieren.«

»Sie sagte, es wäre Ihre Idee gewesen.«

»Das ist natürlich richtig. Ich habe den Fall vorgeschlagen, weil er zurzeit in den Medien präsent ist. Wichtig für dieses neue Format ist die Aktualität der Fälle, verstehen Sie?«

»Es gibt also keinerlei persönliches Interesse Ihrerseits an dem Thema?«

Rixen runzelte die Stirn. »Das hat mir dieser Herr …«

»Lichter.«

»… Lichter auch unterstellt. Ehrlich gesagt, hatte ich den Eindruck, dass ihn der Mord an seiner Exlebensgefährtin sehr mitgenommen hat. Er sucht krampfhaft nach einem Schuldigen.«

»Ich glaube«, versicherte van Dijk, »es ist uns gelungen, ihn davon zu überzeugen, dass dies unsere Aufgabe ist.«

»Dafür danke ich Ihnen.« Der Produzent rieb sich die Hände, wohl zum Zeichen, dass er die Unterredung als beendet ansah. »Und falls Sie noch irgendeine Frage haben sollten, bitte, zögern Sie nicht, mich in Anspruch zu nehmen.«

»Wo Sie das schon sagen, fällt mir gleich etwas ein«, meinte Grimm. Er zog Frau Bentheims Foto aus der Jackentasche und reichte es dem Produzenten. »Der junge Mann auf dieser Aufnahme – das sind doch Sie, oder nicht?«

Rixen blinzelte, dann betrachtete er das Foto am ausgestreckten Arm. »Tja, das ist das Alter«, meinte er schmunzelnd, zog eine Brille aus der Tasche und setzte sie auf. »Wie lange ist das denn her?«

»Das Bild wurde 1980 im Emsland aufgenommen«, erklärte Grimm. »Und der Punkt ist, dass die Frau an Ihrer Seite niemand anderes als Nellie Meyring ist.«

Rixen starrte auf das Foto.

»Sie verstehen also jetzt, weshalb ich nach einer eventuellen persönlichen Dimension frage, die dieser Mordfall für Sie hat?«

»Das gibt's ja nicht«, staunte Rixen. »Sie sagen also: Dieses Mädchen ist die Frau, die jetzt ermordet wurde?«

Van Dijk nickte. »Exakt.«

»Dann verstehe ich diesen Herrn Lichter vollkommen. Er muss ja denken, dass ich irgendetwas mit der ganzen Sache zu tun habe.«

»Was sollen wir denn denken?«, fragte Grimm.

»1980 sagten Sie?«

»Es war mitten im Sommer«, fügte van Dijk hinzu. »So wie jetzt.«

»Nein, nicht so ganz«, widersprach Grimm. »Der Sommer damals war so ziemlich das genaue Gegenteil von diesem. Statistisch gesehen war er der regenreichste des Jahrzehnts.«

Rixen nickte. Währenddessen starrte er immer noch das Foto an. »Ja«, meinte er und hob den Zeigefinger. »Jetzt erinnere ich mich. Damals bin ich per Anhalter durch Norddeutschland getingelt. Und eines Tages habe ich ein paar Freaks getroffen, die mir erzählt haben, dass sie bei Brockwede auf einem Bauernhof lebten. Tja, wir haben versucht, gemeinsam weiterzutrampen, aber das hat nicht geklappt. Dieses Mädchen …«

»Nellie Meyring«, half ihm van Dijk.

»Ja. Sie kannte eine Fotografin, die das Foto gemacht hat.«

»Und weiter?«

»Nichts weiter. Ich bin am selben Tag noch nach Hamburg weitergereist, um meine Schwester zu besuchen. Die Freaks waren auf dem Heimweg zu ihrer Kommune. Und das war schon alles.«

Rixen begleitete die Kripobeamten zur Tür. »Vielen Dank für den Kaffee«, sagte Grimm und deutete auf die Fensterbank. »Vielleicht haben Sie ja noch Verwendung dafür.«

Um zwölf waren die beiden zurück im Präsidium. Grünberg fing sie auf dem Flur ab und schleuste sie in sein Büro. »Zuerst zankt ihr euch unentwegt, und jetzt macht ihr alles ohne mich«, beschwerte er sich. »Dabei bin ich immer noch derjenige, der die Ermittlung leitet.«

»Nur keine Aufregung«, beschwichtigte Grimm. Er zog einen Berliner Ballen aus einer Papiertüte. »Wir haben dir sogar was zum Naschen mitgebracht.«

Der Kriminalrat machte ein angewidertes Gesicht. »Wie kann man bei diesem Wetter nur so etwas essen?« Trotzdem griff er zu. »Wir werden den Jungen noch mal unter die Lupe nehmen.«

»Marlon Andersen?«, wunderte sich Grimm. »Der ist doch tabu. Sein berühmter Vater hält die schützende Hand über ihn.«

»Eben. Heute Morgen hat er mich angerufen und noch einmal darauf bestanden, dass Marlon über jeden Verdacht erhaben ist. Ihm scheint nicht klar zu sein, dass er damit auch Verdacht erregt.«

»Glaubst du, er will etwas vertuschen?«

»Es geht um Marlons berüchtigte Partys. Bei so vielen Gästen mit einem Alkoholpegel jenseits der Bewusstseinsgrenze, glaubt er, könnte etwas Schlimmes passiert sein, von dem später niemand gewusst haben will.«

»Ausgenommen sein Sohn, der daran natürlich nicht beteiligt war.«

»Dafür nennt er seine Lebenspartnerin als Zeugin. Er könne nicht sagen, was genau sich während der Party ereignet habe. Frau Gerling aber schon, denn sie sei da gewesen.«

»Das ist interessant.« Grimm wunderte sich. »Sie hat etwas ganz anderes behauptet.«

»Dann solltet ihr noch mal mit ihr reden.«

»Okay, übernimm du das«, bat Grimm seinen jungen Kollegen. »Ich werde inzwischen versuchen, mehr über dieses Foto in Erfahrung zu bringen.«

»Welches Foto?«, erkundigte sich Grünberg.

»Wir waren gerade bei der New View Filmproduktion«, erklärte van Dijk, »um Herrn Rixen, dem Chef, ein altes Foto zu zeigen. Darauf ist er mit Cornelia Meyring zu sehen.«

»Ist dieser Rixen ein Tatverdächtiger?«

»Er hat behauptet, Frau Meyring nicht zu kennen«, sagte Grimm, »aber dieses Foto beweist das Gegenteil.«

»Seine Verwunderung erschien mir aber echt«, fand van Dijk. »An das Treffen mit diesem Mädchen, das auf dem Foto ist, erinnert er sich ja. Er hatte nur keine Ahnung, dass es sich um Nellie Meyring handelt.«

»Sagt er.«

»Du glaubst ihm nicht?«

»Ich hätte gern gewusst«, ging Grünberg dazwischen, »was dieses Foto von damals mit dem Mordfall zu tun hat.«

»Ihre Schwester Hanne hat ausgesagt, dass Nellie im Sommer 1980 eine Reise nach Indien unternommen hat. Das bewusste Foto von ihr wurde aber nicht in Indien aufgenommen, sondern bei Papenburg.«

»Verstehe, Nellie war also nicht in Indien, sondern im Emsland. Und Rixen hat etwas damit zu tun?«

»Nichts, würde ich sagen«, beharrte van Dijk. »Er hat sie damals nur dort getroffen. Das war schon alles.«

Grimms Eindruck war anders. »Ich habe ihm das Foto gezeigt, und er wusste sofort, dass diese Kommune sich in Brockwede befand.«

»Nellie wird es ihm gesagt haben.«

»Möglich.« Vom Fenster aus beobachtete Grimm sehnsüchtig das geschäftige Treiben im Eiscafé gegenüber. »Brockwede – das ist irgendein gottverlassenes Kaff in der Nähe der holländischen Grenze. Aber über all die Jahre hat er sich den Ort gemerkt. Nein, ich wette, er hat nicht nur mit Nellie über die Kommune gesprochen. Er ist da gewesen.«

»Brockwede«, meinte Grünberg nachdenklich. »Da fällt mir so manches ein …«

»Dir fällt etwas ein?«, wunderte sich Grimm.

»Dinge, an die man nur sehr ungern zurückdenkt«, sagte Grünberg. »Die Kaplanmorde, eine scheußliche Sache. So etwas vergisst man nie.«

40

Gestern Nacht ist ein Teil des Scheunendachs eingestürzt. Das war ein ganz schöner Schock, dabei war es eigentlich schon lange absehbar. Irgendwann, vielleicht schon vor Jahren, vermutet Uwe, hat sich der Dachstuhl mal verschoben, und so ist oben auf dem Dach eine Mulde entstanden, in der sich der Regen gesammelt hat. Hunderte von Litern. Und dann, als das Gewicht zu groß wurde, ist eben alles heruntergekracht.

Nellie und ich sind praktisch im Wasser aufgewacht. Alles schwamm, der Fußboden bestand nur noch aus Pfützen. Am schlimmsten hat es unsere Instrumente erwischt.

Es zerrt an den Nerven, dass nichts mehr trocknet. Unsere Schlafsachen, die Bongos, meine Gitarre – alles ist klamm. Die Feuchtigkeit dringt in jede Faser und Ritze.

»Dieser Scheiß-Bauernhof!«, fluchte Sheila, als wir den Schaden in Augenschein nahmen.

»Das ist kein Bauernhof«, widersprach Quinn, »sondern eine jämmerliche Ruine. Und wir sitzen gemeinsam mit den Ratten in der Falle.«

Drüben im Wohnhaus ist das Dach zwar nicht eingestürzt, hat jedoch undichte Stellen. Wir haben Gefäße aufgestellt, die das Wasser auffangen, aber inzwischen gehen uns auch die aus. Und das ständige *Plopp!*, wenn die Tropfen in den Plastikbechern aufschlagen, macht einen verrückt.

»Der Regen hört auch schon wieder auf«, versichert Nellie, um Quinn aufzumuntern. Aber Quinn starrt nur düster vor sich hin. Seit einigen Tagen klagt er über Kopfschmerzen. Immerzu sitzt er da, die Ellbogen aufgestützt, den Kopf zwischen den Händen.

»Ich werde dir Tabletten besorgen«, bot Uwe an. Es ist rührend, wie er sich um Quinn kümmert. »Das Geld ist zwar alle, aber was soll's. Ich werde irgendwo welche organisieren.«

»Nein, lass nur«, meinte Quinn. »Das kriegst du mit Tabletten nicht geregelt. Es hat damit zu tun.« Dazu machte er eine vage Geste mit den Händen, die alles umfasste.

Gestern hat er wieder mit Sheila gesprochen. Das heißt, sie haben gestritten. Fast eine halbe Stunde haben sie sich angeschrien, danach war Stille. In der Nacht, bevor das Dach eingestürzt ist, hat er sich mit Nellie durch den Schlamm hinüber zum Grundstück des Fußballers gearbeitet. »Komm heraus, du Feigling!«, hat er geschrien. »Du mit deiner frisch gebügelten Hose und deinen weißen Unterhosen, komm heraus und zeig uns, was du draufhast.«

Aber sosehr er auch gebrüllt hat, Kaspian hat nicht reagiert. Nicht mal Licht hat er gemacht. Nellie vermutete, er sei vielleicht gar nicht zu Hause.

Da hat Quinn aufgehört zu brüllen, aber er wich nicht von der Stelle. »Du denkst, du kannst uns kleinkriegen«, hat er in viel leiserem Ton gesagt, »indem du uns ignorierst. Aber ich sage dir: Das läuft nicht. Wir lassen uns nicht ignorieren.«

»Hör doch auf«, sagte Nellie. »Der Kerl kann uns egal sein.«

Das weiß ich von ihr. Sie hat es mir am nächsten Tag erzählt.

Heute Abend standen wir beide, Quinn und ich, draußen unter dem Scheunendach und sahen dem Regen zu. Wir rauchten gemeinsam, wie in alten Zeiten.

»Was hältst du davon, wenn wir mal einen Auftritt vorbereiten?«, schlug ich vor. »Wir erarbeiten uns ein Repertoire, und dann spielen wir in einer Kneipe in der Gegend.«

Quinn hatte mir gar nicht zugehört. »Dieser Kerl«, sagte er, »hat immerhin Uwes Hund umgebracht. Einfach so.«

»Warum kann uns der Mann nicht einfach egal sein?«, griff ich Nellies Rat auf. »Der ist doch ein Nichts, wie du ganz richtig gesagt hast.«

»Das ist nicht der Punkt. Der Punkt ist, ob jemand die Macht hat, etwas zu tun. Wer die Macht hat, bestimmt über das Schicksal der Menschen. Die Frage ist, ob er das tut oder ich.«

Ich verstand nicht, wovon er sprach. Aber ich musste immer wieder an neulich nachts denken, als er da draußen mit dem Hund geredet hat …

Wieder ein Tag später. Ich weiß nicht, ob es Dienstag oder Mittwoch ist. Die anderen haben längst aufgehört, sich Wochentage zu merken. Wichtig an einem Tag ist ja auch nicht, wie er heißt, sondern was an ihm passiert. Mir allerdings, der für die Chronik des »California« zuständig ist, sollte der Kalender noch geläufig sein.

Die Wolken hingen so tief wie nie. Wie ein schwarzes, bedrohliches Heer haben sie sich da oben am Himmel versammelt, schon seit Sonnenaufgang. Und wie auf ein geheimes Zeichen hin begannen sie abzuregnen, erst drüben über dem kleinen Wäldchen. Es ist über einen Kilometer entfernt, und doch konnte man die Ströme von Wasser erkennen, die sich auf die Wipfel der Bäume ergossen. Wir standen an den Fenstern und betrachteten das düstere Schauspiel, wie eingeschlossene Bürger einer belagerten Stadt das feindliche Heer betrachten, das zum Sturm auf die Mauern bläst. Die schwarzen Wolken kamen näher und schienen dabei zu wachsen, bis sie am Ende den ganzen Himmel ausfüllten mit ihrem trostlos düsteren Bleigrau. Wir mussten Kerzen anzünden, um nicht im Dunkeln zu sitzen.

Zwanzig Uhr dreißig. Gerade eben ist etwas Seltsames passiert. Quinn verließ unseren Gemeinschaftsraum. Ich glaube, er hatte unsere Gesellschaft ein bisschen satt und wollte sich für eine Weile zurückziehen. Seit Tagen halten wir uns nur noch in dem Raum mit dem Kamin auf, weil er der einzige ist, den man heizen kann. Quinn nahm die Abkürzung über den Hof. Auf einer Grasnarbe rutschte er aus und fiel der Länge nach in den Schlamm. Mühsam, das Gesicht vor Wut verzerrt, rappelte er sich hoch, beinahe wäre er gleich noch einmal ausgeglitten. Wir alle konnten ihn dort stehen sehen, mitten im Hof, tropfnass, die Hose und das Gesicht lehmverschmiert. Der Regen ließ sein nasses Haar am Kopf kleben, tropfte von seiner Nasenspitze und von seinem Kinn. Aber Quinn machte keinerlei Anstalten, ins Haus zu gehen. Er stand bewegungslos im strömenden Regen. Wir warteten drinnen. Eine Ewigkeit später kam er. Nass wie ein Fisch hinterließ er überall eine Pfütze, wo er auch nur für eine Sekunde stehen blieb. Aber sein Gesicht war nicht mehr wutverzerrt. Es war entspannt, geradezu gelassen, was uns alle verwunderte. »Er wird aufhören«, sagte er lächelnd. »Der verdammte Regen wird aufhören. Wir werden ihn dazu bringen. Und ich weiß jetzt, wie.«

Eine Stunde später versammelten wir uns alle im Kaminzimmer. Vorher hatte er sich mit Uwe in seinem Zimmer eingeschlossen. Keine Ahnung, was die beiden besprochen haben, aber Quinn war danach nicht mehr der schlecht Gelaunte der vergangenen Tage. Er war wieder der Alte, der aus den besten Tagen des »Hotel California«. Voller Intuition und sprühend vor Ideen. Und von diesen alten Tagen sprach er auch zu uns.

»Damals hatten wir alles«, sagte er. »Ein Zuhause, unsere Musik und vor allem: uns selbst. Es war wie ein Paradies. Und das könnte es immer noch sein. Aber eines Tages betrat dieser unselige Fußballspieler, der jenseits dieses Wäldchens Tiere quält, die Bühne und zertrampelte all diese zarten Pflänzchen, die wir hegten und pflegten. Wir hatten ihm nichts getan. Aber das kleinbürgerliche Gemüt kann es nun einmal nicht ertragen, wenn direkt vor seinen Augen etwas existiert, das anders ist. Neu und besser vielleicht. Denn dieses Neue und Bessere stellt sein Althergebrachtes in Frage und führt ihm vor Augen, wie hinterwäldlerisch er ist.«

Quinn kam auch auf den Dylan-Song zu sprechen. Dass die Zeit, als er ihn immer wieder gehört habe, nicht verschwendet sei. Er, Quinn, sei wahrscheinlich der Einzige auf Gottes weiter Welt, der ihn verstehe. Ja, man könne in gewisser Weise sagen, dass Gott selbst durch diesen Song zu ihm gesprochen habe. Und deshalb habe er die Pflicht, das Göttliche in einer letzten Demonstration seiner Macht zu offenbaren.

»Der Song handelt von uns«, verkündete er feierlich. »›A Hard Rain's A-Gonna Fall‹. Seht euch um: Genau das passiert. Wir sehen die Zeichen und wissen, dass wir handeln müssen. Für das eintreten, was wir sind. Wir haben die Pflicht, das wenigstens einmal zu tun. Wenn es getan ist, werden wir das ›Hotel‹ für immer verlassen und zurückkehren in die Leben, die wir vorher hatten. Wir werden diese Leben anziehen wie Kleider, die wir nur für eine gewisse Zeit abgelegt hatten. Und all das, was jetzt ist, wird vergangen und vergessen sein.«

Null Uhr. Es regnet in Strömen. Wir alle stehen hinter dem Hühnerstall und beobachten Kaspians Villa, die im Dunkeln liegt. Wir alle, bis auf Quinn. Er hat darauf bestanden, dass wir ohne ihn gingen. Gott ist im Regen, hat er gesagt. Und das, was der Regengott uns aufträgt, werden wir tun. »Einer nur sei meine Stimme«, sagte er. »Vier werden meine Beine sein und einer die Faust. Nur einer ist die Faust, die das Messer führt.«

Damit meinte er Uwe.

Der starke Regen verhindert, dass wir die Exkremente der Hühner riechen können. Nur ab und zu trägt der Wind etwas herüber. »Seid ihr total durchgeknallt?«, brüllt Sheila uns an. »Ihr werdet das doch nicht wirklich tun.«

Von Anfang an fand ich, dass sie nicht wirklich dazugehört. Sie kam nur wegen Quinn und wollte ihn für sich allein. Jetzt hat sie es sich mit ihm verdorben. Was will sie eigentlich noch hier?

Als sie gehen möchte, stelle ich mich ihr in den Weg. »Du bist dabei, also machst du auch mit. So, wie er gesagt hat.«

»Du spinnst doch«, sagt sie. Aber sie bleibt. Heute werden wir herausfinden, was in ihr steckt.

Vielleicht werden wir einfach hier stehen bleiben, bis der Regen aufhört. Vielleicht ist Kaspian gar nicht zu Hause …

In diesem Moment geht das Licht im Wohnzimmer an, fällt durch die große Glasfront in den Garten und taucht uns alle in unheimliches Halbdunkel. Der Mann drinnen knipst den Fernseher an und lümmelt sich in den Sessel. Er ahnt nicht, dass heute der Tag ist, an dem ihn sein Schicksal ereilt.

Also dann. Mit dem Ärmel wischt Uwe sich die Regentropfen aus dem Gesicht. Er nickt uns zu und macht sich auf den Weg: die Faust, die das Messer führt …

41

Marko Kaspian war Mitte der Siebziger ein gefeierter Star im deutschen Fußball gewesen. Er hatte sich aus einfachen Verhältnissen hochgearbeitet, als Torjäger bei Borussia Mönchengladbach einen Namen gemacht und sogar einen Meistertitel geholt. Später war er zum Rekordmeister Bayern München gewechselt. Die Krönung seiner Karriere bildete ein Vertrag bei Real Madrid, wo er eine Saison gespielt hatte. Für kurze Zeit war er als Manager tätig und wollte sogar in die Politik gehen, hatte sich aber schließlich aufs Land zurückgezogen. Seit 1978 hatte er in Brockwede im Emsland gelebt, zusammen mit Loriana, einem gefragten Model, und sich in der Schweine- und Hühnerzucht versucht.

Grimm hatte damals von dem Fall gehört, ihn aber nicht weiter verfolgt, weil er zu sehr damit beschäftigt war, sich mit den Andersens anzulegen. Grünberg jedoch hatte als beteiligter Ermittler einen Teil der Fernsehberichterstattung über diesen spektakulären Fall aufgezeichnet. Da das Polizeipräsidium ausschließlich über DVD-Abspielgeräte verfügte, fuhren sie kurz entschlossen in Grimms Wohnung. Nachdem sie sich ein wenig gestärkt hatten, schob Grimm die Videokassette ein und startete den Rekorder.

»Ein beschauliches Dorf im Emsland ist zum Schauplatz eines der blutigsten Verbrechen in der Geschichte der Bundesrepublik geworden«, erklärte eine weibliche Off-Stimme, während die Kamera ein Landhaus mit großzügiger Fensterfassade zeigte, vor dem mehrere Einsatzfahrzeuge der Polizei standen. »Zwei Menschen wurden hier auf brutale Weise niedergemetzelt. Es handelt sich um den Exnationalspieler Marko Kaspian und seine Lebensgefährtin Loriana Baroso, die hier in Brockwede ein zurückgezogenes Leben führten.«

Das Auge der Kamera richtete sich auf eine Leiche, über die jemand eine Plane gedeckt hatte. Der weiße Stein der Terrasse war mit Blut besudelt. Polizeibeamte, die eine Bergungswanne trugen, verließen das Haus. Auf dem Boden lagen eine Topfblume und die Fernbedienung für das Fernsehgerät in einer Blutlache.

»Bisher ist völlig unklar, ob wir es mit einem Familiendrama oder einem Racheakt zu tun haben«, erklärte ein sichtlich ergriffener Polizeisprecher der Journalistin. »Wir werden alles tun, um möglichst bald Licht in diese Tragödie zu bringen und die Schuldigen zur Verantwortung zu ziehen.«

»Erste Hinweise könnte möglicherweise eine Inschrift liefern, die auf der Fassade des Hühnerstalls gefunden wurde«, legte die Reporterin nach, und die Kamera zeigte eine grau getünchte Mauer. »Geflügelfarm = Konzentrationslager«, war in Schwarz darauf gesprüht worden. Daneben ein Hakenkreuz. »Waren radikale Tierschützer die Täter? Bis zur Stunde kann man leider noch gar keine –«

Hier brach die Aufzeichnung abrupt ab. Schnee flimmerte auf dem Bildschirm. Sekunden später kam ein neues Bild: Anwohner, die sich zur Tat äußerten. Kaspian habe sich sehr zurückgehalten, man habe nur gewusst, dass er ein berühmter Fußballer sei. Aber er habe sich selten im Dorf sehen lassen. Andere forderten die Kripo lautstark auf, etwas zu unternehmen, da der Killer schließlich frei herumlaufe und sich mittlerweile kaum noch jemand auf die Straße traue. Wie denn auch, wenn man befürchten müsse, dass einen das gleiche Schicksal ereile?

Ein weiterer radikaler Schnitt leitete zu einem Bericht über die Verhaftung des geständigen Mörders über, der auf dem Weg zum Haftrichter gezeigt wurde. Ein junger, kräftiger Mann, langhaarig, mit einem netten, leicht naiven Gesichtsausdruck. »Doppelmord in Brockwede aufgeklärt?«, fragte eine Schlagzeile, die am unteren Rand durch das Bild lief.

»Alle waren schockiert über die Brutalität der Tat«, erklärte Grünberg, nachdem Grimm das Band gestoppt hatte. »Die beiden wurden regelrecht abgeschlachtet. Kaspians Leiche wies über dreißig Messerstiche auf. Die Tatrekonstruktion ergab schon bald, dass der Mörder an der Tür geklingelt hatte. Kaspian öffnete und wurde zu Boden gestoßen. Dann begann der Täter ohne Warnung auf ihn einzustechen, wieder und wieder. Loriana, seine Lebenspartnerin, muss den Mord mit angesehen und versucht haben zu entkommen. Da der Weg zur Haustür versperrt war, wollte sie durch die Terrassentür fliehen, aber in ihrer Panik bekam sie sie nicht auf. Also versteckte sie sich hinter dem Sofa, wo der Mörder sie fand und auch mit Messerstichen traktierte. Etwa zehn Minuten später, nachdem der Täter das Haus schon verlassen hatte, schaffte sie es mit letzter Kraft, sich in den Garten zu schleppen, wo sie verstarb.«

»Wer hat sie gefunden?«

»Eine der Freundinnen Loriana Barosos hatte sich am Wochenende mit ihren beiden Kindern zu Besuch angesagt. Sie fand die Leichen dort vor – ihn im Wohnzimmer, sie auf der Terrasse. Zu diesem Zeitpunkt waren sie schon seit drei Tagen tot.« Grünberg ging in die Küche und bediente sich selbst bei dem Kaffee. »Es gab einfach zu wenige Anhaltspunkte. Mit Sicherheit hatte der Täter Fußspuren hinterlassen, aber der Dauerregen hatte sie binnen weniger Stunden weggespült. Man hielt sich also an die Schmiererei an der Wand und nahm sich radikale Tierschützer vor. Stürzte sich auf die sogenannten üblichen Verdächtigen in der militanten Szene. Aber nichts kam dabei heraus.«

»Und dieser Junge? Wie seid ihr auf ihn gekommen?«

»Uwe Braditsch. Stammte aus einem Nachbardorf. Die Kripo wurde nur als Zeuge auf ihn aufmerksam. Er behauptete, die Tatwaffe gefunden zu haben, ein altertümliches Brotmesser mit schartiger Klinge. Als seine Aussage aufgenommen wurde, verwickelte er sich in ziemlich dumme Widersprüche und wurde selbst zum Verdächtigen. Und dann legte er ein Geständnis ab. Der Fall war aufgeklärt.«

»Aber du hast nicht daran geglaubt?«

»Mir persönlich fehlte das Motiv. Braditsch war geistig verlangsamt, aber nicht paranoid oder psychotisch, wie die Fachleute versicherten. Er war nicht das Monster, das wir suchten.«

»Die Monster verstecken sich oft hinter Alltagsgesichtern.«

»Ja, aber Braditsch war eher der Typ, der eine lästige Mücke lieber in einem Glas einfängt, als sie mit einer Fliegenklatsche zu verletzen. Ein echter Naturfreund. In aller Seelenruhe gab er zu Protokoll, dass er den Auftrag zu der Tat von ganz oben bekommen habe. Vom Gott des Bösen.«

»Vom Gott des Bösen?«

»Das waren seine Worte. Er sei lediglich die Faust, die das Messer führe. Viele bezweifelten, dass er in der Lage war, eine solche Tat allein zu begehen.«

»Aber wenn er von einem Gott faselt, kann es doch immerhin sein, dass religiöse Wahnvorstellungen ihn zu der Tat getrieben haben.«

»Wie auch immer: Es gab nicht die geringste Verbindung zwischen Täter und Opfer, das war nach der Bibel aller Profiler und Ermittler damals völlig unmöglich. Braditsch war ein Einzelgänger, aber unauffällig. Immer nett zu den Nachbarn. Seit dem Tod der Eltern lebte er allein im Haus. Etwa zwei Monate vor den Morden hatte er eine Freundin, wie er seiner Nachbarin mitteilte. Doch die verschwand mit einem anderen nach Holland, worauf Braditsch ihr folgte. Danach hatte man im Dorf nichts mehr von ihm gehört. Fußballfanatismus wäre noch eine Möglichkeit gewesen, Kaspian war ja ein bekanntes Gesicht aus dem Fernsehen. Aber auch hier Fehlanzeige: Braditsch hatte mit Fußball nicht das Geringste am Hut.«

»Welche Rolle spielte die andere Inschrift? Die gegen Massentierhaltung?«

»Vielleicht ein Ablenkungsmanöver.« Grünberg zuckte mit den Schultern. »Übrigens, da fällt mir ein: Es gab noch eine Inschrift. Sie war mit Blut auf die Fensterscheibe geschrieben. ›Hard rain‹.«

»›Hard rain‹?«

»Braditsch gab zu, das geschrieben zu haben. *Rain*, erklärte er, sei Englisch und bedeute Regen.«

Gemeinsam traten sie wieder auf den Balkon hinaus und sahen schweigend über die Dächer. Zum ersten Mal seit Langem spürte man eine leichte Brise. Nichts Atemberaubendes, nur ein leichter Luftzug, der die Blätter der Bäume kaum merklich rüttelte. Weit draußen, am Ende des Horizonts, zogen Wolken auf. Vielleicht der Anfang einer Wetterwende.

»Nicht dass ich deine Einladung bereue«, sagte Grünberg. »Und nichts gegen deine Lasagne. Hätte nicht gedacht, dass ich eines Tages zu den Erlauchten zählen würde, die sie kosten durften.«

»Jetzt komm mal wieder runter, Hannsjörg. Das ist nur ein Rest von gestern. Meine Tochter war zu Besuch.«

»Aber trotzdem frage ich mich: Was hat diese hässliche Sache von damals mit unserem aktuellen Fall zu tun?«

»Das weiß ich auch nicht. Vielleicht finde ich das noch heraus. Immerhin haben wir das Foto, das eine Verbindung zwischen der Ermordeten und Tom Rixen herstellt. Es beweist, dass die beiden sich ungefähr zur Zeit dieser Morde in Brockwede aufhielten.«

»Nellie Meyring vielleicht. Aber nicht Rixen.«

»Jede Wette, dass er seine Schwester in Hamburg damals nicht besucht hat. So etwas lässt sich leicht klären. Jede Wette, dass er auch in dieser Kommune gelebt hat.«

»Und wenn?«

»Dann frage ich mich, warum er uns erzählt, er sei weiter nach Hamburg gefahren.« Grimm trank sein Glas aus. »Ich würde mich gern mal mit diesem Braditsch unterhalten.«

»Das geht leider nicht. Er lebt nicht mehr.«

»Wäre ja auch zu schön gewesen«, meinte Grimm.

»Ich stand damals am Anfang meiner Karriere«, sagte Grünberg. »War noch richtig grün hinter den Ohren, hatte mir vorgenommen, Profiler zu werden. Die wurden damals fast als außerirdische Wesen angesehen. Mich aber hat es fasziniert, es war überhaupt der Grund, weshalb ich Bulle geworden bin. Ich wollte lernen, mich in die Leute hineinzuversetzen, ihre Motive zu verstehen, ihre Beweggründe. Und dazu beizutragen, dass man sie schnappen kann. Deshalb kam ich überhaupt dazu, in dem Fall zu ermitteln.«

»Aber dann bist du doch nicht Profiler geworden.«

»Die ganze Profiler-Idee beruht doch darauf, dass es für jede Tat ein Motiv gibt. Es ist so ähnlich wie in der Physik: keine Wirkung ohne Ursache. Aber in Brockwede erwies sich damals, dass diese Grundannahme falsch war. Ich jedenfalls habe kein Motiv für diese Tat gefunden. Und wenn du das siehst, eine solche Verschwendung von Leben, diese Grausamkeit, und musst dich mit der Tatsache abfinden, dass es völlig ohne Grund geschah – das ist schwer auszuhalten.«

42

Goethe und Schiller trugen Maßanzüge und hatten Sonnenbrillen auf. Van Dijk fand sie nicht sympathisch. Ihm waren sie als altbackene Helden der deutschen Literatur ein Begriff, ältliche Herren mit ernster Denkermiene. Diese beiden Figuren glichen Bestsellerautoren, die in Talkshows saßen und in lässigem Ton über ihre neuesten Werke plauderten. Leute, die einem im Fernsehen die Langeweile verkürzten, keine Instanzen, zu denen man aufblickte.

Hinter ihm ließ sich ein Räuspern vernehmen. »Herr Kommissar?« Frau Gerling hatte den Raum betreten. »Was kann ich für Sie tun?«

»Van Dijk. Hauptkommissar.« Er wandte sich ihr zu. »Es geht um den Mordfall Meyring.«

»Aber ich habe bereits mit Ihrem Kollegen gesprochen.«

»Mit Hauptkommissar Grimm. Wir beide bearbeiten diese Sache.«

»Gibt es neue Erkenntnisse, die Sie veranlassen, mich ein zweites Mal zu stören?«

»Es geht um die Partys, die Marlon Andersen regelmäßig feierte.«

Frau Gerling nickte. »Allerdings. Wobei ich nicht unbedingt von Partys sprechen würde. Trinkgelage würde es wohl eher treffen.«

»Sie erwähnten allerdings nicht, dass auch Sie an diesen Gelagen teilnahmen.«

Gina musterte den Kripobeamten mit einem schnellen, lauernden Blick. »Wer behauptet das?«

»Herr Andersen, Ihr Lebenspartner, teilte uns dies mit. Sie, Frau Gerling, könnten bezeugen, dass sein Sohn an keinem Verbrechen beteiligt war.«

Gina Gerling kaute nervös auf ihrer Unterlippe. Als sie van Dijks Blick auf sich spürte, wandte sie sich ab und trat ans Fenster. »Also gut«, sagte sie. »Aber als Zeugin kann ich Ihnen dennoch nicht dienen.«

»Sie waren dort und haben Marlon Andersen nicht gesehen?«

Frau Gerling schüttelte den Kopf. »Doch, das habe ich. Sehen Sie, Herr Kommissar, Marlons Problem ist nicht nur der Alkohol. Mit seinem katastrophalen Selbstbewusstsein ist er das absolute Gegenteil seines Vaters. Er neigt dazu, verletzt zu sein. Tödlich verletzt. An einem dieser Abende hatte ich regelrecht den Eindruck, dass er einer entsicherten Waffe gleicht.«

»Was ist vorgefallen?«

»Er hat sich mit einer Frau gestritten über ein Stück, das sie geschrieben hatte. Er wollte es inszenieren, aber sie nicht. ›Du hast keine Ahnung, worum es geht‹, schrie sie ihn an. ›Und deshalb kannst du diesen Stoff nicht auf die Bühne bringen.‹ Sie stritten ziemlich laut. Er brüllte sie an, ob das ihr letztes Wort sei, und sie nannte ihn einen harmlosen Dilettanten.«

Van Dijk verstand besser, als ihm lieb war, was Frau Gerling mit »entsicherter Waffe« meinte. Er kannte den Geschmack der Zurückweisung, das Gefühl der Demütigung, jenen unbändigen Neid auf all jene, die die Natur und die Gesellschaft in ihrer beispiellosen Willkür mit einem unerschütterlichen Selbstvertrauen ausgestattet hatte. Van Dijk wusste genau, wie es sich anfühlte, bedrängt zu werden wie Nellie. Und zurückgewiesen zu werden, so wie Marlon. »Ich habe noch eine Frage«, sagte er. »Hatte er Sie zu der Party eingeladen? Das wundert mich ein wenig, denn Ihr Verhältnis ist doch nicht das beste.«

Frau Gerling gestikulierte vage. »Er hat mich nicht eingeladen. Ich bin trotzdem gekommen. Nennen Sie es von mir aus eine Art von Nostalgie. Den Wunsch, an alte Zeiten anzuknüpfen.«

»An welche Zeiten?«

»Vor etlichen Jahren kannte ich ihn besser. Wir waren eine Weile zusammen.«

»Sie beide waren ein Paar?«

»Über ihn habe ich Ben erst kennengelernt.«

»Verstehe«, meinte van Dijk und stellte sich Gina Gerling vor, wie sie Marlon eines Tages erklärt hatte, dass sie Männer mit einem katastrophalen Selbstwertgefühl nicht lieben könne. Und dass sie sich bei denen mit einem starken Ego richtig aufgehoben fühle.

»Das heißt«, sagte er, »Sie halten es durchaus für möglich, dass Marlon Andersen in den Mord an Nellie Meyring verwickelt sein könnte?«

»Ich möchte, dass Sie mich richtig verstehen«, sagte Gina. »Genauso wie sein Vater glaube ich nicht daran, dass er schuldig ist. Es ist nur seine labile psychische Verfassung, die hinter dieser äußerst dünnen, großsprecherischen Fassade versteckt ist und die mir manchmal Angst einflößt. Vor Jahren hat es schon einmal einen Vorfall gegeben ...«

»Sie meinen die Anzeige wegen versuchter Vergewaltigung?«

»Marlon ist nicht in der Lage, ein Nein zu akzeptieren. Das ist seine Schwachstelle. Von daher muss ich leider sagen, dass ich es für möglich halte.«

Im Nebenzimmer klingelte ein Telefon. Frau Gerling bat ihn mit einer Geste um Geduld und verließ den Raum. Van Dijk hörte sie telefonieren.

»... dann schicken Sie mir doch das Manuskript, und ich werde es mir ansehen ... – Eine Biografie? Vielleicht wissen Sie nicht, dass ich mit ihm zusammenlebe. – Doch, es könnte durchaus sein, dass es mich interessiert, nur ... – Also gut, vielleicht sollten wir uns treffen.«

Wenige Augenblicke später kehrte sie zurück. »Es tut mir leid, aber ich habe heute noch eine wichtige Verabredung.«

Van Dijk verabschiedete sich. Wieder auf der Straße, holte er sein Handy hervor und wählte Lydias Nummer. Er wartete eine Weile, dann meldete sich die Mailbox. Und er unterbrach die Verbindung.

43

Um sechzehn Uhr dreißig waren sie verabredet. Es war ein idyllischer Nachmittag, nicht so heiß wie die letzten Tage, sondern milder, wofür eine leichte Brise sorgte. Das passte, fand er. Ein idyllisches Ambiente für das hässliche Ende des schönen Scheins.

Er stellte sich vor, wie sie das, was er ihr sagen würde, schockierte. Wie sie nicht hören oder verstehen wollte, wovon er sprach. Wie er sich aber nicht den Mund verbieten lassen wollte und sie zwang, ihm zuzuhören. Und sowie sie zuhörte, nichts mehr in ihrem heilen, schöngeistigen Leben noch so war, wie es bis dahin gewesen war.

Vielleicht wissen Sie nicht, dass ich mit ihm zusammenlebe …

Diese Frau hatte keine Ahnung. Im Grunde war sie eine völlig Unbeteiligte, genauso wie Mia. Man konnte ihr nicht vorwerfen, dass ihr Glück auf einer Lüge beruhte. *Vor langer Zeit einmal hatten wir zu viel, als dass wir uns mit dem zufriedengeben könnten, was uns jetzt noch geblieben ist.*

Du nimmst mir meine Frau und meine Familie und denkst, bei dir könne es so weitergehen bis in alle Ewigkeit …

Vielleicht sieht es so aus, dachte er, aber es geht nicht um Rache. Mein Leben ist zerstört. Nicht erst seit heute. Irgendwann in den letzten drei Jahrzehnten hat es auf unspektakuläre Weise aufgehört. Und seitdem ging es immer nur darum, so zu tun, als sei noch alles so, wie es sein sollte. Und Rune wird am Ende nichts bleiben, wofür er mich bewundern kann.

Ich habe Mia viel zu verdanken. Sie hat mich aus der tödlichen Lethargie erweckt und dafür gesorgt, dass ich mein Leben nicht länger verpfusche. Kann sie etwas dafür, dass ich so lange geschlafen habe? Dass ich taub war und den Zeitpunkt verstreichen ließ, an dem man wenigstens noch reinen Tisch hätte machen können?

Ich bin wie einer, der vor langer Zeit dem Teufel seine Seele überschrieb. Jetzt erst hat er sich's anders überlegt. Und er bildet sich tatsächlich ein, den Handel noch rückgängig machen zu können.

Er setzte den Blinker und bog in einen Kiesweg. Stoppte den Wagen und stieg aus. Atmete die Sommerluft ein. Und den Geruch von frisch gemähtem Gras. Irgendwo in der Ferne brummte ein Rasenmäher. Er trat an das Gartentor und klingelte.

Sie hatte ihn bereits erwartet. Gina Gerling, die Literaturagentin, in einem perfekten leichten Sommeranzug, das Haar geschäftsmäßig hochgesteckt. »Schön, dass das heute noch geklappt hat.«

Sie überquerten den Rasen und betraten ein Holzhaus, das mit Küche, Kühlschrank und Bar ausgestattet war.

Er nahm ein Glas Mineralwasser mit Eis entgegen, und sie bot ihm einen Platz auf der Veranda an. Ohne große Umschweife kam sie zum Geschäftlichen. »Nur zu«, ermutigte sie ihn, »ich bin gespannt auf Ihr Manuskript.«

»Es ist hier drin.« Er tippte gegen die Stirn.

Natürlich war sie enttäuscht. »Sie haben es noch gar nicht geschrieben?«

»Es ist auch keine vollständige Biografie«, sagte er. »Sondern, sagen wir, ein Beitrag zu einer solchen. Ein einzelnes Kapitel, das Ereignisse behandelt, die schon lange zurückliegen.«

Frau Gerling hatte ihr Glas erhoben, trank aber nicht daraus. »Was wollen Sie von Ben?«, fragte sie misstrauisch.

»Was will der Biograf von der Person, über die er schreibt?«, fragte er zurück. »Er interessiert sich für sie und möchte, dass die Welt die Wahrheit über sie erfährt.«

»Die Wahrheit?«

»Genau das. Und vor allem Sie, Frau Gerling, haben das Recht, alles über ihn zu wissen.«

Sie erhob sich. »Wie kommen Sie denn darauf, dass ich das nicht weiß? Was erlauben Sie sich überhaupt?«

»Um es kurz zu sagen: Der Mann, mit dem Sie zusammenleben, den Sie glauben zu lieben …«

Frau Gerling ergriff förmlich die Flucht vor ihm. »Das werde ich mir nicht anhören.«

»Fragen Sie ihn, was vor einunddreißig Jahren geschah!«, rief er ihr nach und folgte ihr auf den Rasen. »Bitte, Sie müssen mich anhören.«

Er packte sie an den Schultern, ließ sie aber sofort wieder los, als er die Angst in ihrem Blick bemerkte.

Aber jedenfalls versuchte sie nicht mehr wegzulaufen. »Warum erzählen Sie mir das?«

»Weil ich zu lange geschwiegen habe. Ich habe mit einer Lüge gelebt und all die Jahre zugesehen, wie sie alles zerstört.«

»Ich möchte nichts davon hören.«

»Sie werden es müssen. Deshalb bin ich hier. Deshalb habe ich Sie dazu gebracht, sich mit mir zu treffen. Ich möchte Ihnen ersparen, in einer Lüge zu leben. Später werden Sie mir dafür dankbar sein.«

Er begriff, dass sie ihn nicht anhören würde. Sie wollte nicht wissen, was damals geschehen war. Nicht weil sie sich nicht vorstellen konnte, dass es schlimme Dinge waren, sondern weil sie es *befürchtete*.

Er bettelte förmlich. »Bitte, hören Sie sich wenigstens *meine* Geschichte an. Ich muss sie erzählen. Es ist meine letzte Chance.«

Gina Gerling war kurz davor, Ja zu sagen. Sie würde ihm die Gnade gönnen, wenn auch nur, um ihn dadurch loszuwerden. Mehr konnte er nicht erwarten.

Dann hörte er ein Geräusch, das drüben von der Einfahrt kam: Autoreifen auf dem Kiesweg. Ein Wagen hielt, der Motor verstummte. Gina lauschte.

Die Wagentür schlug. Der Fahrer betrat das Grundstück und näherte sich über den Rasen. Er war ganz in Weiß gekleidet: Polohemd, Shorts, Tennissocken, Turnschuhe. Tom ging durch den Kopf, dass es ganz schön naiv gewesen war, den Teufel aufzusuchen und von ihm zu verlangen, den Kaufvertrag für seine Seele zu zerreißen.

Der Mann war jetzt auf wenige Schritte herangekommen. Er hatte so gut wie keine Ähnlichkeit mehr mit dem Jüngling, der er früher gewesen war. Aber seine Stimme war immer noch dieselbe.

»Grüß dich, Tom«, sagte er. »Lange nicht gesehen.«

44

»Ich hoffe, du bereust deinen Schritt nicht.« Marlons rechte Hand hielt das Steuerrad, die linke hatte er aus dem Fenster gestreckt, um den Fahrtwind zu fühlen.

Neben ihm saß Lydia. Sie versuchte, mit dem Handy zu telefonieren, aber bekam keine Verbindung. »Welchen Schritt?«

»Dich zum Theaterspiel zu bekennen. So etwas erfordert Mut. Und ich kann mir vorstellen, dass er davon nicht gerade begeistert ist.«

»Er? Wen meinst du?«

»Der Mann, mit dem du zusammenwohnst. Habt ihr vor zu heiraten?«

»Wie kommst du bloß darauf?« Eigentlich wollte sie sagen: Was geht dich das an?

Marlon lächelte. »Wir sind gleich da.«

Es war noch früh am Abend. Die Dämmerung setzte allmählich ein, und die Mücken waren auf der Jagd.

»Ich bin gespannt auf die Probe«, sagte Lydia.

Sie waren angekommen. Marlon stieg aus dem Wagen und schloss das Gartentor auf, dann parkte er das Auto auf dem Rasen und schloss wieder ab. Auch Lydia stieg aus und breitete die Arme aus. »Es ist sehr schön hier. Richtig idyllisch.«

»Komm mit, ich zeige dir unsere Bühne.«

Der Rasen erstreckte sich bis ans Ufer. Ein Fußweg führte zum Bootssteg. Weiter oben, entlang des Flüsschens, befand sich noch eine Art Bootshaus. Dahinter, unter einer Reihe alter Obstbäume, lag die Bühne. Eine Aluminiumkonstruktion mit einem Boden aus Holzbohlen. Stellwände trennten einen Backstage-Bereich ab. Der Vorhang war in eine Plastikplane eingepackt.

»Es ist nicht die Elbphilharmonie«, witzelte Marlon, »aber uns reicht's.«

»Und wo sind die anderen?«

»Die anderen?«

»Das Ensemble. Die dead poets society.«

»Die meisten konnten nicht.«

»Sie konnten nicht?«

»Außer dir. Ich bin froh, dass du Zeit hast.«

»Moment mal: Du hast doch gesagt, wir proben heute.«

»Gern. Nichts lieber als das.«

»Soll das etwa bedeuten, wir sind hier nur zu zweit?«

Marlon trat auf sie zu und berührte ihren Arm. »Jetzt sieh mich nicht so an, als hätte ich das von Anfang an geplant. Ich hatte das Wochenende vorgeschlagen. Aber du konntest nicht, deshalb sind wir auf heute ausgewichen. Das war für die anderen nicht machbar.«

Sie trat einen Schritt zurück. »Aber warum hast du mir nichts gesagt? Du wusstest, dass heute keine Probe stattfindet, und hast mich trotzdem hergefahren.«

Er kam ihr noch näher. »Bitte, Lydia, ich fahre dich sofort heim, wenn du willst. Aber ich konnte einfach nicht widerstehen, mit dir allein zu sein.«

»Mit mir?«

»Es ist nicht nur die Schauspielerei, die uns verbindet, Lydia. Es ist mehr.«

Lydia konnte ihm ansehen, dass es ihn sehr viel Mut kostete, das zu sagen. Sie fühlte sich unbehaglich.

»Wir haben doch Zeit. Wenn du willst, sprechen wir einige Dialoge aus dem Stück. Ich habe auch zu essen drüben im Blockhaus. Der Abend ist hier immer die schönste Tageszeit.«

»Nein, bitte, ich möchte nach Hause.«

Marlons Schultern sackten herunter. »Aber willst du denn nicht wenigstens etwas trinken? Wir sind gerade erst angekommen.«

»Ja.« Eigentlich wollte sie nicht, aber sie tat es ihm zuliebe. »Aber dann möchte ich fahren.«

Marlon lief zum Blockhaus und kam mit einer Flasche Wein und zwei Gläsern zurück. »Es ist so ein schöner Abend.«

»Ja, das stimmt. Bitte, sei mir nicht böse.«

Sie standen da mit den Gläsern in der Hand. Marlon wirkte ratlos. »Warum sollte ich dir böse sein, Lydia? Du bedeutest mir so viel, und ich hoffte, dass es dir auch so geht.«

»Ich hatte mich auf die Arbeit gefreut.«

»Dann lass uns loslegen. Jetzt gleich! Wir arbeiten, solange wir Spaß daran haben, und dann …«

»Nein, Marlon. Das geht mir zu schnell.«

»Was zum Teufel soll das heißen!«, brüllte er sie plötzlich an, dass sie zusammenzuckte. »Es geht mir zu schnell. Was meinst du damit?«

»Ich meine, dass …« Sie schüttelte den Kopf, dann wandte sie sich zum Gehen. »Es hat keinen Sinn. Bemühe dich nicht, ich finde schon allein hinaus.« Sie stellte das Glas auf den Rasen und lief hinauf zum Gartentor.

»Was …« Der junge Mann starrte ihr nach. »Was denkst du dir? Meinst du, du kannst einfach so gehen? He, bleib stehen, wenn ich mit dir rede!« Er war hinter ihr und packte sie. Aber Lydia entwand sich seinem Griff und schubste ihn, dass er stolperte. Sie kehrte um und rannte zum Bootshaus. Dort rüttelte sie an der Klinke. Die Tür schwang auf, sie schlüpfte hinein und sperrte hinter sich ab.

»Lydia! Was soll denn das?«, hörte sie Marlon, der mit den Fäusten gegen die Tür klopfte. »Komm, mach doch auf. Wir benehmen uns wie Kinder. Das hatte ich nicht gewollt, ehrlich nicht. Bitte, Lydia, lass uns noch einmal von vorn anfangen.«

Lydia versuchte, sich zu beruhigen. Der Türriegel hielt, sie war in Sicherheit. Vorläufig. Aber wie ging es jetzt weiter? Sie holte das Handy aus der Tasche. Fabian war nicht zu erreichen, also wählte sie die Nummer ihres Vaters. Währenddessen hörte sie, wie Marlon außen um das Bootshaus herumlief. Gab es noch einen anderen Zugang? Sie drehte sich um. Auf der Wasserseite des Hauses schaukelte ein Ruderboot unter einer weißen Plastikplane.

»Lydia?« Marlons Stimme kam von der anderen Seite, offenbar watete er durch den Fluss zum Bootseingang. »Es tut mir leid, ich habe mich unmöglich benommen. Bitte, du musst mir verzeihen …«

Unter der Plane verbargen sich nicht nur das Ruderboot und der Außenbordmotor. Da war noch etwas. Lydia bückte sich über das Holzgeländer. Da war eine Hand! Unter der Plane schauten drei Finger hervor. Einer trug einen goldenen Ring.

Lydia erstarrte. Ihr Herz klopfte. Trotzdem zwang sie sich, zum Boot zu treten und die Plane anzuheben. Sie sah in das Gesicht eines Menschen. Eines Toten. Ihr wurde schwindelig.

»Hey, Lydia, bist du das?«, hörte sie Grimms Stimme aus dem Handy.

»Papa, hier ist etwas Schreckliches passiert. Komm bitte zum Bootshaus, sofort …«

Als die Welt aufhörte, sich wie ein Karussell zu drehen, erkannte sie Marlon, der vor ihr stand. Sein Gesicht war kreidebleich. »Du denkst doch nicht, dass ich …«

Sie starrte ihn an und hob das Handy wie eine Verteidigungswaffe.

»Gib mir das.« Marlon deutete auf das Mobiltelefon. »Jetzt komm schon. Gib es mir.«

45

Ab heute sind wir keine Band mehr. Die Outlaws sind Geschichte. Die Zeit des »Hotel California« ist vorüber.

Aber uns gibt es noch. Uns verbinden die stärksten Bande, die man sich denken kann. Blutsbande. »Mit Blut besudelt sind wir«, sagt Quinn. »Mit Blut gesegnet. Das kann uns keiner jemals wieder nehmen.«

Ich bekomme nicht alles von dem mit, was er sagt. Familie sei eigentlich zu schwach ausgedrückt, meint er. Man könne auch Orden sagen. Ein Orden von Schweigemönchen. Denn wir werden nicht mehr über das sprechen, was uns zusammenschweißt. Nie wieder. Trotzdem wird jeder für den anderen einstehen.

Ich sehe Nellie, Sheila und Uwe. Ihre leeren, verstörten Gesichter. Wie sie versuchen, so zu sein wie immer. So zu tun, als sei alles nur ein schlimmer Traum gewesen. Als sei nie das geschehen, was gestern Nacht geschehen ist.

Geräusche, Bilder, Gerüche – sie werden uns auf ewig verfolgen. Jede Nacht von jetzt an bis ans Ende unserer Tage. Der Regen, der beinahe ohrenbetäubend war. Ein Wolkenbruch. Die Tropfen hämmern nur so auf Kaspians Garagendach, ein wahres Trommelfeuerwerk, als sei die gesamte Natur in Aufruhr. Wir stehen da und starren auf das, was drinnen im Wohnzimmer gerade passiert. Unfähig zu fliehen, gelähmt wie die Maus im Angesicht der Schlange. Direkt vor uns: das erleuchtete Wohnzimmer hinter den großen Fenstern wie eine grandiose Bühne. Aber nicht nur das Glas, auch der Regen überdeckt alle Geräusche. Grauenvolle Geräusche. Nur hin und wieder dringt ein Schrei durch das Prasseln des Regens an unsere Ohren. Sie schreit besonders laut, quiekend wie ein Schwein, das geschlachtet wird. Ein grässliches Schreien, das mir durch und durch geht und mich beten lässt, dass der Regen nicht aufhört. Ich muss nicht hinsehen, sage ich mir immer wieder vor, niemand zwingt mich dazu. Aber ich kann nicht anders. Ich sehe hin. Die anderen genauso.

Es dauerte eine Ewigkeit. Und doch dachte ich, als Uwe zurückkehrte, seltsam, wie schnell es doch geht, zwei Menschen zu töten. Uwe sagte nichts. Keiner von uns sagte ein Wort. Ich glaube, bis zum nächsten Morgen hat keiner mehr gesprochen. Wortlos kämpften wir uns durch den Morast und die Pfützen zum »Hotel« zurück. Quinn hieß uns mit einem Nicken willkommen, auch er blieb stumm und begriff sofort, was passiert war. Uwe sah schlimm aus, die Hände und sein T-Shirt waren blutverschmiert. Er hatte sich in ein Monstrum verwandelt, das mir Angst machte. Wir gingen ins Haus und legten uns hin. Seltsam ist, dass ich gar nicht mehr genau weiß, ob ich einschlafen konnte.

Und trotzdem kam es mir am nächsten Morgen so vor, als hätte ich nur einen schlimmen Traum gehabt.

»Es war kein Traum«, sagte Quinn. »Es war eine Taufe. Keiner von uns kann jetzt noch diese Familie verlassen. Und dennoch werden wir uns nicht mehr wiedersehen.«

»Was redest du da?«, fragte Uwe alarmiert. Es war das erste Mal seit gestern Abend, dass er den Mund aufmachte. Panik stand in seinen Augen. »Gerade eben hast du noch gesagt, keiner wird gehen.«

»Das habe ich nicht gemeint. Unsere Familie existiert für immer. Auch wenn wir uns nicht sehen. Gerade dann. Sie ist ein unsichtbares Band, das niemand zerschneiden kann. Jeder von uns wird sein neues Ich anlegen wie ein neues Outfit. Er wird sein neues Leben leben. Dies hier ist seine Vergangenheit.«

»Aber wie wird das Leben aussehen?«, fragte Nellie.

»Was wir erlebt haben, erhebt uns aus der Masse der Menschen. Es macht uns anders als sie. So wird unser Leben aussehen: besser, größer, ungewöhnlicher als das der übrigen.«

Plötzlich verschaffte sich Sheila Gehör. Sie schnaufte, es klang abfällig. So, als wolle sie am liebsten gar nichts sagen, aber es musste heraus. Sie konnte es nicht mehr zurückhalten. »Das ist doch nicht dein Ernst«, stieß sie hervor.

Quinn nickte. »Doch, das ist mein Ernst.«

»Du kannst nicht einfach so tun, als wäre nichts gewesen …«

»Das tue ich auch nicht«, erklärte Quinn. »Es ist etwas gewesen, und wir sprechen darüber, was es für uns bedeutet. Wie wir damit umgehen.«

»Wie wir es verschweigen, meinst du wohl.«

»Es hätte keinen Sinn, darüber zu reden. Denkst du, ein Außenstehender könnte auch nur annähernd begreifen, was hier geschehen ist?«

»Nein.«

»Siehst du, genau das meine ich.«

»Aber ich kann es auch nicht.« Sie schüttelte den Kopf, mechanisch, wie eine Puppe.

»Du wirst es begreifen, wenn du zu uns gehörst. Da bin ich mir ganz sicher.«

»Was ist nur mit uns passiert?«

»Das ist nicht die Frage, die es zu klären gilt«, erläuterte Quinn geduldig. »Sondern diese: Bist du bei uns? Oder bei denen draußen?«

Ich habe es schon immer gewusst: Sie gehört nicht zu uns.

Sheila antwortet nicht. Man merkt, dass sie gern eine von uns wäre. Liebend gern würde sie sagen: Macht euch keine Sorgen um mich, wir haben all das nicht umsonst durchgestanden. Aber sie kann es nicht, weil es eine dreiste Lüge wäre. Immerhin, sie scheint jetzt zu realisieren, dass sie ihn nicht für sich haben kann. Denn ohne ihn stehen wir nackt da. Alle Welt starrt uns an und sieht, was wir getan haben. Das kann sie nicht wollen. Und deshalb kann sie nicht so mit ihm reden.

»Sie denkt doch schon immer, sie ist was Besonderes!«, zischt Nellie, die genau das Gleiche zu fühlen scheint, und starrt Sheila wütend an.

Quinn bleibt gelassen. Er tritt zu Sheila und legt die Hand auf ihre Schulter. Doch sie weicht vor ihm zurück.

»Jetzt komm schon«, sagt er. »Wir werden das besprechen. Lass die anderen gehen. Sie haben damit nichts zu tun.«

»Was soll das heißen: Sie haben nichts damit zu tun?«

»Sie können sich darauf verlassen, dass ich für sie spreche«, sagt er. »Wir sind eine Gemeinschaft, und jeder hier beschützt den anderen. Das solltest du auch verstehen.«

Sie stößt ein kurzes, zischendes Lachen aus, sagt aber nichts.

»Lass uns eine Nacht darüber schlafen«, schlägt Quinn vor. »Dann reden wir noch mal, versprochen.«

Nellie und ich, wir werden den Anfang machen. Morgen früh. Uwe hätte uns gern an die Bundesstraße gebracht, aber der Bulli springt nicht an. Wieder einmal streikt der Anlasser. Und es sind auch höchstens fünfundzwanzig Minuten zu Fuß. Von da aus werden wir trampen.

Quinn will auch abreisen, aber vorher will er die Angelegenheit mit Sheila in Ordnung bringen. Dazu sei es besser, wenn sie unter sich sind. Uwe ausgenommen. Seit der Sache letzte Nacht weicht Uwe Quinn nicht mehr von der Seite.

Es hat aufgehört zu regnen, am Abendhimmel zeigt sich ein kleiner blauer Streifen. Ein letztes Mal stehe ich oben an einem der staubblinden Fenster und überschaue die eintönige Landschaft aus Feldern, Äckern und Viehweiden. Es hat etwas Unwirkliches, hier zu stehen. Ein böser Traum, der sich dem Ende zuneigt. Schon morgen Nachmittag vielleicht werde ich mich von Nellie verabschieden. Wir werden uns umarmen, einander zuwinken und danach nie wiedersehen. Genauso wie sie werde ich zurückkehren in etwas, das früher einmal mein Alltag gewesen ist. Unwahrscheinlich, dass ich weiter Musiker sein werde. Vielleicht werde ich in eine andere Stadt ziehen und ein Studium beginnen. Es wird nicht lange dauern, bis all dies hier aus der Wirklichkeit verschwunden ist.

Eines Tages werde ich ein Heim und Familie haben. Eine Karriere, die sich sehen lassen kann.

Oben am Himmel bricht jetzt sogar die Abendsonne durch. Zum ersten Mal seit über einer Woche. Ein ungewohntes Bild der Hoffnung, des Anbruchs einer neuen Zeit. Von der Scheune klingt Gitarrenmusik herauf. Es ist Quinn, der auf seine übliche Weise klimpert. »A Hard Rain's A-Gonna Fall …«

46

Die Verbindung war unterbrochen. Grimm, der auf dem Weg zum Supermarkt war, um ein paar Sachen für den Abend einzukaufen, tippte Lydias Nummer ein und wartete. »Der Teilnehmer ist zurzeit nicht erreichbar«, sagte eine monotone Stimme. Er versuchte es noch einmal.

Hinter ihm hupte es. Jemand hatte ihn einsteigen sehen und erwartete, dass er den Parkplatz räumte. Grimm machte eine verneinende Geste und wählte eine andere Nummer.

»Fabian van Dijk«, meldete sich sein Kollege.

»Hier ist Björn«, sagte Grimm. »Wo steckt meine Tochter?«

»Lydia? Ich weiß es nicht.«

»Du weißt es nicht? Verdammt noch mal, sie ist deine Freundin. Wieso weißt du nicht, wo sie ist?«

»Weil sie einen anderen hat. Sie will nicht, dass ich sie anrufe.«

»Einen anderen? Wie heißt der Kerl?«

»Keine Ahnung. Sie macht ein Geheimnis daraus.«

»Du bist vielleicht ein Bulle, ehrlich! Ich muss wissen, wo sie steckt. Da stimmt was nicht.«

»Was ist denn mit ihr?«

»Sie muss doch irgendwas angedeutet haben, was sie vorhat.«

Der Autofahrer hinter ihm hupte wieder.

»Nur, dass sie etwas Neues ausprobieren will. Theater spielen.«

»Theater spielen?«

»Ja. Dass sie eine Hauptrolle spielen kann und das ihre Chance ist.«

»Das könnte es doch sein.«

»Was?«

»Sie sagte etwas von einem Bootshaus. Und du sagst, dass sie Theater spielen will. Ich kann nur hoffen, dass ich falschliege.«

Es hupte.

»Björn? Meinst du damit, dass –«

Grimm beendete die Verbindung. Er stieg aus dem Auto und war mit wenigen Schritten bei dem Wartenden hinter ihm.

»He Alter, willst du hier übernachten oder was?«, pöbelte der Fahrer, ein junger Typ.

»Kriminalpolizei!«, fuhr Grimm ihn an und knallte seinen Dienstausweis mit der flachen Hand an die Scheibe. »Mach, dass du Land gewinnst, sonst buchte ich dich wegen Behinderung polizeilicher Ermittlungen ein.«

Um diese Zeit kam man relativ leicht durch die Stadt, der Berufsverkehr war fast abgeflaut. Außerdem fuhr Grimm schneller als erlaubt, sodass er schon zehn Minuten später an der Niers eintraf. Kurz vor dem Anwesen bremste er abrupt. Niemand zu sehen, alles war ruhig. Aber das Tor war nicht verschlossen, sondern stand einen Spalt weit offen. Grimm nahm seine Dienstwaffe aus dem Handschuhfach, entsicherte sie und stieg aus. Schob sich durch den Spalt und hielt den Revolver im Anschlag. Unten beim Bootshaus bemerkte er Andersen und seinen Sohn, offenbar streitend. Wo steckte Lydia?

Grimm hielt die Waffe schussbereit. Als er ihre Stimme hörte, fuhr er herum.

»Papa …«

Sie lehnte an der Mauer, bleich wie ein Geist.

»Er hat mich gehen lassen …«

Er rannte zu ihr und nahm sie in seine Arme. »Von wem sprichst du? Was war hier los?«

»Ich will nach Hause, bitte …«

Grimm brachte sie zum Auto und setzte sie auf den Beifahrersitz. Mit quietschenden Reifen wendete er und fuhr los. Er brannte darauf, in sie zu dringen. Aber er kannte sie und wusste, dass er ihr Zeit geben musste.

Sie fuhren stadteinwärts. Unterwegs begann Lydia zu sprechen. »Ich dachte wirklich, dass wir zusammen proben.« Sie schüttelte den Kopf. »Selbst schuld, ich naive Idiotin …«

»Es war Marlon, nicht wahr?«

Nicken. »Er wollte etwas ganz anderes. Aber er traute sich nicht. Deshalb hat er alles eingefädelt, und ich habe mich darauf eingelassen.«

Grimm strich ihr über den Kopf. »Hat er dir etwas getan?«

»Nein. Ich hatte Angst vor ihm, weil er plötzlich ganz anders war als sonst. Aber als ich wegwollte, hat er mich gehen lassen.« Sie schluchzte unerwartet. »Er hat auch den Mann nicht getötet, da bin ich mir sicher.«

»Welchen Mann?« Grimm starrte sie an. »Lydia, mein Kind, von welchem Mann sprichst du?«

»Da war ein Toter in dem Bootshaus. Marlon wurde plötzlich so zudringlich. Ich bin weggelaufen. Habe mich im Bootshaus versteckt. Und da lag er, in dem Kahn …«

Grimm wechselte auf den Standstreifen und machte eine Vollbremsung. Im selben Moment sah er den Schock in Lydias Augen und begriff, dass er falsch gehandelt hatte. Er nahm das Handy aus der Tasche und wählte van Dijks Nummer. Hörte das Freizeichen. »Jetzt mach schon, wieso brauchst du so lange …?«

»Was hast du vor, Papa?«

Grimm gab auf. »Ich werde zurückfahren. Aber vorher bringe ich dich nach Hause.«

»Nein, Papa.«

»Ich muss hin, verstehst du? Aber dir werde ich das kein zweites Mal zumuten.«

»Doch, ich werde mitfahren.«

»Nein, mein Schatz. Bitte, wir verlieren kostbare Zeit.«

»Trotzdem.«

47

Er wollte sie schonen, konnte sich aber seine Fragen nicht verkneifen. »Kanntest du den Mann?«

»Nein.«

»Du hast keine Ahnung, wer das sein könnte?«

»Vielleicht schon. Sein Gesicht kam mir irgendwie bekannt vor. Ich glaube, ich habe ihn schon mal im Fernsehen gesehen.«

»Manchmal sieht man Leute im Fernsehen, ohne sich für sie zu interessieren«, sagte Grimm. »Und später kommen einem die Gesichter bekannt vor, obwohl man den Namen noch nie gehört hat.«

Sie waren jetzt beinahe am Ziel. Andersens Grundstück geriet wieder in Sichtweite.

»Rixen?«, versuchte Grimm auf gut Glück. »Immerhin ist er Produzent für das Fernsehen.«

Das Handy klingelte. Es war van Dijk. »Du wolltest mich sprechen?«

»Ja. Versuche unbedingt, diesen Rixen zu erreichen. Fahr zu ihm nach Hause und sieh nach, ob er da ist. Es ist dringend.«

Dieses Mal klingelte Grimm am Gartentor. Es wurde automatisch geöffnet. Sie überquerten den Rasen. Jemand kam ihnen entgegen. Benjamin Andersen. »Ich hatte eigentlich nicht mit Besuch gerechnet«, sagte er. »Schon gar nicht mit der Kripo.«

»Ich möchte dein Bootshaus sehen«, verlangte Grimm ohne Umschweife.

Andersen wirkte irritiert, aber er war geübt darin, Irritation zu überspielen. »Das ist mal was anderes«, wunderte er sich. »Was willst du dort? Ich habe nur einen alten Kahn, der nicht mal seetüchtig ist.«

»Mich interessiert auch nicht der Kahn, sondern das, was darin ist.«

»Also gut«, sagte Andersen. »Du weißt, ich bräuchte dich überhaupt nicht hereinzulassen.« Er zuckte mit den Schultern.

»Aber was tut man nicht alles.« Er ging vor, Lydia und Grimm folgten.

»Wo ist dein Sohn?«, erkundigte sich Grimm.

»Er fühlt sich nicht wohl.« Sie waren am Bootshaus angelangt. »Danach allerdings müsste ich dich bitten zu gehen«, sagte Andersen. »In einer halben Stunde bekomme ich Gäste.«

Sein Grinsen war eindeutig. Noch bevor sie das Holzhaus betraten, wusste Grimm, dass dort keine Leiche war. Lydia dagegen war so perplex, dass sie stotterte. »Aber … ich weiß genau, dass sie da war. Unter der Plane versteckt …«

»Wer denn?«, fragte Andersen.

»Ein Toter«, beharrte Lydia. »Er lag in dem Boot.«

»Darf ich fragen, was Sie in meinem Bootshaus gesucht haben?«

»Ich war mit Ihrem Sohn hier.«

»Verstehe.« Andersen nickte. »Tja, wenn man schauspielert, muss man eine rege Phantasie haben. Glauben Sie mir, ich kenne das durchaus.«

»Ich habe mir das nicht eingebildet.«

Andersen schüttelte den Kopf, zum Zeichen, dass seine Geduld erschöpft war. »Hier ist keine Leiche«, sagte er schroff. »Schluss jetzt mit dem Theater. Wenn du etwas gegen mich vorzubringen hast, Björn, dann mach es jetzt oder verlasse mein Grundstück.«

»Lass nur«, beruhigte Grimm seine Tochter, während sie zu seinem Wagen gingen. »Er hat sie natürlich weggeschafft. Erst mal können wir nichts tun, aber wir werden ihn schon kriegen.« Er rief noch einmal van Dijk an. »Versuche, irgendwie ins Haus zu kommen. Wir müssen davon ausgehen, dass Rixen nicht mehr lebt. Und in seinem Haus könnten wir wichtige Hinweise finden.«

»Wie soll das gehen?«, sträubte sich sein Kollege. »Wir dürfen nicht einfach so in eine Privatwohnung eindringen.«

»Schon wieder diese Prinzipienreiterei«, erwiderte Grimm.

Von der Sekretärin des Produzenten erfuhren sie die Telefonnummer von Rixens Frau, die sich erst vor Kurzem von ihm getrennt hatte und aus dem gemeinsamen Haus ausgezogen war. Sie besaß noch einen Schlüssel und erklärte sich bereit, die Kripo hineinzulassen.

Van Dijk bestand darauf, Lydia zu sehen. Deshalb brachte Grimm sie nicht wie geplant nach Hause. Es war inzwischen halb elf Uhr abends. Van Dijk passte die beiden in Rixens Garten ab.

»Auf dem Schreibtisch lag eine Art Tagebuch«, erklärte er.

»Ein Tagebuch«, wiederholte Grimm.

»Ich weiß nicht so recht, ob wir damit was anfangen können. Schließlich wird Rixen wohl nicht darüber geschrieben haben, wer ihn umgebracht hat und wie.«

»Sehr witzig«, sagte Grimm.

»Aber die Kladde war aufgeschlagen«, meinte van Dijk. »Deswegen dachte ich, vielleicht finden wir ja einen Hinweis, wo er abgeblieben ist. Übrigens ist da von diesem Nest die Rede. Du weißt schon, im Emsland …«

»Brockwede?«

»Genau.«

48

Hauptkommissar Grimm verbrachte einen guten Teil der Nacht mit der Lektüre des Tagebuchs. Als er die grüne Kladde schloss, war es kurz vor vier. Die Sonne war inzwischen aufgegangen, und die Vögel begrüßten den neuen Sommertag mit allem, was sie hatten. Grimm legte sich ins Bett, aber er konnte nicht einschlafen. Er fragte sich, womit sich schlechter schlief: mit der Frage oder mit der Antwort?

Gegen neun Uhr suchte er Andersen in seiner Stadtwohnung auf, einem Penthouse am Fuße des Abteibergs. Von dort hatte man einen besseren Blick über die Dächer als bei Grimm, vor allem auf das Münster, das in der hellen Vormittagssonne fast golden leuchtete.

»Was willst du von mir?«, erkundigte sich Andersen. Er trug einen ähnlichen Bademantel wie sein Sohn neulich, hatte eine Tasse Kaffee in der Hand und bot Grimm keinen an.

»Du hast mir gesagt, dass ich mich in etwas verrannt habe. Dass ich meine ganze Existenz in die Waagschale werfe und nur das sehen kann, was ich sehen will.«

»Das ist richtig.«

»Deshalb lade ich dich zu einem Ausflug ein.«

»Ein Ausflug? Wohin?«

»Wart's ab. Für dich ergibt sich die Chance mitzuerleben, wie ich von meiner Besessenheit geheilt werde. Dann hättest du Ruhe vor mir.«

»Wusstest du, dass Rixen ein Tagebuch geschrieben hat?«, fragte er unterwegs.

»Rixen? Wer ist das?«

»Ein bekannter Filmproduzent, den du als Kulturschaffender eigentlich kennen solltest. Er hat über Ereignisse geschrieben, die über dreißig Jahre zurückliegen. Ereignisse, an denen auch du beteiligt warst. Und Sheila.«

Andersen sah aus dem Fenster. Anfangs, als sie auf die Autobahn gefahren waren, hatte er locker gewirkt. Hatte sich zurückgelehnt in der Pose des Ahnungslosen, der sich von dem, was kommt, überraschen lassen will. Jetzt saß er angespannt da und achtete genau auf die Richtung, die sie einschlugen.

»Außerdem – und das ist für meine Zwecke besonders praktisch«, fuhr Grimm fort, »hat er eine Skizze angefertigt. Genauer gesagt, sind es zwei. Zwei ziemlich detaillierte Skizzen. Eine von Brockwede und eine vom ›Hotel California‹.«

»Von einem Hotel?«

»Es ist ein Bauernhof. Sie nannten es nur ›Hotel‹. Nach dem Song, der damals ständig gespielt wurde, weißt du?«

»Nein«, sagte Andersen.

»Die Skizze wird uns in die Lage versetzen, alles ziemlich gut zu rekonstruieren.«

»Na dann«, sagte Andersen, »kann ich dir ja nur gratulieren.«

Im Laufe der weiteren Fahrt bildete sich Grimm sogar ein, dass Andersens Souveränität, die er immer so sehr bewundert hatte, allmählich von ihm abfiel. Der berühmte Autor war wortkarg, und die Rolle des Wortkargen stand ihm nicht. Sie ließ ihn alt wirken.

»Ich weiß nicht, was du von mir willst«, sagte Andersen schließlich in das Schweigen hinein. »Aber nehmen wir jetzt einfach mal das andere an.«

»Das andere?«

»Deine Mutmaßung, was damals vorgefallen sein könnte. Was würden wir dann tun? Es wäre doch längst vergangen, und niemand könnte im Nachhinein etwas daran ändern, selbst wenn er wollte.«

»Wird das etwa ein Geständnis?«

Andersen schnaubte abfällig. »Vergiss es, Björn.«

»Also gut, nehmen wir das andere an. Dann fahren wir jetzt dorthin, wo es sich ereignet hat, und wissen danach Bescheid. Dann gibt es keine Fragen mehr und keine Zweifel.«

»Aber ich habe mich geändert seit damals, Björn. Genauso wie du. Wir sind andere Menschen und haben Sinnvolles aus unserem Leben gemacht. Das zählt schließlich auch.«

»Klar.«

»Wichtig ist, was jetzt ist. Mein Gott, Björn, das ist schließlich der Grund, weshalb man von Jugendsünden spricht. In diesem Alter bricht man so manches vom Zaun, worüber man später nur noch den Kopf schütteln kann. Aber welchen Sinn macht es denn, in Sack und Asche zu gehen, noch bevor das Leben richtig angefangen hat?«

»Ich frage mich etwas anderes«, sagte Grimm. »Wie schaffst du es, jede Nacht einzuschlafen, ohne dass es spukt?«

Natürlich blieb sich Grimm bis zum Schluss unsicher, aber mit Hilfe der von Rixen angefertigten Skizzen fanden sie nicht nur Brockwede, sondern auch den Ort, an dem sich der Bauernhof befinden musste.

»Es ist ein ehemaliger Bauernhof«, erklärte Grimm. »Damals, vor einunddreißig Jahren, waren die Gebäude schon in baufälligem Zustand. Die Outlaws konnten sich völlig abgeschottet und unbemerkt von der Außenwelt dort einnisten. Und später wieder verschwinden.«

Endlich waren sie angekommen. Die Skizze im Tagebuch ließ keinen Zweifel daran, dass es hier sein musste, auch wenn keines der Gebäude mehr stand. Sie fanden ein leeres Grundstück vor: eine Wiese, vom Klee durchwachsen, und linker Hand eine kopfsteingepflasterte Fläche mit einem rostigen Ablaufgitter in der Mitte – wie Grimm vermutete, der ehemalige Innenhof des »Hotel California«. Einziges verbliebenes »Bauwerk«: das Fragment einer Mauer, kaum noch einen halben Meter hoch, an der Stelle, an der sich laut Grundriss der Scheunengiebel befunden haben musste. Daran lehnte ein großes Schild: »Hier entsteht demnächst der Reiterhof Ponyworld«. Ganz in der Nähe parkten ein Bagger und zwei Planierraupen, die nicht sehr beschäftigt aussahen. Rechts und links reichten Felder bis zum Horizont, nach Osten hin erstreckte sich ein kleiner Wald.

»Hinter diesem Waldstück lag damals das Grundstück der Kaspians«, erklärte Grimm. »Sein Haus steht bestimmt noch.«

Andersen sagte nichts. Aber immerhin verkniff er sich eine spöttische Bemerkung. Obwohl so gut wie nichts mehr von damals übrig war, schien er von dem Szenario in Bann geschlagen, fand Grimm.

Doch er täuschte sich. Schlagfertig und schlau, wie Andersen war, begriff er bald, dass hier nichts war, das die Anwesenheit der Kripo erforderlich machte. Grimms Andeutungen von einer Antwort auf alle Fragen waren leere Drohungen gewesen.

»Ich weiß nicht, wie es dir geht, Björn«, sagte er, nachdem sie eine Zeit lang auf dem Gelände herumspaziert waren. »Aber es fällt ein wenig schwer, sich all das vorzustellen, was hier, wie du sagst, gewesen sein soll.«

Er hat recht, dachte Grimm. Hier ist nichts mehr. Die Vergangenheit ist vergangen. Ich habe nichts in der Hand. »Wart's ab«, gab er trotzig zurück. »Du wirst dich wundern, was die Spurensicherung so alles zutage fördert.«

Ben musterte ihn mit einem Blick, in den der gewohnte Spott zurückgekehrt war. Außerdem meinte Grimm einen Anflug von Mitleid auszumachen.

»Lass uns nach Hause fahren«, sagte Andersen. Er sah auf seine Uhr. »Ich habe schließlich nicht den ganzen Tag Zeit.«

49

Auf der Rückfahrt fragte sich Grimm, was er eigentlich von Andersen erwartet hatte. Ein Geständnis? Einen Zusammenbruch? Wahrscheinlich weder das eine noch das andere, woraus man den Schluss ziehen musste, dass diese Tour ins Emsland keine sehr vernünftige Aktion gewesen war.

Der Mangel an Abwechslung war ein Charakteristikum dieser Gegend. Plattes Land bis zum Horizont, durchzogen von schnurgeraden Straßen, nur die verschiedenen Getreidesorten sorgten für farbliche Auflockerung. Wenn eines Tages die Polkappen abgeschmolzen waren, dachte Grimm, würde all das Meeresgrund sein. Er stellte sich riesige Fischschwärme vor mit Millionen winziger Fischlein, die in allen Farben leuchteten und über diese Äcker und Felder hinwegzogen. Langbeinige Krabben, die über die Straßen stelzten, und Kraken, die in den wenigen Hütten und Gehöften lauerten. Menschen würde es hier nicht mehr geben, aber die Landschaft wäre allemal sehenswerter.

Mit Andersen sprach er kaum noch. Der Schriftsteller telefonierte ständig, sprach mit Pressevertretern und verhandelte über Interviews. Dennoch war der Hauptkommissar zuversichtlich. Es gab vielleicht noch keine eindeutigen Beweise, aber Grimm wusste jetzt, was damals vorgefallen war. Und Andersen war klar, dass Grimm es wusste. Das Katz-und-Maus-Spiel würde ein Ende haben.

»Also dann«, sagte Andersen, als Grimm den Wagen vor dessen Haus stoppte. »Tut mir leid, dass das alles so wenig gebracht hat.« Er lächelte. »Aus deiner Sicht wenigstens.« Damit öffnete er die Wagentür.

»Nur noch eine letzte Frage, Ben«, hielt Grimm ihn auf. »Wo habt ihr den Hund begraben? Jimmy hieß er, glaube ich. Tom Rixen hat im Tagebuch nichts davon erwähnt.«

Andersen schwang sich aus dem Wagen. »Danke für diesen recht speziellen Ausflug, Björn«, sagte er, stieg aus und ließ die

Tür zufallen. Er ging ins Haus, ohne sich noch einmal umzudrehen.

Grimm fuhr weiter zum Präsidium. Der Himmel war bedeckt, und kurz bevor er das Gebäude betrat, spürte er einzelne Regentropfen auf seiner Haut. Er blieb stehen, schnüffelte den Regen, der in der Luft lag, und nahm ihn als hoffnungsvolles Zeichen. Endlich bewegte sich etwas. Wäre ich Ben, dachte er, würde ich den Regen fürchten …

Eine Frau trat auf ihn zu. »Entschuldigung, sind Sie Hauptkommissar Grimm?«

Sie war schätzungsweise Anfang dreißig, hatte kurzes Haar und war stark geschminkt.

»Und wer sind Sie?«, fragte er zurück.

»Britt Krombach von ›News and Infos‹.«

»Ist das eine Zeitung?«

»Eine Sendung im Fernsehen. Stimmt es, dass Sie gegen Benjamin Andersen ermitteln?«

»Und wenn, warum wollen Sie das wissen?«

Sie lächelte. »Weil das eine Nachricht ist. Und Nachrichten sind unser Geschäft. Welches Delikt ist Gegenstand der Ermittlung?«

»Kein Delikt, sondern ein Verbrechen. Es handelt sich um Mord. Allerdings wurde bisher noch kein Haftbefehl erlassen.«

»Gibt es denn überhaupt Beweise?«

»Zu diesem Zeitpunkt noch nicht, aber immerhin eindeutige Hinweise. Ein Tagebuch zum Beispiel, das ihm einen Mord zur Last legt.«

»Interessant. Was ist das für ein Tagebuch?«

»Das werden wir Ihnen zu gegebenem Zeitpunkt mitteilen.« Grimm wandte sich dem Eingang zu. »Bis dahin muss ich Sie bitten, die Informationen vertraulich zu behandeln.«

In seinem Büro servierte ihm van Dijk einen Plastikbecher mit lauwarmem Mineralwasser. »Wie war deine Tatortbegehung?«, erkundigte er sich.

»Leider nicht sehr aufschlussreich«, sagte Grimm. »Sag mal,

seit wann lauert hier die Presse vor der Haustür? Das ist doch ein stinknormaler Mordfall und nicht Watergate.«

»Dann hast du es also noch nicht gehört.«

»Gehört? Was denn?«

Van Dijk drehte den Monitor in Grimms Richtung und zauberte per Mausklick die neuesten Nachrichten auf den Bildschirm. Eine davon – sie trug den Titel »Meismann-Preis nach elf Jahren wieder nach Deutschland vergeben« – vergrößerte er.

Grimm las:

Heute wurde gemeldet, dass der diesjährige Gustav-Meismann-Preis an den bekannten Schriftsteller Benjamin Andersen verliehen wird. Andersen hat sich durch Romane wie »Falschaussage« und »Schein, der trügt« eine große Leserschaft erworben. Der Romancier betätigt sich auch als Theaterautor und Essayist und wirkte außerdem an zahlreichen Fernsehproduktionen mit. Andersen hat sich als kritischer und oftmals unbequemer Querdenker einen Namen gemacht, der gesellschaftliche Tabus bewusst verletzt und Grenzen überschreitet. Wie kaum ein anderer versteht er es, seine Leser zu polarisieren, mitunter auch zu provozieren. Er scheute sich nie, kontroverse Themen aufzugreifen, und sorgte mit seinen Werken immer für lebhaften gesellschaftlichen Diskurs. Seine ganz spezielle Art und Weise, Eintracht zu schaffen, indem er Zwietracht sät – wie Hinrich G. Koschek, sein berühmter Kollege, es einmal formuliert hat – macht ihn zu einem würdigen Träger dieser hoch renommierten und dotierten Auszeichnung. Der Preisträger zeigte sich geehrt, jedoch nicht überrascht, da diese Auszeichnung für ihn schon seit Langem fällig sei, wie er es ausdrückte. Sowohl Bundeskanzlerin als auch Bundespräsident gratulierten telefonisch …

»Deshalb hat er während der Fahrt immer wieder telefoniert.« Grimm nickte.

»Für uns ist das nicht die beste Nachricht, was?«, sagte van Dijk.

»Warum? Denkst du vielleicht, wir könnten ihn jetzt nicht mehr wegen Mordes drankriegen?«

»Es könnte schwieriger werden.«

»Dass ausgerechnet du das sagst. Dabei ist die Justiz doch wohl unabhängig, oder nicht? Jeder gilt in diesem Land als unschuldig, bis anderes erwiesen ist. Von mir aus kann sich Ben gern noch eine schwülstige Laudatio anhören, bevor wir ihn hopsnehmen.«

»Aber wir können ihn nicht hopsnehmen, weil wir nichts gegen ihn in der Hand haben.«

»Noch nicht«, korrigierte Grimm. »Noch haben wir nicht gefunden, was wir suchen, aber wir wissen jetzt, wo wir suchen müssen. Andersen ist unser Mann, nicht Marlon und nicht Lichter. Wir werden alles, was wir haben, auf dieses Ermittlungsziel konzentrieren.«

Das Telefon klingelte. Grimm nahm ab. »Ja?«

»Bist du das, Björn?«, fragte Grünbergs Stimme. »Ich hatte gerade einen Anruf von einer Frau Krombach vom Fernsehen. Sag mal, hast du der Presse gesagt, dass wir es auf Andersen abgesehen haben?«

»Nein. Das heißt, ja. Ich habe aber gesagt, dass es noch keine Beweise gibt.«

»Sag mal, wie naiv bist du eigentlich?« Der Kriminalrat hörte sich sauer an. »Kannst du zu mir rüberkommen?«

Grimm legte auf. »Halt hier die Stellung«, sagte er zu van Dijk. »Ich muss eben etwas mit unserem Vorgesetzten klären.«

Grimm verteidigte sich damit, dass er nichts von dem Literaturpreis gewusst habe, als er die Fragen der Journalistin beantwortet hatte, aber Grünberg ließ das nicht gelten. »Ich dachte, du wärst ein Profi«, sagte er. »Jetzt wird die Presse ein schönes Süppchen drauf kochen.«

»Na schön, Hannsjörg, ich bereue es ja selbst.«

»Noch bevor die vom Fernsehen angerufen haben, hat man mir von ganz oben ans Herz gelegt, die Sache mit Andersen nicht zu übertreiben.«

»Zu übertreiben? Was ist damit gemeint? Wie kann man die Suche nach der Wahrheit übertreiben?«

»Zum Beispiel, indem man die Presse gezielt mit Fehlinformationen versorgt, damit sie sich über die betreffende Person das Maul zerreißt.«

»Hör zu, Hannsjörg: Wir dürfen uns keine Blamage leisten, da hast du recht. Also müssen wir möglichst schnell mit Ergebnissen aufwarten. Dann haben die Spekulationen ein Ende. Und keiner kann mehr von einer Kampagne reden.«

»Ganz meine Meinung. Wo sind denn die Ergebnisse?«

»Die Laboruntersuchung hat eindeutig ergeben, dass das Seil, mit dem Cornelia Meyring verschnürt war, nicht im Hohlraum unter dem Niersufer, sondern in Andersens Tümpel gelegen hat.«

»Und weiter?«

»Nichts weiter. Der Tümpel befindet sich auf seinem Grundstück, und –«

»Was soll denn das beweisen? Dieses Grundstück ist kein Hochsicherheitstrakt. Man kann es vom Wasser aus sogar unbemerkt betreten. Also ist alles möglich. Jemand könnte die Tote ohne Andersens Wissen in den Tümpel geworfen haben.«

»Zweiter Punkt: Rixen, der Produzent. Meine Tochter hat seine Leiche in Andersens Bootshaus gesehen –«

»Und seitdem ist sie spurlos verschwunden«, unterbrach Grünberg. »Also haben wir gar nichts.«

»Aber das ist doch nicht dein Ernst.«

»Es ist mein Ernst. Du weißt so gut wie ich, Björn, dass wir Beweise brauchen. Und komm mir jetzt nicht wieder damit, dass Prominente wie Andersen mehr Rechte genießen. Wenn wir nicht fähig sind, Konkretes vorzulegen, und es bei bloßen Verdächtigungen belassen, dürfen wir uns nicht beklagen, wenn seine Anwälte uns alles um die Ohren schlagen.«

»In Brockwede wird es Hinweise genug geben, wenn wir uns nur die Mühe machen zu suchen.«

»Was willst du denn da finden?«

»Das weiß ich doch jetzt noch nicht. Deshalb sollten wir lieber heute als morgen mit der Suche anfangen.«

Kriminalrat Grünberg nickte ernst, dann schüttelte er bedauernd den Kopf. »Nein, das werden wir nicht.«

»Was sagst du da?«

»Es tut mir leid, aber ich kann das nicht befürworten. Wie denn auch, bei der dünnen Personaldecke? Wir haben hier dringende Sachen zu erledigen, die Arbeit stapelt sich. Um einen Acker im Emsland umzugraben, nur auf die vage Vermutung hin, dass wir da vielleicht irgendwas finden können, von dem wir nicht einmal wissen, was es ist, dazu fehlen uns die Kapazitäten.«

50

Am späteren Nachmittag gab sich der Regen geschlagen. Der Himmel riss auf, die Sonne brannte wie gewohnt und erhitzte die Luft, dass sie flimmerte. Grimm führte verschiedene Telefongespräche mit der Gemeinde Brockwede und der Firma, die das Grundstück erworben hatte. Ohne greifbaren Erfolg. Inzwischen gestand er sich ein, dass sein Optimismus verfrüht gewesen war. Widerwillig nahm er zur Kenntnis, dass er tatsächlich nicht weiterkommen würde. Er hatte sich schon am Ziel geglaubt, und jetzt schien es, als sei er weiter davon entfernt als je.

In der Presse wurde er zitiert mit seinen vagen Andeutungen, die einmütig als Vorverurteilungen kommentiert wurden. Grimms mediale Attacke gegen Andersen ging nach hinten los. Der Schriftsteller nahm im Fernsehen dazu Stellung. Es war ihm anzusehen, wie sehr er seinen Auftritt genoss. Und es war ein perfekter Auftritt, der Grimms Andeutungen wie zusammenhangloses Gestammel wirken ließ. In seinem malerischen Garten erklärte er den Journalisten, dass solche Kampagnen die Schattenseite des Erfolgs darstellten. »Wer sich öffentlich macht«, sagte er, »macht sich auch öffentlich angreifbar. Schalten Sie den Fernseher ein: Die Menschen lieben alles Dunkle, das sich angeblich hinter heilen Fassaden verbirgt. Sie schnüffeln gern an schmutziger Wäsche.«

Wie zur Bestätigung seiner Worte brachte das Fernsehen am späten Abend eine aktuelle Dokumentation über die Kaspianmorde, in der die Versuche, Andersen in die Sache zu verwickeln, als windige Verschwörungstheorien entlarvt wurden. Auch hier kam Andersen noch einmal zu Wort: Nicht nur ihm als Schriftsteller, gab er zu bedenken, sondern jedem Menschen sei es gegeben, Wirklichkeit von Fiktion zu unterscheiden. Einzige Grundlage für seine angebliche Verwicklung in das Kaspiandrama sei ein Text, über den man literarisch gesehen durchaus unterschiedliche Meinungen einnehmen könne. Nur darüber, dass es sich um Erfindung handele und nicht um die Wirklichkeit, darüber gebe es nirgends einen Zweifel.

Ben Andersen war so überzeugend, dass selbst Grimm ihm beinahe Glauben schenkte.

Am frühen Donnerstagabend saß der Hauptkommissar draußen auf dem Balkon, trank Bier und ärgerte sich über sich selbst, weil er ein schlechter Verlierer war. Was hatte er sich vorzuwerfen? Er hatte alles versucht, trotzdem war Andersen am Ende der Bessere gewesen. Nur ging es hier nicht um einen fairen Wettkampf, und Grimm hatte nicht die geringste Lust darauf, Andersens Sportsfreund zu sein. Schließlich hatte er seine ganze Existenz in die Waagschale geworfen. Dies war kein Spiel und Verlieren keine Option.

Grimm holte das Telefon und tippte van Dijks Nummer ein. Natürlich wollte er nicht mit seinem Kollegen sprechen, sondern mit Lydia. Aber dann ließ er es doch sein. Er fühlte sich plötzlich wie jemand, der im Vorbeigehen unabsichtlich in den Spiegel geblickt hat. Und dort einen alten Mann sah, der sich langweilte und deshalb seiner Tochter auf die Nerven ging.

Björn Grimm dachte an sein früheres Leben zurück. Fast zwei Jahrzehnte war es ausgefüllt gewesen von der Planung gemeinsamer Urlaube, den Hausaufgaben, der Klavierstunde und den Terminen beim Kinderarzt. Alltäglichkeit, die ihn damals oft gestresst hatte. Für Fragen wie die nach dem Sinn des Ganzen hatte er damals keine Zeit. Heute würde ich alles darum geben, noch mal diesen Stress zu haben, dachte er. Immerzu reden wir davon, dass das Leben sich ändert, so als sei es eine Selbstverständlichkeit. Es ändert sich auch, aber niemals sind wir darauf vorbereitet. Wie konnte ich nur all dies in die Waagschale werfen?

Sein Telefon klingelte. »Was gibt's?«, meldete er sich.

»Hier ist Schubert«, sagte die Stimme eines älteren Mannes. »Sie kennen mich nicht.«

»Das ist richtig. Was kann ich für Sie tun?«

»Ich bin von der Firma Storck und Partner.«

»Diese Firma sagt mir nichts.«

»Wir bauen den Pferdehof Ponyworld. Das heißt, momentan

sind wir dabei, Platz zu schaffen für die auf dem Areal geplanten Gebäude, und ich hab die Bauaufsicht. Deshalb melde ich mich jetzt bei Ihnen.«

»Bei mir? Weshalb?«

»Sie hatten doch Ihre Telefonnummer hinterlassen, falls wir irgendwas Ungewöhnliches finden. Gerade heute hat der Bagger etwas zutage gefördert. Zum Glück hat der Kollege schnell geschaltet und sie nicht zum restlichen Abraum geschaufelt.«

»Sie? Was meinen Sie denn?«

»Knochen. Der Chef meint, es sind menschliche Knochen. Deswegen rufe ich Sie ja an.«

Grimm hatte das zweite Bier schon beinahe ausgetrunken. Einen Moment überlegte er, allein loszufahren, doch dann wählte er die Nummer, die er schon eingetippt hatte. »Du musst mich nach Brockwede fahren«, sagte er, als van Dijk sich meldete.

»Jetzt?«

»Ja. Es ist dringend.«

»Aber wir wollten gerade essen gehen.«

»Essen gehen kannst du später. Ich bezahle auch gern. Aber jetzt brauche ich dich. Der Mann von der Baufirma wartet auf uns.«

»Welcher Mann?«

»Also dann. In zehn Minuten bei mir vor dem Haus.«

Van Dijk war pünktlich. Er sah ungewohnt aus, ausgehfertig. Feine Garderobe stand ihm nicht.

»Tut mir leid, dass ich euch den Abend vermasselt habe«, entschuldigte sich Grimm.

»Schon gut. Wir konnten uns eh nicht auf ein Restaurant einigen. Wie das so ist.«

»Wie ist es denn?«

»Eigentlich alles bestens. Aber seit dieser Sache vorgestern ist Lydia nicht gut zu sprechen.«

»Auf was?«

»Auf alles. Vor allem auf meinen Job.«

»Das wundert mich. Wo sie doch plant, ihn auch zu dem ihren zu machen.«

»Das ist lange vorbei. Lydia hat keine Lust mehr auf die Kripo. Du denkst, sie würden Verbrechen aufklären, sagt sie. Und dann fühlst du dich nur veralbert.«

»Veralbert?«

»Sie hat eine Leiche in dem Bootshaus gesehen, Björn. Aber niemand glaubt ihr. Es ist so, als würde es diese Leiche nicht geben. Ein Mord, der geschehen ist, ist gar nicht geschehen.«

»Juristisch gesehen ist das auch so. Es geht nicht anders. Ohne Leiche kein Verbrechen.«

»Aber Tom Rixen ist auch spurlos verschwunden.«

»Und wie lautet deine Schlussfolgerung? Willst du Andersen festnehmen, weil Rixen verschwunden ist?«

»Trotzdem. Lydia hat recht. Andersen lässt sich im Fernsehen feiern und hält Reden über Frieden und ein besseres Zusammenleben der Völker. Das macht sie wütend.«

Grimm schüttelte den Kopf. »Frieden und besseres Zusammenleben«, sagte er. »Daran ist doch nichts Falsches.«

Nach einer fast dreistündigen Fahrt hielten sie vor der evangelischen Dorfkirche von Brockwede, Schuhmachers Haus befand sich direkt gegenüber. Inzwischen war es dunkel. »Wenn wir Glück haben«, sagte Grimm, »und ich gehe dieses Mal davon aus, dann könnt ihr morgen wieder gemeinsame Berufspläne schmieden.«

»Wie soll ich das verstehen?«

»Ben Andersen kann gern weiter seine Reden schwingen«, sagte Grimm aufgeräumt. »Aber schon bald muss er es von einem anderen Ort aus tun.«

Ein Mann und eine Frau traten aus dem Haus. Die beiden Kripobeamten gingen ihnen entgegen. »Das ist Herr Schubert von der Baufirma«, sagte Grimm. »Und das ist Frau Dr. Kadiani von der Rechtsmedizin in Osnabrück, die sich freundlicherweise bereit erklärt hat, ihren Feierabend zu opfern.«

Gemeinsam fuhren sie zur neuen Baustelle der Firma Storck und Partner. Mit einem Handstrahler bewaffnet, ging Schubert voran. Auch des Nachts prägte Eintönigkeit die Gegend: Der Horizont war ein gerader schwarzer Strich, der sich gegen die dunkelblaue Nacht abhob. Rechter Hand ragte der Bagger wie ein schlafendes Urzeitmonstrum gegen den sternenübersäten Himmel auf. Daneben das Loch, das er gerissen hatte. Suchend schwenkte der Lichtkegel des Strahlers und verhielt schließlich über einer Stelle direkt unter dem Rand. Schubert kletterte in die Kuhle hinein. »Sehen Sie die Holzpfeiler da drüben? Hier hat früher was gestanden, eine Scheune oder so etwas.«

Dr. Kadiani folgte dem Mann von der Baufirma. Grimm sah ihr über die Schulter. Er erkannte mehrere längliche Knochen, den Rest eines Brustkorbs, einen Schädel. Also war es nicht Jimmy, der Hund. Jemand hatte hier einen Menschen begraben.

Dr. Kadiani ließ sich Zeit, um die Fundstücke zu prüfen. Schließlich richtete sie sich auf. »Es ist schwer, etwas Genaues zu sagen. Ich vermute, dass es sich um eine Frau handelt. Um Alter, Todesursache und -zeitpunkt zu bestimmen, brauche ich mehr Zeit. Die Identifizierung wird schwierig werden.«

»Das glaube ich nicht«, widersprach Grimm. »Im Gegenteil, denn diese Fragen kann ich fast alle beantworten. Diese Frau war neunzehn Jahre alt und liegt dort seit einunddreißig Jahren. Ihr Name ist Sheila Tilbeck.«

Auf der Rückfahrt war Grimm hin- und hergerissen zwischen damals und heute. Er dachte an Sheila und den Abend, an dem er mit ihr das Folkkonzert besucht hatte. An ihre erste Nacht. Und er hörte ihre Stimme, als sie nach all der Zeit angerufen und ihn um Bens Nummer gebeten hatte. Er sah sie heute, das, was von ihr übrig war, ein paar Knochen in einer Baugrube. Trotzdem: Er hatte sie endlich gefunden. Und damit den, der sie brutal abgeschlachtet hatte. Und der ihm jetzt allen Ernstes weismachen wollte, dass er ein anderer Mensch war und etwas Sinnvolles aus seinem Leben gemacht hatte. Jetzt kommt der Tag, an dem alle erfahren werden, was du wirklich daraus gemacht hast, dachte Grimm: etwas Abstoßendes, Ekelerregendes.

Der nächste Tag holte ihn auf drastische Weise in die nüchterne Realität zurück. So viele Jahre Routine, auf die er sich etwas einbildete, hatten doch nicht verhindern können, dass ihm immer noch klassische Anfängerfehler unterliefen.

»Was soll das bitte schön heißen, er ist so gut wie geliefert?«, fragte Grünberg. Der Kriminalrat machte einen kränklichen Eindruck. Mitten in der heißesten Jahreszeit hatte er sich einen Schnupfen geholt. Sein Schreibtisch quoll über vor gebrauchten Papiertaschentüchern.

»Ganz klar«, meinte Grimm. »Wir haben eine detaillierte Beschreibung der Ereignisse, die damals auf diesem Bauernhof stattfanden. Andersen bezeichnet sie als frei erfunden. Aber jetzt haben wir ein Mordopfer auf diesem Gelände entdeckt. Und damit den Beweis, dass alles, was in diesem Buch steht, der Wahrheit entspricht.«

Grünberg schnäuzte sich. Er trat ans offene Fenster und legte das Taschentuch auf die Fensterbank. »Wie sieht denn dieser Beweis aus? Dass jemand, den wir nicht befragen können, etwas in eine Kladde geschrieben hat, etwas, in dem Andersen nicht mal namentlich genannt wird?«

»Immerhin werden wir beweisen können, dass die Tote auf dem Grundstück Sheila Tilbeck ist.«

»Schön und gut. Aber was hat Andersen damit zu tun?«

»Andersen hat sie getötet. Genauso wie er Nellie Meyring ermordete und höchstwahrscheinlich auch Rixen.«

»Wo ist Rixen? Wir können nicht mal beweisen, dass er tot ist.«

»Wie man sieht«, entgegnete Grimm sauer, »ist Andersen relativ erfolgreich, wenn es darum geht, Leichen verschwinden zu lassen.«

»Pech für uns«, stellte Grünberg ungerührt fest. Er vergrub auf seine typische Art die Hände in den Hosentaschen. »Du kannst es drehen und wenden, wie du willst, Björn. Aber mit dem, was wir haben, brauchen wir uns beim Staatsanwalt nicht sehen lassen.«

Vor Grünbergs Büro traf Grimm van Dijk, der auf dem Weg zu ihm war. »Nur keine Eile«, blaffte er den Jüngeren an.

»Du hast gesagt, jetzt haben wir ihn. Dann hast du dich also getäuscht?«

»Allerdings. Wir hatten ihn nie. Der Kerl war die ganze Zeit über auf der sicheren Seite.« Grimm machte eine vage Handbewegung, während er sich entfernte. »Lydia hat recht: Am Ende wirst du nur veralbert.«

»Dann müssen wir eben alles tun, um ihm den Meyring-Mord nachzuweisen«, rief van Dijk.

Grimm blieb stehen und drehte sich um. »Und was, bitte sehr? Geh hinein und rede mit dem Chef. Der würde dem Träger eines internationalen Buchpreises nicht mal ein Ticket für Falschparken ausstellen.«

51

Nach Feierabend hatte Grimm eigentlich vor, nach Hause zu fahren. Unterwegs feilte er an seiner Jubiläumsrede und versah sie mit einem neuen Grundton. Er nahm sich vor, mit konkreten Zahlen zu belegen, wie viele Steuergelder polizeiliche Ermittlungen verschlangen. Muss man diese Gelder nicht als verschwendet ansehen, wollte er seine Zuhörer fragen, wenn es um Ermittlungen geht, die sich gegen Personen des öffentlichen Lebens richten, welche man als unantastbar bezeichnet? Und er wollte schließen mit der Empfehlung, dass es wesentlich sinnvoller sei, besagte Geldsumme für andere Dinge auszugeben, beispielsweise für die Pflege der städtischen Grünflächen.

Und dann verschlug es ihn wieder in die Innenstadt. Die Kneipen und Biergärten waren voll besetzt und Grimm musste einen langen Fußweg von seinem Parkplatz zu dem renovierten Gründerzeithaus in Kauf nehmen. Nachdem er sich per Gegensprechanlage zu erkennen gegeben hatte, wurde die Tür geöffnet, und er nahm den Aufzug hinauf ins Penthouse. Grimm trat ein, roch Pfeifentabak und hörte klassische Musik, irgendein Chopin-Stück.

Andersen hatte ein perfektes Outfit. Er wirkte jung und dynamisch, dabei konnte man eigentlich nicht sagen, dass er auf jung machte. »Gina hat noch einen Termin«, sagte er. »Zwanzig oder fünfundzwanzig Minuten, dann ist sie hier. Und du musst gehen.«

»Ich hatte nicht vor, lange zu stören.«

Andersen hielt die Flamme seines Feuerzeugs in den Pfeifenkopf und sog. Der Tabak glühte. »Was willst du, Björn? Irgendwelche Neuigkeiten?«

»Allerdings. Wir haben dort oben in Brockwede eine Leiche gefunden. Vielleicht hast du ja davon gehört.«

»Nein, das habe ich nicht. Wie ich dir schon gestern sagte, gibt es eine Menge anderer Dinge, die zurzeit meine Aufmerksamkeit erfordern.« Andersen begab sich hinaus auf den Dachgarten. Grimm folgte ihm.

»Noch etwas?«, erkundigte sich Andersen, ohne sich umzusehen.

»Wir beide wissen doch, dass sie es ist.«

Andersen paffte vor sich hin. Er seufzte genervt. »Du hast es immer noch nicht begriffen, nicht wahr?«

»Begriffen? Was denn?«

»Dass die Sache zu Ende ist.«

»Nein, das habe ich nicht. In diesem Punkt hast du recht. Ich bin ein schlechter Verlierer.« Grimm wandte sich zum Gehen. »Also dann. Ich wünsche dir noch einen unterhaltsamen Abend.«

»Selbst wenn …«

Grimm kam noch einmal zurück. »Selbst wenn was?«

»Ich denke an ein Gespräch, das wir hatten. Es war vor einer Ewigkeit. Du warst so überzeugt davon, dass man sich nur an Regeln halten muss, und alles geht wie von selbst.«

»So habe ich das nicht gesagt.«

»Oh doch, vielleicht nicht mit diesen Worten. Aber du warst wie besessen von den Regeln, die für alle gelten. Etwas zu tun, weil die Überzeugung es einem abverlangt, so etwas war für dich undenkbar. Eine klassische Spießermentalität. Sie ist es, die dich zu dem gemacht hat, was du jetzt bist.«

»Richtig. Ich erinnere mich«, sagte Grimm. »Du hast damals vorgeschlagen, einen Präzedenzfall zu schaffen.«

»Exakt.« Andersen lächelte. »Jetzt sind wir wieder beieinander, so wie damals, nicht wahr?«

Es war tatsächlich so wie damals, ein irritierendes, unangenehmes Gefühl. Andersen stand vor ihm und hatte exakt sein Grinsen von damals aufgelegt.

»Du meinst also«, sagte Grimm, »das hier ist der Präzedenzfall?«

»Er könnte es doch sein, oder?«

»Wo ist denn das Gute, das du bewirkt haben willst? Wie kann man Gutes bewirken, indem man einen Menschen tötet?«

Kopfschütteln. »Das ist ein weites Feld, Björn, das wir hier nicht erörtern können. Aber wenn du nach Gutem fragst: Schlag eine Zeitung auf, schalte den Fernseher ein. Du kannst so viele Kampagnen in Gang setzen, wie du willst, mein Lebenswerk steht außer Frage, und du kannst es nicht kleinreden. Da ziehst du den Kürzeren, du wirst es sehen.«

Grimm starrte seinen alten Feind an. Was rege ich mich auf, ging ihm durch den Kopf. Da steht dieser Mann und gibt zu, dass er das getan hat, weswegen ich ihn verdächtige. Wir sind nur zu zweit, und sein Geständnis ist nichts wert. Das ist es, was er unter Präzedenzfall versteht: Er begnügt sich nicht damit zu gewinnen. Mir ins Gesicht zu sagen: Ich war's, aber du kannst mich nicht dafür belangen – das ist sein eigentlicher Triumph.

»Im Übrigen solltest du Folgendes bedenken«, fuhr Andersen fort und deutete mit dem Mundstück seiner Pfeife auf ihn. »Der Mensch verfügt über viele Möglichkeiten, sich mit der Realität auseinanderzusetzen. Du bist Bulle, und als solcher kennst du nur eine: das Geständnis, das die gerechte Strafe zur Folge hat. Nun ja, manchmal ist sie auch nicht ganz gerecht, doch wen kümmert das schon? Hauptsache, der Pöbel hat das Gefühl, dass die Welt wieder in Ordnung ist. Vielleicht interessiert es dich –«

»Spar dir das.« Grimm unterbrach ihn mit einer aggressiven Handbewegung. »Spar dir das.« Er verließ die Wohnung und ließ die Tür offen stehen.

»Wenn du verstehen willst, was ich meine«, rief Andersen hinter ihm her, »dann lies mein neues Buch!«

52

Der neue Andersen. Von der Kritik hochgelobt, ein großer Roman in jeder Beziehung, ein Meilenstein deutschsprachiger Literatur. Grimm kaufte ihn nicht, aber er ging in einen Buchladen, nahm ein Exemplar vom Stapel und blätterte es durch. Es ging um eine Hippiekommune, die mit hehren Idealen antrat, eine Alternative zur sinnfreien und gewinnorientierten Restgesellschaft zu leben, und die im Verlaufe des Buches zu einer gewaltbereiten kriminellen Gruppe mutierte.

Das also hatte Andersen damit gemeint, als er von den vielen Möglichkeiten sprach, sich mit der Realität auseinanderzusetzen.

Hauptkommissar Björn Grimm verzweifelte trotzdem nicht am Sinn von Recht und Gerechtigkeit, was ihn selbst überraschte. In seiner Jubiläumsansprache äußerte er zwar den Vorschlag bezüglich der Grünflächen und erntete einige Entrüstung, aber im Großen und Ganzen hatte er das Gefühl, dass es reichte. All diese langen Jahre hatte er sich an einem Problem abgearbeitet. Es waren zu viele Jahre gewesen. Und dies war ihm paradoxerweise an jenem Abend klar geworden, als er Andersen in seinem Penthouse besucht hatte und dieser ihm erklärt hatte, was er unter dem Präzedenzfall verstand.

Van Dijk dagegen schien die Schlappe nicht so leicht wegzustecken. Vielleicht hätte er das, wenn sich im Mordfall Meyring neue Spuren ergeben hätten, aber die Ermittlung zog sich hin, ohne dass weitere Hinweise auftauchten. Wie denn auch – van Dijk war sich sicher, die Antwort auf die Frage zu kennen, wie und warum Nellie Meyring hatte sterben müssen.

Zwei Wochen nach Grimms Besuch bei Andersen absolvierte van Dijk eine Fortbildung über neue Ermittlungsmethoden, die vom Landeskriminalamt angeboten wurde. Vorerst stand er nur noch zweimal in der Woche für die aktuelle Ermittlung zur Verfügung. Als Grimm ihn davon unterrichten wollte, dass der Mordfall zwar nicht abgeschlossen, aber in die zweite Reihe der anstehenden Fälle zurückgestuft wurde, traf er den Kollegen nicht an. Van Dijks Büro war unbesetzt, auf seinem Schreibtisch lag ein Zettel, auf den eine Nummer gekritzelt war: die Nummer von Maarten Lichter.

An diesem Abend traf er sich mit Lydia in der Pizzeria. Seit etwa einer Woche war die sommerliche Hitze auf dem Rückzug. Die Regenwahrscheinlichkeit lag bei achtzig Prozent, und im Biergarten des Lokals, wo man sich noch vor Kurzem um die freien Tische gestritten hatte, konnte man sich jeden Platz aussuchen.

Lydia hatte sich mit Fabian van Dijk versöhnt. Über ihr unschönes Erlebnis mit Marlon war sie hinweg. Es hatte sie allerdings dazu veranlasst, ihre Pläne zu ändern. Nur nicht in dem Sinn, wie van Dijk vermutet hatte: Die Laufbahn bei der Kripo strebte sie nach wie vor an, vom Theaterspielen dagegen wollte sie zukünftig Abstand nehmen. Stattdessen war sie als Pianistin in eine Band eingestiegen, die eine Freundin von ihr, die Bassistin der Gruppe, gegründet hatte. Vielleicht hatten sie sogar vor, zusammenzuwohnen.

»Was wird Fabian dazu sagen?«, fragte Grimm.

Lydia zuckte mit den Schultern. »Er kann ja dazukommen«, flachste sie. Ihrem Gesichtsausdruck nach war ihr allerdings nicht nach Flachsen zumute. »Ich mache mir Sorgen um ihn.«

»Wie geht's ihm denn?«, erkundigte sich Grimm. »Für einen Kollegen sehe ich ihn recht selten.«

»Früher hat er immer gesagt, ich sollte mir gut überlegen, ob ich zur Kripo gehen will. Heute denke ich, er hätte sich das besser überlegen sollen.«

»Was meinst du?«

»Neulich in dem Bootshaus habe ich einen toten Mann gesehen. Ein Mord ist geschehen. Aber er kann nichts unternehmen, weil außer mir niemand den Toten gesehen hat.«

Grimm nickte. »Marlon Andersen muss ihn auch gesehen haben. Aber er behauptet, er sei betrunken gewesen und habe sich getäuscht. Damit hat er sich aus der Affäre gezogen.«

»Manchmal habe ich sogar den Eindruck, Fabian denkt darüber nach, das Recht selbst in die Hand zu nehmen.«

»Aber das würde überhaupt nichts bringen.«

»Das habe ich ihm schon gesagt.«

»Und was hat er geantwortet?«

»Er gab mir recht. Aber es bedeutet nicht, meinte er, dass man allem seinen Lauf lassen muss. Eine gezielte Information zum richtigen Zeitpunkt könne unter Umständen den gleichen Zweck erfüllen.«

»Eine gezielte Information …« Grimm sah plötzlich van Dijks Schreibtisch vor sich. Und den Zettel mit einer Telefonnummer. »Wann hat er das gesagt?«

»Gestern Abend. Frag ihn doch selbst. Er wollte gleich noch zu uns stoßen. – Wen rufst du an?«

»Niemanden, ich, äh …« Grimm hatte Andersens Nummer gewählt. Es klingelte, aber niemand nahm ab. »Ich muss dringend etwas überprüfen.« Grimm sprang auf und hatte es plötzlich eilig. »Warte hier auf mich.«

53

Maarten Lichters Nummer hatte er nicht zur Hand, auch nicht seine Adresse. Also fuhr er direkt zu Andersens Penthouse. Aber niemand öffnete.

Grimm sah auf die Uhr. Es war Viertel nach neun. Vereinzelte Regentropfen und dunkles Grollen kündigten das Herannahen eines Gewitters an. Der Hauptkommissar wählte eine andere Nummer.

»Ja?«, meldete sich van Dijks Stimme.

»Was hast du dir dabei gedacht?«

»Ich weiß nicht, wovon du sprichst.«

»Lichter wird deinetwegen zum Mörder, willst du das?«

»Ich habe mich nur mit ihm unterhalten. Weiter nichts.«

»Und du Idiot nennst dich Bulle!« Grimm unterbrach die Verbindung, schwang sich hinter das Steuer und fuhr mit quietschenden Reifen los.

Bereits sechs Minuten später erreichte er das Andersen'sche Grundstück. Vor dem Gartentor stand Marlon, der einen verstörten Eindruck machte. Als Grimm direkt vor ihm stoppte, hielt sich der Junge die Arme schützend vor das Gesicht.

Grimm sprang aus dem Wagen. »Wo ist Lichter?«

»Der Kerl ist wahnsinnig …«

»Den Schlüssel, aber schnell!«

Marlon händigte ihm widerstandslos den Schlüssel aus. Das Tor öffnete sich mit einem leisen Quietschen.

Grimm schlich über den Rasen. Niemand war zu sehen. Er kam zum Blockhaus und trat vorsichtig ein. Auf einem Stuhl fand er Gina Gerling vor, gefesselt und geknebelt. Bevor er sie befreite, beschwor er sie mit einer Geste, still zu sein.

»Er ist draußen«, flüsterte sie. »Er will Ben …«

Grimm trat wieder nach draußen. Er vermisste seine Dienstwaffe. An der Hecke entlang lief er zurück zum Gartentor und von da aus bis hinunter zu den Büschen, die den kleinen Teich vom Grundstück abgrenzten. Dann entdeckte er Andersen.

Genauer gesagt, er erkannte ihn nicht, vermutete nur, dass es sich um Andersen handelte. Auf dem Bootssteg lag eine menschliche Gestalt, die an mehreren Stellen mit Seilen gefesselt war: um die Oberarme, die Hand- und Fußgelenke. Ein viertes Seilstück lief um den Hals. Sein zweites Ende schlang sich um einen Autoreifen.

Der Hauptkommissar schlich näher. Schon bald konnte er in Andersens weit aufgerissene Augen blicken. Ben wusste, dass er ertrinken würde. In ein paar Minuten würde er dort unten, auf dem morastigen Grund des Gewässers liegen, ohne sich bewegen zu können. Mit aller Kraft, die in ihm war, würde er nach Luft schnappen, die es nicht gab. Er würde das schlammige Wasser in seine Lungen saugen und qualvoll sterben. In Andersens Augen stand Todesangst, sie ließ sein Gesicht fremd aussehen.

»Keine Bewegung!«, befahl eine Stimme hinter ihm.

Maarten Lichter. Grimm drehte sich langsam um. »Lassen Sie's gut sein, Lichter«, sagte er, so ruhig wie möglich. »Machen Sie es nicht noch schlimmer, als es jetzt schon ist.«

Maarten Lichter stand da und hielt einen Revolver auf ihn gerichtet. »Keine Chance, Bulle. Sie hatten ihn ja schon. Aber dann haben Sie ihn laufen lassen. Jetzt bin ich am Drücker.«

»Herr Lichter, seien Sie vernünftig …«

»Schnauze!« Lichter schwankte leicht. Er hatte getrunken. Vielleicht konnte man ihn außer Gefecht setzen. Aber möglicherweise machte es ihn auch gefährlicher. »Tut mir leid, Herr Kommissar, aber jetzt bin ich mal dran, und Sie müssen zugucken.« Er trat stolpernd auf den Bootssteg und bückte sich nach dem Seil. Grimm machte einen Schritt nach vorn.

»Stehen bleiben, habe ich gesagt!«

»Hören Sie auf damit, Lichter. Sie sind kein Mörder.«

»Er aber. Und deshalb wird er bezahlen.« Der Mann stand jetzt direkt neben dem Autoreifen. Ein Fußtritt genügte, um ihn ins Wasser zu befördern. Lichter hob den Revolver. »Sie bleiben da«, sagte er, »bis es vorbei ist.«

Grimm trat trotzdem vor. Die Waffe ging los. Der Kommissar spürte einen brennenden Schmerz an der rechten Schulter.

Lichter stieß mit dem Fuß gegen den Reifen, der über den

Rand des Stegs rutschte. Er neigte sich zum Wasser hinunter, aber er fiel noch nicht.

Und dann war plötzlich noch jemand da. Er musste sich vom Tümpel her angeschlichen haben und brach unvermittelt aus dem Gebüsch. Van Dijk. Ehe Lichter reagieren konnte, war er auf dem Bootssteg, hechtete auf Lichter zu, der ins Wasser stürzte und noch im Fallen die Waffe abfeuerte.

Der Schuss ging in die Luft. Die Situation war geklärt.

Grimm hielt sich die Schulter und befühlte die Wunde, die der Streifschuss hinterlassen hatte. »Wusste gar nicht, dass du so sportlich bist«, lobte er van Dijk, der Lichter aus dem Wasser zog und mit Handschellen fesselte. Er trat auf den verschnürten Mann zu.

»Was für eine Ironie, Björn«, meinte Andersen. Die Panik war aus seinen Augen verschwunden. »Ausgerechnet du rettest mir das Leben.«

»Du hast gedacht, du bist so gut wie tot, stimmt's?«, fragte Grimm. Er zog ein Messer aus der Tasche, um die Fesseln zu durchtrennen, aber es erwies sich als zu stumpf.

»Allerdings habe ich das gedacht.«

»Nellie Meyring war in der gleichen Situation. Hat sie auch diese Augen gehabt? Diese panischen Augen, als sie begriff, was du vorhattest? Und was war mit Sheila?«

»Hör auf, Björn«, sagte Andersen. »Hör endlich auf damit. Die Sache ist aus und vorbei. Finde dich damit ab.«

»Du denkst, dass er dich gerettet hat?«, mischte sich van Dijk ein. »Da liegst du falsch. Er hat nicht dich gerettet, sondern mich.«

54

Grimm erinnerte sich an einen ihrer ersten Urlaube zu dritt. Wie immer hatte er auf Chaos und Improvisation beruht. Sie hatten zu wenig Geld gehabt, im Auto war zu wenig Platz gewesen, und sie waren viel zu spät losgefahren. Schließlich waren sie in einem windschiefen Ferienhaus in Holland untergekommen, und das Wetter hatte auch nur zum Teil mitgespielt. Lydia, die damals gerade erst laufen gelernt hatte, hatte das alles nicht gestört. Sie brabbelte unentwegt vor sich hin, erlebte jeden neuen Tag wie eine Weltsensation und jagte die Enten auf der Wiese.

Wenn ich Gott wäre, dachte Grimm, sähe so das ewige Leben aus. Es wäre nichts Spektakuläres, keine gedeckten Tische oder heilige Menschen in wallenden Gewändern. Kein Glorienschein allenthalben, sondern nur dieser Urlaub mit der Kleinen, die gerade erst laufen gelernt hatte. Ein Augenblick daraus würde auch schon reichen, aber ich dürfte, so oft mir danach wäre, dorthin zurückkehren. Das wäre die Bedingung: Es gäbe kein Vorbei. Die Vergangenheit wäre nie vergangen.

Aber ich bin nicht der liebe Gott. Und die Zeit ist niemals gerecht. Die Toten bleiben tot. Alles, was wir tun können, ist ihre Gräber auffinden. Darauf, dass die Gerechtigkeit endlich siegt, warten sie wohl bis ans Ende aller Zeiten.

Hannsjörg Grünberg mit seiner Vorliebe für philosophische Sichtweisen führte den Fall Meyring des Öfteren als Beispiel dafür an, dass Polizeiarbeit ohne ein Gefühl für Gerechtigkeit und das Verlangen danach gar nicht denkbar sei, wenngleich sie hoffnungslos überfordert sei, wenn sie sich zum Ziel setze, Gerechtigkeit zu schaffen.

Hauptkommissar van Dijk beendete seine Fortbildung und bekam einen neuen Fall. Einen vertrackten Fall, in dem es so gut wie keine Spuren gab. Van Dijk gelang es, ihn innerhalb von zwei Wochen zu lösen. Der Fall Meyring dagegen wanderte schließlich zu den Akten und wurde offiziell niemals aufgeklärt.

Privat ging es mit dem ungleichen Ermittlerteam weiter bergauf. Grimm schlug hin und wieder vor, sich zum gemeinsamen Joggen zu treffen, aber van Dijk bevorzugte das Schachspiel. So kam es, dass sie sich oft trafen, aber nur zum Reden und Biertrinken.

»Na, wie geht's dem jungen Glück?«, erkundigte sich Grimm. Es war einer der letzten lauen Tage, bevor der Herbst sich endgültig festsetzte. Sie saßen in einer Kneipe an der Waldhausener Straße, sahen den Frauen nach und fühlten sich wie in einer Großstadt, in der die Lichter angingen und das Nachtleben begann.

»Ich weiß nicht, wie du das machst, Björn«, sagte van Dijk, »aber du stellst diese Frage immer nur dann, wenn's dem jungen Glück überhaupt nicht so geht, dass man Lust hätte, es so zu bezeichnen.«

»Habt ihr Schluss gemacht?«

»Ich nenne es so. Lydia nennt es Zeit brauchen. Ich weiß nicht, ob es das zu deiner Zeit auch schon gab.«

»Wahrscheinlich nicht«, sagte Grimm. »Wir haben schließlich noch auf Bäumen gehaust.«

»Lydia will mit ihrer Band zusammenziehen. Zwei Typen und drei Frauen. Sie wohnen auf einem Bauernhof drüben an der holländischen Grenze.«

»Dann musst du sie oft besuchen. Sie braucht das.«

»Was?«

»Einen Hauch von Spießertum in ihrer Ausreißeridylle. Nur du kannst ihr das geben.«

»Vielen Dank auch. Ich dachte, das wäre eher dein Ding.«

»Ich sag dir was, Fabian: Ich war ein spießiger kleiner Bulle, der sich selbst leidtat und durchs Leben geärgert hat. Das ist jetzt vorbei. Und weißt du, warum? Nicht weil sich die Welt verbessert oder ich wenigstens dazu beigetragen hätte, dass sie es könnte. Sondern weil ich finde, dass ich ein Recht darauf habe, mich an ein paar Dingen zu freuen.«

»Und deine alte Rechnung mit Andersen? Du zerreißt sie einfach und schreibst seine Schuld in den Wind?«

Grimm machte der Bedienung Zeichen, um neue Getränke zu bestellen. »Dass die Gerechtigkeit nicht siegt, bedeutet nicht, dass sie nicht existiert.«

»Was denn dann?«, widersprach van Dijk. »Der Mann ist ein hoch geachteter Zeitgenosse und wird mit Preisen und Ehrungen überhäuft. Und er ist schuldig.«

»Und was nützt ihm das? Ich habe mit ihm gesprochen. Er muss in einem Turm von Lügen vegetieren, die er um sich herum aufgerichtet hat. Ich glaube, niemand würde mit ihm tauschen wollen. Und letztlich ist er sich dessen bewusst.«

»Nein, nein.« Van Dijk schüttelte den Kopf. »Ich hätte ja viel in dir vermutet. Aber nicht den Romantiker.«

»Romantiker? Das hat mir noch niemand gesagt.«

»Der Turm von Lügen und dass keiner mit ihm tauschen will. Die gerechte Strafe für einen wie ihn. Weißt du, was ich glaube? Andersen lebt recht gut in seinem Turm. Er hat nicht den geringsten Grund zum Klagen.«

»Wahrscheinlich hast du recht.« Grimm sah die Straße hinunter, wo sich gerade zwei alte Bekannte wiedertrafen. An den Tischen der Kneipe gegenüber spielten Kinder, die eigentlich längst ins Bett gehörten. Eine Idylle. »Was sagt denn dein Gott dazu? Jemand, der schuldig ist, muss ja nicht in der Hölle schmoren. Das ist nicht mehr zeitgemäß. Aber irgendein kleiner Nachteil sollte doch für ihn drin sein, oder nicht?«

»Einer der Professoren an der Uni hat mal gesagt: Ob Gott existiert, ist nicht erwiesen. Aber fest steht: Wenn er existiert, dann hat er einen ziemlich schrägen Humor.«

Es war etwa ein halbes Jahr später, kurz nachdem Lydia und van Dijk mit allen Schikanen geheiratet hatten. In den Nachrichten wurde davon berichtet, es folgten außerdem Sondersendungen und Rückblicke auf ein prominentes Leben. Benjamin Andersen war von einem durchgeknallten Fan während einer öffentlichen Lesung erschossen worden. Der Täter hatte angegeben, den Auftrag zu der Tat aus einem von Andersens Büchern herausgelesen zu haben.

Wer immer das gesagt hatte, schien recht zu behalten: Gott hatte einen schrägen Humor.